BESTSELLERWORLDBOOK 19

젊은 베르테르의 슬픔

J. W. 괴테 지음 | 정홍택 옮김

소담출판사

정홍택

서울 출생. 한국외국어대학교 영어과 졸업. 미국 세인트존스 대학원 수학.
연세대 행정대학원 고위정책과정 수료.
한국일보 기자, 편집국장 예술의 전당 총무, 운영국장 역임.
저서로『미국말(전2권)』『잡학사전(전2권)』등이 있다.

BESTSELLER WORLDBOOK 19

젊은 베르테르의 슬픔

펴낸날 ㅣ 1990년 10월 10일 초판 1쇄
        1996년 6월 17일 중판 1쇄
        2012년 8월 30일 중판 49쇄
지은이 ㅣ J.W. 괴테
옮긴이 ㅣ 정홍택
펴낸이 ㅣ 이태권
펴낸곳 ㅣ (주)태일소담
        서울시 성북구 성북동 178-2 (우)136-020
        전화 ㅣ 745-8566~7 팩스 ㅣ 747-3238
        e-mail ㅣ sodam@dreamsodam.co.kr
        등록번호 ㅣ 제2-42호(1979년 11월 14일)
        홈페이지 ㅣ www.dreamsodam.co.kr

ISBN 89-7381-019-7 00850

Die Leiden Des Jungen Werthers

J. W. Goethe

「어스름 밤하늘의 별이여,
그대 아름답게 서쪽 하늘에 반짝이며
빛나는 이마를 구름 밖으로 치켜들고,
의젓이 언덕을 넘어가는구나.
너는 무엇을 찾기에
거친 벌판을 눈여겨보느뇨?」

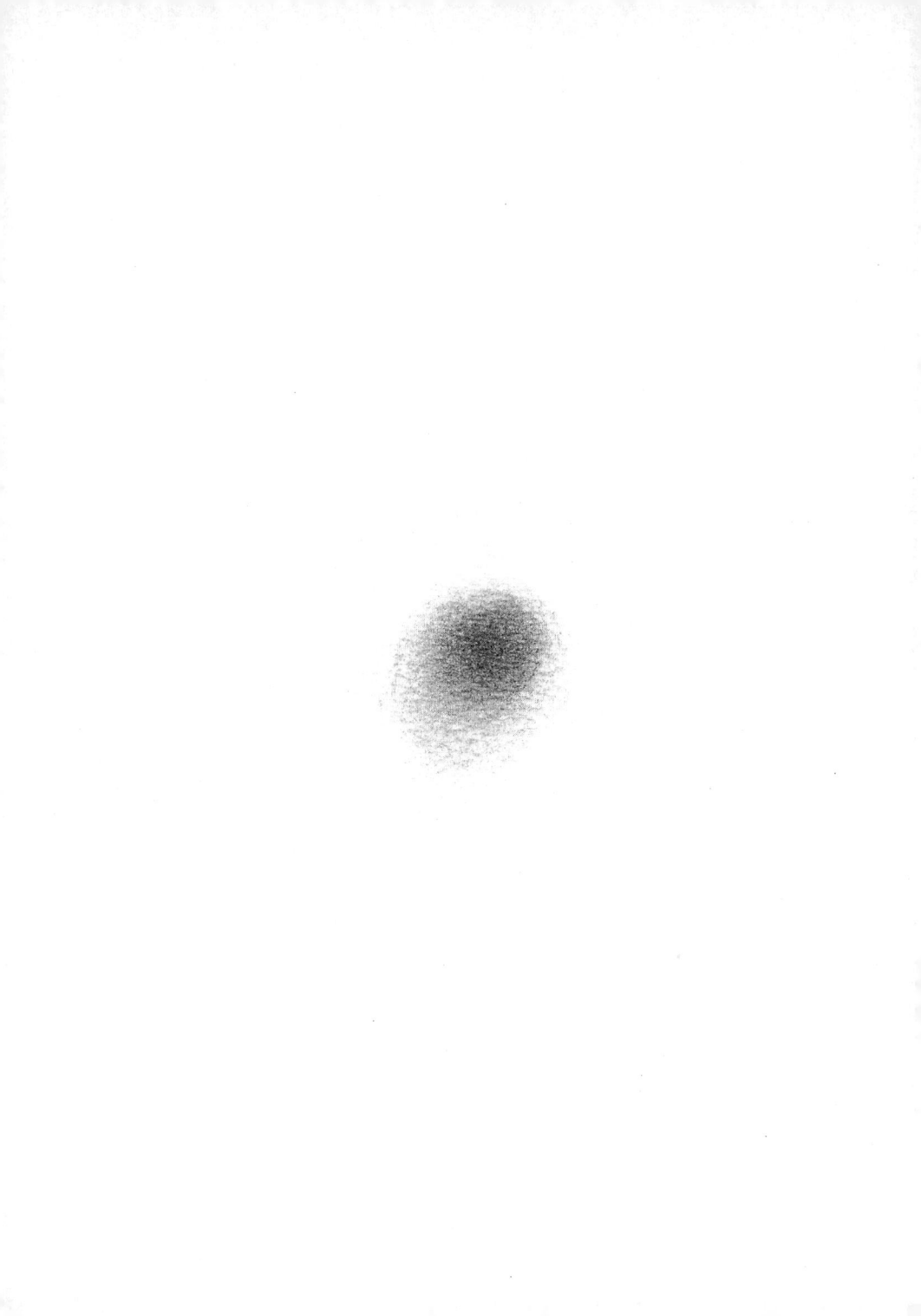

Die Leiden Des Jungen Werthers

제1부

이렇게 훌쩍 떠나 온 것은 정말 잘한 것 같네. 친구여, 사람의 마음이란 이다지도 변덕스러운 것일까. 그렇게 아끼고 절대 떨어질 수 없을 것 같았던 자네와 헤어졌는데도, 이렇게 즐거울 수 있다니 말일세! 그러나 자네는 용서해 줄 수 있겠지. 자네 이외의 사람들과의 관계는 바로 나와 같은 인간을 괴롭히려는 운명을 일부러 타고난 것만 같네. 레오노레에게는 정말 미안한 일이었어. 하지만 그건 결코 나에게만 잘못이 있는 것은 아니야. 다른 방법이 없었단 말일세.

레오노레의 여동생이 가지고 있는 독특한 매력은 나에게는 흐뭇한 즐거움이었지만, 그러는 동안에 레오노레의 마음속에 정열의 불꽃이 싹텄다 하더라도 나로서야 어찌할 도리가 없지 않은가. 그렇다고 해서 나에게 전혀 책임이 없다고 할 수 있을까? 내가 그녀를 유혹한 일은 없었던 것일까? 그녀의 꾸밈없는 심정에서 우러나오는 행동이 그다지 우스꽝스럽지 않은데도, 나는 남들과 함께 재미있다고 웃음거리로 삼은 것은 아닐까? 그리고 또한——아, 자신이 한 일을 푸념으로 늘어놓다니! 친구여, 자네에게 약속하지만, 나는 좀더 나은 인간이 되도록 노력할 것이며, 운명이 가져다 준 사소한 괴로움을 이제는 그전처럼 되새기지 않겠네. 나는 현재의 것은 즐기고, 과거의 것은 깨끗이 잊어버릴 거야. 자네 말이 정말 옳았어. 만일 인간이——어째서 그런 성격을 타고 났는지는 알 수 없지만——이렇게까지 상상력을 동원하여 지난날의 불행한 추억을 되새기려 하지 말고, 도리어 현재를 자연스럽게 견뎌 내는 데 노력한다면, 인간의 괴로움은 훨씬 줄어들 것임에 틀림없는데 말이야.

미안하지만 제발 어머님께 이렇게 좀 전해 주게. 부탁하신 용건은 잘 처리해서 가능한 한 빨리 그 소식을 전해 드리겠다고 말일세. 그 부인을 만나 보았는데, 그분은 우리가 생각했던 것처럼 그렇게 나쁜 여자는 아니더군 그래. 성격이 쾌활하고 아주 좋은 분이었어. 아직 유산 분배가 끝나지 않아 어머니께서 불편해하신다고 설명해드렸네. 그랬더니 그 이유와 원인을 말하고, 이러저러한 조건만 갖추어지면 언제든지 전부를 내주겠다고 하셨어. 그것도 우리가 요구하는 것 이상으로 많은 몫을 말일세. 그 일에 대해서는 더 이상 길게 쓰고 싶지 않네. 모든 것이 잘될 거라고 어머님께 말씀드려 주게나. 친구여, 이런 사소한 사건에 관여해 보고 언제나 경험하는 일이지만, 분쟁의 원인이 되는 것은 간계나 악의보다도 오히려 오해나 게으름 때문에 일어나는 수가 훨씬 더 많은 것 같다는 생각이 드네. 적어도 간계나 악의 쪽이 수적으로 적다는 것은 확실하지.

그건 그렇다 치고, 이곳에서 나는 편히 잘 지내고 있다네. 낙원과도 같은 이 고장에서 고독이란, 나의 마음에는 귀중한 진정제가 아닐 수 없지. 게다가 싱그러운 계절은 자칫하면 겁에 질리기 쉬운 내 상처난 마음을 따뜻이 감싸 주고 있어. 나무마다 생울타리마다 꽃이 한창이고, 나는 풍뎅이라도 되어서 이 향기로운 바다 속을 훨훨 날아다니며, 모든 자양분을 그 속에서 찾고 싶어진다네.

이 도시 자체는 그다지 좋지 않지만, 주위의 자연은 형언할 수 없을 정도로 아름다워. 이 아름다움에 마음이 끌려서 지금은 이미 고인이 된 M백작이 언덕 위에 정원을 꾸미게 했네. 그 주위의 언덕은 변화무쌍한 아름다움 속에 교차하며, 아늑한 골짜기를 이루고 있네. 그 소박한 정원 속에 한 발짝만 들여 놓으면 누구든지 이것을 구상한 사람은 결코 전문적인 정원사가 아니라 그 안에서 스스로 즐기기 위해 주인 자신이 세운 것이라는 사실을 저절로 알 수 있다네. 벌써 몇 번이나 나는 이 정원 안의 허물어진 작은 정자에 와서, 지난날에는 고인이 즐겨 거기에 앉았겠지만, 지금은 내가 그곳에 즐겨 앉아 고인이 된 백작을 위해 눈물을 흘렸다네. 나는 머지않아 이 정원의 주인이 될 걸세. 서로 알게 된 지 아직 2, 3일밖에 안 되었지만, 이곳 정원사도 나에게 호의적으로 대해 주고 있으며, 앞으로도 나를 싫어하진 않을 것 같네.

5월 10일

마치 가슴 가득 음미하고 있는 봄날 아침의 그것과도 같은 상쾌함이 나의 영혼을 송두리째 사로잡고 있네. 나는 혼자서 호젓하게 시간을 보내며 나와 같은 사람을 위해 마련된 듯싶은 이곳에서 마음껏 나의 생활을 즐기고 있네. 나는 정말 행복하네. 친구여, 나는 완전히 평온한 심정에 잠겨 있으므로, 덕분에 나의 작품 제작 쪽은 조금도 진척이 안 될 정도라네. 지금 같아서는 종이 위에 선 하나도 그을 수가 없어. 그러나 이렇게 한가한 이 순간만큼 내가 위대한 화가가 되어 본 적은 일찍이 없었다네. 나를 둘러싼 아름다운 골짜기에서 안개가 피어 오르고, 중천의 햇빛이 스며들 수 없는 숲의 어두운 표면에서 흔들거리며, 겨우 몇 줄기의 햇살만이 그 성스러운 안쪽으로 비쳐들고 있다네.

그리고 나는 흐르는 여울가의 무성한 풀밭에 드러누워 대지에 얼굴을 바싹 붙이고 갖가지 풀들을 호기심에 찬 눈으로 살펴보곤 한다네. 이 조그마한 풀 포기 사이에서 벌어지고 있는 작은 세계의 움직임과 새삼 자신의 모습을 본떠 우리 인간을 창조한 전능하신 하느님의 존재를 실감하고, 우리를 영원한 환희 속에서 떠돌게 하여 보살펴 주는 지극히 높고 자애로운 분의 숨결을 느끼게 된다네. 더욱이 친구여, 이윽고 시간이 흘러 내 주위가 어두워지면 나를 둘러싼 주변의 세계와 하늘은 마치 연인의 모습과도 같이 나의 영혼 속에서 고요히 숨쉬게 되지. 그럴 때면 나는 가끔 그리움을 느끼며 생각한다네.

12

'아, 내가 이 광경을 표현할 수 있다면, 내 가슴속에 이처럼 뜨겁고 이처럼 풍부하게 숨쉬고 있는 것을 종이 위에 내뿜을 수가 있다면! 그리하여 도화지에 생명을 불어넣어 나의 영혼을 비추는 거울이 되게 할 수가 있다면!'

친구여! 그러나 나는 그렇게 생각하는 것만으로 파멸해 버릴 것만 같네. 이 생명 현상의 장엄한 힘에 압도되어 맥없이 쓰러지고 말겠지.

5월 12일

이곳에서는 사람의 마음을 현혹시키는 정령이 떠돌고 있어서 그런지, 아니면 이 세상 것이 아닌 아름다운 환상이 내 기슴에 깃들었는지, 주위의 모든 것이 정말 천국처럼 느껴진다네. 거리에서 조금 떨어진 곳에 샘터가 하나 있는데, 나는 저 물의 요정인 메루지네 자매처럼 그 샘에 매혹되어 붙잡히고 말았네. 자그마한 언덕을 내려가면 아치형의 문 앞에 나서게 되고, 거기서 다시 스무 계단쯤 내려간 곳에 그 샘터가 있는데, 맑디맑은 샘물이 대리석 바위틈에서 솟아나고 있네. 샘터를 둘러싸고 있는 야트막한 돌담, 그 주위를 둘러싸고 있는 높다란 나무들, 이 샘터의 시원스런 냉기, 이 모든 것들이 사람의 마음을 끌어당기는 것 같고, 사람을 전율케 하는 그 어떤 분위기가 있는 것 같네.

나는 날마다 샘가에 한 시간쯤 앉아 있지 않으면 하루도 지낼 수가 없다네. 그러면 시내에서 아가씨들이 와서 물을 길어 가는데, 이것이야말로 그 옛날 왕의 따님들도 손수 길어 갔다는, 태평스럽고 없어서는 안 될 일이었겠지.

내가 여기 앉아 주위를 살펴보노라면 옛 부족 시대의 모습들이—— 우리네 조상들이 서로 이 샘터에서 알게 되어 청혼하는 모습, 또 우물가에서 자비로운 어떤 영혼이 떠돌고 있는 모습들이——눈에 생생하게 되살아나는 거야. 오! 이런 것을 느끼지 못하는 사람은 한여름의 고된 방랑 끝에 시원한 샘물 몇 모금으로 기운을 되찾은 경험이 없는 사람임이 분명할 것일세.

5월 13일

나의 책을 이곳에 보내 주겠다는 말인가? 제발 부탁하네, 그 짓만은 하지 말아 주게. 나는 이제 더 이상 남의 가르침을 받거나 고무되거나 자극을 받고 싶지 않네. 내 가슴은 스스로도 충분히 들끓고 있다네. 나에게 필요한 것은 그것을 진정시켜 줄 자장가일세. 그리고 그 자장가들은 내 곁에 있는 호메로스의 시 속에 얼마든지 있다네. 나는 끓어오르는 격정을 얼마나 자주 그 자장가로 달래 보았는지 모르네. 내 마음처럼 이토록 변덕스럽고 들뜨기 쉬운 것을 본 적이 없을 걸세.

친구여, 새삼스레 이런 소리를 자네에게 할 필요는 없겠지. 자네는 번민에서 방종으로, 달콤한 우울에서 위태로운 정열로 곧잘 변해 가는 내 모습을 벌써 여러 번 보아 왔을 뿐만 아니라, 자네가 곤혹스러워했던 적이 한두 번이 아니었으니까 말일세. 사실 나는 내 마음을 병든 어린아이 다루듯 하고 있다네. 그리하여 무엇이든 마음대로 하게 내버려 두고 있지. 남들에게는 이런 소리 하지 말게나. 좋지 않게 받아들일 사람도 있을 테니까.

5월 15일

이 고장 서민들과도 벌써 낯이 많이 익었는데, 모두 나를 호의적으로 대해 준다네. 특히 어린아이들이 그렇다네. 처음에 내가 이곳 사람들에게 다가가 이것저것 허물없이 물어 봤더니, 내가 자기네를 조롱하는 줄 알고 매정하게 외면하기도 했지. 그러나 나는 화를 내지 않았어. 다만 내가 여태껏 몇 번이나 느끼고 있던 사실을 새삼 통절히 느꼈을 따름일세. 다시 말하면, 다소 신분이 높다는 사람들은 서민들과 너무 가까이 지내면 위엄이 손상되기라도 할까봐 겁이 나서 언제나 매정하게 서민들을 멀리하고 있는 것 같다는 걸세. 그런 반면에 자기만은 파격적인 체하고 일부러 공손한 태도를 취함으로써 자신의 존대함을 서민들이 한층 더 느끼도록 하는 경박하고 악의적인 사람들도 있는 거라네.

우리 인간들이 모두 평등하지 않으며, 또 평등할 수도 없다는 사실은 나도 알고 있네. 그러나 존경을 받기 위해서 하급 계층 사람들을 멀리할 필요가 있다고 생각하는 무리들은, 패배가 두려워 적군 앞에서 도망치는 비겁한 자와 마찬가지로 비난을 받아 마땅하다고 생각하네.

언젠가 내가 샘터로 나갔더니, 그곳에 젊은 하녀 한 사람이 있더군. 그녀는 물통을 맨 밑의 계단에 올려놓고 사방을 두리번거리고 있었어. 물통을 머리에 이도록 도와 줄, 아는 사람이라도 없나 하고 살피는 것이었네. 나는 아래로 내려가서 그녀에게 말했지.

「거들어 줄까요, 아가씨?」

그랬더니 그녀는 얼굴이 새빨개져서 대답하더군.

「아니에요, 나리.」

「사양할 것 없어요.」

내가 말하니까, 그녀는 머리 위의 또아리를 바로잡더군. 그래서 나는 그녀가 물통을 머리에 이는 것을 도와 주었다네. 그녀는 고맙다는 인사를 하고는 계단을 올라가더군.

5월 17일

나는 여러 사람들과 사귀었지만, 마음을 터놓고 이야기를 할 수 있는 상대는 아직 찾지 못했네. 내가 가지고 있는 어떤 점이 사람을 끄는지는 나도 잘 모르겠지만, 많은 사람들이 나를 좋아하고 나에게 호의를 베풀어 준다네. 그럴수록 나는 서로가 같이 가는 길은 잠시 동행하는 것뿐이라는 사실에 서글퍼진다네. 이 고장 사람들의 기질이 어떠냐고 자네가 묻는다면, 다른 고장 사람들과 마찬가지라고 대답할 수밖에 없네. 인간들이란 대개 비슷한 것이 아니겠나. 대부분의 인간들은 살아가기 위한 일에 시간을 다 써 버리고서, 자유로운 시간이 조금이라도 남으면 오히려 마음의 안정을 잃어버리고, 이에서 벗어나려고 이래 볼까 저래 볼까 하고 버둥거린다네. 아아, 이것이 인간의 운명인가!

그건 그렇다 치더라도 이 고장 사람들은 정말 좋은 사람들이야! 나는 때때로 나 자신을 잊고 아직도 인간에게 허용되어 있는 즐거움을 이 사람들과 함께 즐기고 있다네. 산뜻하게 차려 놓은 식탁 앞에 마주 앉아 마음 놓고 허물없는 농담을 주고받기도 하고, 때로는 마차로 함께 들놀이를 가기도 하고, 같이 어울려 춤을 추기도 하네. 그런 모든 일들이 나에게는 아주 유익한 결과를 가져다 주지. 그러나 나의 내부에는 아직도 다른 힘이 많이 존재하고 있는데, 그것을 제대로 발휘하지 못하고 썩히고 있다는 초조한 생각에 사로잡히지 말았으면, 또 그것을 애써 감추지 않게 되었으면, 하고 바랄 따름이지. 아, 그런 생각을 하면 가슴이 죄어드는 것만 같네. 그러나 오해를 받는다는 것은 나와 같은 인간의 어쩔 수 없는 운명 아니겠나?

아, 어릴 적 친구였던 그녀가 죽지 않았더라면 좋았을걸. 차라리 그녀를 몰랐더라면 이렇게까지 마음이 쓰라리지는 않을 것을! 나는 자신에게 이렇게 말한다네.

'너는 바보야! 이 세상에서 구할 수 없는 것을 찾고 있으니까.'

그러나 나는 그녀를 알고 있었고, 그녀의 마음을, 그녀의 훌륭한 영혼을 잘 알고 있었다네. 그 영혼이 나를 감싸 주었을 때, 나 자신이 현실의 나 이상의 존재처럼 느껴졌지. 왜냐하면 나는 되고자 하는 것이면 무엇이든지 다 될 수가 있었던 걸세. 정말이지 그때 나는 내 영혼이 지닌 힘을 남김없이 발휘할 수 있었네. 그녀와 마주 대하고 있으면 그야말로 영묘한 감정에 휩싸여서, 자연을 고스란히 내 품안에 안아 들일 수 있었네. 우리의 교제는 섬세한 감각과 날카로운 의지가 빚어내는 영원한 작물이어서 그 변화무쌍함은 부자연한 것까지도 모조리 천재의 표시인 것으로 여기지 않았던가. 그런데 지금은…… 아, 그녀는 나보다 연상이었기 때문에 나보다 먼저 무덤으로 가 버리고 만 걸세. 결코 나는 그녀를 잊을 수 없다네. 그녀의 그 꿋꿋한 기질과 갸륵한 인내심을.

며칠 전에 나는 V……라는 청년을 만났다네. 시원스런 얼굴을 한 그는 솔직한 청년이었네. 그는 대학을 갓 졸업한 사람으로 자신이 남달리 영리하다고는 생각지 않지만, 다른 사람들보다는 박식하다고 믿고 있는 눈치였어. 여러 가지 점으로 미루어 보건대, 그는 상당한 노력가인 모양이야. 아무튼 그는 지식이 상당한 사람일세. 내가 그림을 제법 잘 그리고, 그리스 말을 할 줄 안다는 사실(이것은 이 고장에서는 놀라운 일이거든)을 전해 듣고는 나를 찾아와서, 자신의 갖가지 지식을 늘어놓았지. 바토에서 우이드에 이르기까지, 드필레에서 빈켈만에 이르기까지 논술하는 거야. 그리고는 줄체르 이론의 제1부를 완전히 독파했을 뿐 아니라, 고대 연구에 관한 하이네의 강의 원고를 갖고 있다고 하더군. 나는 그의 말을 잠자코 듣기만 했지.

또 한 사람 훌륭한 인물을 알게 되었는데, 그는 공작가의 법무관으로서 솔직하고 성실한 사람일세. 듣건대 그에게는 아이들이 아홉 명이나 있는데, 그 사람이 아이들에게 둘러싸여 있는 광경은 보기만 해도 참으로 흐뭇하다는 걸세. 특히 그 사람의 큰따님에 대한 평판이 자자하네. 얼마 전에 그 사람의 초대를 받았으므로, 곧 찾아가 볼 생각이야. 그는 여기서 한 시간 반쯤 걸리는 공작의 수렵관에서 살고 있는데, 부인이 별세한 뒤 이 거리의 관사에 사는 것이 괴로워서 그곳으로 이사를 했다는 것 같더군.

그 밖에 두세 명의 괴짜들과도 알게 되었는데, 이 친구들이 하는 짓은 모두가 눈에 거슬린다네. 특히 별로 가까운 사이도 아니면서 친한 체하는 데는 숨이 막힐 지경이지.

그럼 안녕! 이 편지는 자네 마음에 들 줄 아네. 철두철미한 사실의 보고니까.

5월 22일

사람의 일생이 일장 춘몽이라는 것은 지금까지 많은 사람들이 말해 왔던 바이지만, 그것이 옳다는 생각이 내 머리에도 줄곧 떠오른다네. 인간의 활동력과 탐구력도 벗어날 수 없는 한계가 있어 제약받고 있는 셈이란 말일세. 그런 것을 눈앞에서 보게 되거나 또는 인간들의 모든 활동이 목적하는 바는 결국 갖가지 욕망을 만족시키기 위한 것이며, 그 욕망이라는 것도 궁극적으로 우리의 가엾은 생명을 연장시키려는 것에 지나지 않는다는 사실, 그리고 또 인간의 탐구가 어느 정도까지 이르면 만족해 버리고마는 것은, 우리를 가두고 있는 사면의 벽에다 화려한 희망과 밝은 풍경을 그려 놓고서 좋아하는 허울 좋은 체념에 불과하다는 사실을 생각하거나 하면 빌헬름이여, 나는 그만 말문이 막혀 버리고 만다네. 나는 나 자신의 마음의 내면으로 되돌아가 거기서 하나의 세계를 발견하는 거야! 그것이 표현이나 생동하는 힘으로서 나타나기보다는 예감이나 막연한 욕망 같은 것일세. 그리하여 그 세계에서는 모든 것이 나의 예감 앞에 희미하게 떠돌아다니고 있으며, 나는 꿈결인 양 그 세계의 더 깊은 안쪽을 향해 미소를 짓는다네.

아이들은 자신이 원하는 것을 알지 못한다는 것이, 아이들을 많이 다루고 있는 박식한 가정교사나 학교 선생들의 공통된 견해라네. 그런데 어른들도 아이들과 마찬가지로 이 대지 위를 정처없이 헤매면서 자신이 어디서 와서 어디로 가는지도 모르는 채, 뚜렷한 목적도 없이, 비스킷과 케이크, 그리고 채찍으로 조종되고 있는 것일세. 이러한 사실을 아무도 시인하려 하지 않지만, 내가 보기에는 명백한 사실이거든.

내가 이런 말을 하면 자네가 뭐라고 대답할지 나는 알고 있네. 그러니 나도 기꺼이 고백하겠어. 그런 인간, 곧 아이들과 마찬가지로 아무 생각도 없이 하루해를 보내며, 인형을 안고 옷을 입혔다 벗겼다 하기도 하고, 어머니가 과자를 넣어 둔 서랍 쪽으로 살금살금 조심스레 다가가서, 마침내 벼르던 것을 얻게 되면 그것을 한 입 가득 털어 넣고 나서 좀더! 하고 조를 수 있는 그런 인간이 가장 행복하다는 사실을 말일세.

또 자신의 무가치한 사업이나 자기 멋대로의 취미까지 그럴듯한 명칭을 붙이고서, 그것이 인류의 행복을 위한 대사업이랍시고 버젓이 내

세우는 그런 녀석들도 확실히 행복한 거야. 그렇게 할 수 있는 녀석들은 행복하단 말일세——그러나 겸허한 마음으로 이런 모든 일들이 어떤 의미를 가지고 있는지 아는 사람들이 있다네. 그런 사람들은 안락하게 살아가고 있는 시민들이 자기네의 조그만 정원을 낙원처럼 가꾸는 것을 낙으로 삼는 일이며, 불행을 안고 있는 자들도 그 무거운 짐에 허덕이면서도 쉬지 않고 제 길을 가고 있다는 사실, 그리고 이와 같이 모든 사람들이 단 1분이라도 더 오래 햇볕을 쐬고 싶어한다는 사실을 간파하고 있는 걸세——그렇지, 그런 사람들은 말은 많이 하지 않지만, 역시 자신의 내부에서 자신의 세계를 만들어 가고 있는 사람으로서 살고 있다는 것으로 행복한 것일세. 왜냐하면 그들 역시 하나의 인간이기 때문일세. 그리고 그런 사람들은 비록 여러 가지로 제약을 받는 몸이긴 하지만, 가슴속에서는 언제나 자유의 즐거움을 누리고 있다네. 그리하여 언제든지 마음이 내키기만 하면 이 감옥에서 벗어날 수 있는 자유 정신을 가지고 있다고 생각한다네.

5월 26일

　자네는 내가 어떤 집에서 살고 싶어하는지 알고 있을 줄 아네. 마음에 드는 곳에 정착하여, 그곳에 조그마한 집을 짓고 조촐하게 조용히 살고 싶어한다는 것 말일세. 그런데 여기서 나는 내 마음에 꼭 드는 그런 장소를 찾았다네.

이 도시에서 한 시간쯤 걸리는 곳에 발하임이라 불리는 마을이 있네. 비탈진 언덕에 자리잡고 있어 그 위치가 아주 재미있네. 그 마을에서 좁은 언덕길을 따라 올라가다 보면, 갑자기 골짜기 전체가 내려다보인다네. 그곳에 레스토랑이 하나 있는데, 나이에 비해 애교가 있고 쾌활한 레스토랑의 안주인이 포도주, 맥주, 커피 따위를 팔고 있다네. 무엇보다도 마음에 드는 것은 두 그루의 보리수야. 사방으로 넓게 퍼진 나뭇가지들이 교회 앞의 조그만 광장을 덮고 있는데, 그 광장을 중심으로 둘레에는 농가와 헛간, 그리고 안마당들이 들어서 있다네.

이렇게 정답고 매력적인 분위기를 자아내는 광장은 일찍이 본 적이 없을 정도라네. 나는 레스토랑에서 조그마한 탁자와 의자를 그 광장으로 들고 나와, 거기서 커피를 마시며 호메로스를 읽는다네.

맑게 갠 어느 날 오후, 내가 처음으로 아주 우연히 그 보리수 그늘 아래에 찾아갔을 때, 광장은 정말 고요했었네. 모두들 일을 하려고 들에 나가고, 오직 네 살쯤 된 어린 사내아이 하나가 땅바닥에 앉아서 태어난 지 반 년 가량밖에 안 된 갓난아기를 제 무릎 사이에 앉히고, 두 팔로 아기를 안아 제 가슴에 끌어안고 있었네. 말하자면 큰 아이의 팔이 일종의 의자 역할을 하고 있는 셈이었네. 그 사내아이는 검은 눈으로 쉴새없이 사방을 둘러보면서도 아주 조용히 앉아 있었네. 그 광경이 내 마음에 들었다네.

나는 그 맞은쪽에 놓여 있는 쟁기에 걸터앉아 즐거운 기분으로 이 의좋은 두 형제의 모습을 스케치했네. 바로 그 옆의 생울타리와 창고 문, 그리고 또 부서진 짐수레의 바퀴 등을 늘어져 있는 그대로 그 속에 그려 넣었네. 한 시간쯤 지나서 다 끝낸 그림을 바라보니, 내 주관을 섞지 않았는데도 구도가 좋은 매우 흥미있는 그림이 되었다네. 이를 계기로 앞으로는 자연만 그리겠다는 생각을 더욱 굳히게 되었네.

자연만이 무한히 풍요로우며, 자연만이 위대한 예술가를 낳을 수 있지. 예술 창작상 여러 규칙의 장점도 많이 들 수 있겠지만, 그것은 시민 사회를 찬양하는 말과 마찬가지일세. 물론 규칙에 따라 그대로 예술 활동을 하는 사람은 절대로 무미건조하거나, 저속하고 천박한 작품을 만들지는 않는다네. 그것은 세상의 규칙과 범절에 따라 판에 박인 행동을 하는 사람이, 결코 이웃사람들의 비난의 대상이 되거나 몹쓸 악당이 되는 일이란 결코 없는 것과 마찬가지 이치일세. 그러나 반면에, 모든 규칙은 아무래도 자연의 진정한 감정과 그 참된 표현을 파괴해 버리고마는 것이지.

「그건 너무 지나친 말이다. 규칙은 다만 작품에 제한을 할 뿐이며, 불필요한 덩굴을 잘라 낼 뿐이야.」

이렇게 자네는 말하겠지. 좋아, 그렇다면 비유를 하나 들어 보겠네. 그것은 마치 연애와 같은 걸세. 어떤 청년이 한 처녀에게 반해서 매일같이 그녀의 곁에 붙어 살다시피 하면서, 자신이 그 처녀에게 모든 것을 바치고 있다는 것을 쉴새없이 알리기 위해, 모든 정력과 재산을 다 기울이고 있다고 가정해 보세. 거기에 한 사람의 속물, 이를테면 어떤 관직에 있는 사람이 찾아와서 그 청년을 보고 이렇게 말하는 걸세.

「우아한 젊은 신사여! 연애는 인간적인 일이지. 따라서 당신도 인간적으로 연애를 해야만 하네. 당신의 시간을 나누어서, 일부는 사업에 돌리고, 그 나머지 시간은 애인에게 바치도록 해요. 당신의 재산을 잘 계산할 것, 그리하여 필요한 경비를 따로 제쳐두고 그 나머지 몫으로 애인에게 선물을 하는 것에 대해서는 나도 뭐라고 하지는 않아요. 다만 그것도 너무 잦으면 안 돼요. 애인의 생일이나 명절 같은 때에만 하도록 해요.」

만일 청년이 그 충고에 따른다면 그는 유능한 청년이 되겠지. 나 역시 그를 관리로 채용하도록 어느 상급 관리에게나 추천할 걸세. 그러나 애인으로서는 그것으로 끝장일세. 그리고 그가 만일 예술가라면 그의 예술은 그것으로 끝장이 나는 거야.

오, 친구여! 나는 자네들에게 묻고 싶네! 어째서 천재의 물줄기가 둑을 부수고 콸콸 흘러와 세상 사람들의 영혼을 일깨워 주는 일이 이렇게도 희귀한가? 사랑하는 친구여, 그 천재의 물결이 흘러내리는 양쪽 기슭에는 속된 무리들이 살고 있어서, 그들은 정자나 튤립 꽃밭이나 채소밭이 허물어질 것을 두려워해서 미리 제방이나 수로를 만들어 닥쳐올 위험에 대비하고 있는 걸세.

5월 27일

아무래도 내가 너무 열심히 비유와 연설을 늘어놓기에 정신이 팔려서, 그 아이들이 그 뒤에 어떻게 됐는지 자네한테 이야기하는 것을 잊은 것 같네. 어제 편지에서 자네에게 단편적으로 이야기한 대로, 나는 회화적인 분위기에 사로잡혀서 그 쟁기에 걸터앉은 채 두 시간이나 그대로 있었다네.

이윽고 저녁때가 다 되었을 때 주부로 보이는 젊은 여자가 그 아이들에게 급히 다가왔지. 아이들은 그때까지 그 자리에 그대로 얌전히 있었던 거야. 그 여자는 한 손에 작은 바구니를 들고 있었는데, 아이들을 보고 멀리서부터 큰 소리를 지르더군.

「필립! 너는 정말 착하구나!」

그리고 또 나에게도 눈인사를 했네. 나도 눈인사를 하며 일어나서 그녀의 곁으로 다가가, 아이들의 어머니냐고 물었다네. 그녀는 그렇다고 대답하고는 큰아이한테 흰 빵 반쪽을 준 다음, 갓난아기를 안아 올리더니 어머니다운 애정을 담아 키스를 하더군. 그녀는 말했네.

「필립에게 아기를 맡겨 놓고서 제일 큰애만 데리고 시내를 갔었지요. 흰 빵이며 설탕, 죽을 쓸 냄비를 사려구요.」

하고 보니 뚜껑이 떨어져서 열린 그 바구니 속에 그 물건들이 다 들어 있었다네.

「한스(이것이 갓난아기의 이름이었네)에게 오늘 저녁에 수프를 끓여 주려구요. 어제 남은 죽을 서로 먹으려고 필립과 싸우다가 개구쟁이 큰아이 녀석이 냄비를 깨뜨려 버렸거든요.」

큰아들은 어디에 있느냐고 나는 물었지. 풀밭에서 두세 마리의 거위를 뒤쫓고 있노라고 그녀는 대답했는데, 그 대답이 채 끝나기도 전에 그 큰아들이 뛰어나오더니 바로 아랫동생에게 개암나무 가지를 선물하는 것이었네. 나는 그녀와 이야기를 계속했는데, 그녀는 그 마을의

학교 교사의 딸이며, 그녀의 남편은 사촌의 유산을 상속받기 위해 스위스 여행중이라는 사실을 알게 되었지.

「모두들 어떻게든 해서 남편을 속이려 한 거예요.」

하고 그녀는 말을 이었네.

「남편이 편지를 몇 번이나 보냈는데도 답장이 안 오는 겁니다. 그래서 남편이 직접 떠난 거지요. 언짢은 일이나 생기지 말아야 할 텐데…… 남편한테서 도무지 소식이 없어서요.」

나는 그녀와 그대로 헤어지기가 서운해서, 두 아들에게 1크로이처르씩을 주고 갓난아기를 위해서도 1크로이처르를 그 어머니에게 주면서, 시내에 나가거든 수프에 곁들일 흰 빵을 사다 주라고 말했다네. 그런 다음 우리는 헤어졌어.

사랑하는 벗이여, 고백하거니와 도저히 내 마음을 진정시킬 수가 없을 때는, 이런 사람들을 바라보고 있노라면 마음속의 동요도 진정되곤 한다네.

그들은 안락한 평온 속에서, 그들의 비좁은 생활 범위 속에서 그날그날을 그저 살아가며, 나뭇잎이 떨어지는 것을 보고는 겨울이 왔구나 하는 것 외에는 별다른 생각을 갖지 않는 그러한 사람들이야.

그때 이후로 나는 곧잘 그곳에 간다네. 아이들은 이제 나하고 아주 정이 들어서, 내가 커피를 마시고 있을 때는 설탕을 얻어먹고, 저녁에는 버터빵과 우유를 나눠 마시곤 한다네. 일요일에는 그들에게 1크로이처르씩을 꼭꼭 주기로 하고 있네. 예배 시간이 지났는데도 내가 거기 가지 못했을 때에는, 레스토랑 안주인에게 나 대신 그들에게 돈을 주라고 부탁을 해 두었네.

아이들은 나하고 여간 정이 든 게 아니어서 스스럼없이 나에게 온갖 이야기를 다 해 준다네. 특히 마을 아이들이 많이 모였을 때면 그들의 드센 감정과 욕망이 노골적으로 드러나는데, 그것이 나를 즐겁게 해 준다네.

아이들이 이 훌륭한 신사에게 폐를 끼치지나 않을까 해서 아이들의 어머니가 무척 신경을 쓰는데, 그런 걱정은 할 필요가 없다는 것을 납득시키는 일이 나로서는 힘이 들었다네.

5월 30일

지난번에 내가 그림에 대해서 말한 것은, 문학에도 그대로 들어맞는 말이라고 생각하네. 멋진 대목을 찾아 내어 그것을 대담하게 표현하면 되는 걸세. 그렇게 하면 적은 말로써 많은 것을 나타낼 수가 있지. 내가 오늘 목격한 광경을 그대로 묘사한다면 아마도 세계에서 가장 아름다운 목가가 될 것임에 틀림없네. 그러나 문학이니 시니 하는 것이 대체 무슨 소용이 있겠나. 우리는 무엇보다도 자연 현상 그 자체에 흥미를 느끼면 됐지, 구태여 그것을 손질할 필요가 어디 있겠나? 이러한 전제를 늘어놓았다고 해서 그야말로 대단한 일을 기대한다면, 자네의 그 기대는 완전히 어긋날 걸세. 그토록 나를 열중시켰던 것은 어느 농가의 한 젊은 농사꾼에 지나지 않으니까 말이야. 내 이야기는 언제나 그렇듯이 제대로 전달이 되지 않을 것이고, 여느 때처럼 자네는 또 내가 과장하고 있다고 생각하겠지. 아무튼 그 무대는 역시 발하임인데, 진귀한 일은 언제나 발하임에서 일어나니 참 희한한 일이지. 몇몇이 모여 커피를 마시고 있었네. 나는 거기 모인 사람들이 별로 마음에 들지 않았으므로, 핑계를 대고 한데 어울리지 않고 따로 떨어져 있었지.

농사꾼 차림의 한 젊은이가 그 근처의 농가에서 나오더니, 지난번에 내가 걸터앉아서 스케치를 했던 그 쟁기를 손질하며 무엇인가 열심히 고치기 시작했네. 나는 그의 그런 모습에 흥미가 갔기 때문에, 몇 마디 말을 걸어 그에게 신상에 대한 이야기를 물어 보았지. 우리는 곧 가까워졌고, 이런 부류의 사람들과는 늘 그렇지만 금세 친해지고 말았지.

그의 이야기에 따르면, 그는 어떤 과부 집에서 머슴살이를 하고 있는데, 좋은 대우를 받고 있다는 것이었네. 그 안주인에 대한 이야기를 자꾸만 하면서 칭찬을 늘어놓는 것을 보고, 나는 곧 이 청년이 몸과 마음을 다 바쳐 안주인을 사모하고 있음을 알아챘지. 그의 말에 의하면, 그 안주인은 이제 젊지 않지만, 첫 번째 결혼에서 너무도 시달림을 당했기 때문에 재혼할 마음이 전혀 없다는 것이네. 그의 말투로 미루어, 그 안주인이 이 청년에게 있어서는 다시없이 아름답고 매력적인 존재이며, 또 첫 번째 결혼에서 겪은 쓰라린 사념을 지워 버리기 위해서도 그녀가 자기를 선택해 주기를 열망하고 있다는 사실을 똑똑히 알 수 있었네. 이 청년의 티없는 연모의 정과 그 사랑과 성실성을 그대로 자네에게 알리기 위해서는, 그의 말 한 마디를 그대로 되풀이해야만 하겠지. 만일 나에게 천재적 시인의 재질이라도 있다면 나는 그의 표정, 그의 아름다운 목소리, 남몰래 불길을 간직한 그의 눈초리를 역력히 표현할 수 있었을 것을……. 아니, 아무리 위대한 시인이라도 그의 태도와 표정 속에 어려 있는 부드러움을 그대로 표현하긴 쉽지 않을 거야. 내가 아무리 묘사한다고 해도 결국 졸렬하기 짝이 없는 글이 되고 말 것이네. 특히 내 마음을 감동시킨 것은, 내가 자기와 안주인과의 관계를 불륜으로 생각하지나 않을까, 안주인의 정숙한 처신을 의심하지나 않을까 하고 그가 진심으로 두려워하고 있는 일이었어. 안주인의 얼굴 생김새며, 젊음의 매력은 이미 사라졌는데도 꼼짝없이 자기를 사로잡는 그녀의 몸매에 대하여 이야기하는 그 청년의 태도가 얼마나 매력적이었던가 하는 것을, 나는 다만 마음속으로 되풀이할 수 있을 뿐일세.

지금까지 안타까운 욕정과 뜨거운 소망이 이토록 순수하게 표현하는 것을 생각해 본 일도 꿈꾼 일도 없다네. 이러한 순수성과 진실을 생각하면 내 영혼은 저 마음 깊은 곳으로부터 불타오른다네. 그토록 성실하고 사랑에 넘친 모습은 어디를 가도 내 머릿속에서 사라지지 않네. 마치 그 불꽃이 나에게 옮겨 붙기라도 한 것처럼 숨가쁘고 애가 탄다네. 이런 소리한다고 나를 나무랄 생각은 하지 말게.

나는 가능한 한 빠른 시일 안에 그 여주인을 한번 만나 볼 작정이네. 아니, 다시 생각해 보니 그녀를 만나는 건 피하는 게 낫겠네. 애인의 눈을 통하여 그녀를 보는 편이 나을 것 같군. 직접 보면, 지금 내 마음속으로 그리고 있는 그녀와 딴판일 염려가 있으니까. 그 아름다운 환상을 무엇 때문에 깨뜨려 버릴 필요가 있단 말인가?

6월 16일

왜 소식이 없었느냐구? 그런 걸 다 묻다니, 그러고 보니 자네도 어쩔 수 없는 학자군. 그래, 짐작이 가지 않는단 말인가? 내가 잘 있다는 것쯤은 자네도 잘 알고 있잖은가. 게다가 한 마디로 말해서 나는 어떤 여인과 알게 되었는데, 그것으로 내 마음이 가득하다네. 나는 이 심정을 어떻게 말해야 할지 알 수가 없네.

세상에서 드문 사랑스러운 한 여인과 알게 된 사연을 순서대로 차근차근 이야기한다는 것은 어려운 일이네. 그래서 나는 훌륭한 역사 기록자가 될 수 없는 걸세.

천사와 같은 여자야! 아니! 누구나 자기 애인을 그렇게 말하는 것이 아닌가? 그걸 알고 있으면서도 나는 그녀가 얼마나 완벽한가 하는 것을 자네에게 말할 수가 없네. 요컨대 그녀가 내 마음을 완전히 사로잡고 있는 것만은 사실이라네.

더없이 이지적이면서도 순진하며, 더없이 착실하면서도 다정하고, 더없이 발랄하고 활동적이면서도 차분한 마음을 가지고 있는 여인이야.

그녀에 대하여는 어떤 말을, 어떤 식으로 하더라도 모두가 하찮은 소리, 시시한 추상적 표현이 될 뿐, 그녀의 모습을 올바르게 나타내지 못한다네. 또 언제든, 아니지, 이 다음으로 미룰 게 아니라 지금 당장 이야기하지. 지금 이야기하지 않으면 기회가 없을 것 같으니까 말일세.

왜냐하면 자네에게만 하는 말이지만, 이 편지를 쓰기 시작한 뒤로 나는 벌써 세 번이나 펜을 놓고 말을 몰아 그녀에게 달려가려고 했네. 나는 오늘 아침에, 오늘은 그녀에게 가지 않겠다고 단단히 다짐했는데, 그런데도 자꾸만 창가로 가서는 해가 어디쯤 떠 있나 살펴보곤 하는 걸세……. 나는 결국 내 자신을 이겨 내지 못했네. 그리하여 그녀에게 가고 말았다네. 거기 갔다가 지금 막 돌아온 참일세. 빌헬름이여, 나는 밤참으로 빵을 먹고 자네에게 이 편지를 쓰고 있는 걸세. 그녀가 귀엽고 발랄한 어린이들, 곧 8명의 동생들에게 둘러싸여 있는 광경을 보면, 내 영혼은 정말 커다란 환희에 젖는다네! 이런 식으로 써 내려 가면, 아무리 읽어 보았자 자네는 뭐가 어떻게 된 건지 알 수 없겠군. 좋아, 그렇다면 억지로라도 내 마음을 가라앉혀서 자세하게 이야기하겠네.

지난번에 자네에게 이야기했던 대로 나는 법무관인 S씨를 알게 되었는데, 그분은 나에게 은신처라기보다 자기의 작은 왕국으로 한번 놀러 오라는 초대를 했었지. 그런데 나는 방문을 미루고 있었다네. 만일 우연이라는 것이 나로 하여금 그 한적한 고장에 숨겨져 있던 그 보물을 발견하게 하지 않았더라면, 나는 결코 거기에 가지 않았을지도 몰라.

내가 알게 된 이곳 젊은이들이 무도회를 연다기에 나도 참석할 것을 쾌히 승낙했다네. 나는 마음씨가 곱고 예쁘장하기만 할 뿐 달리 이렇다 할 장점이 없는, 이 도시에 살고 있는 소녀에게 파트너가 되어 줄 것을 부탁했네. 서로 의논을 한 결과, 내가 마차를 세내어 파트너인 그 아가씨와 그녀의 사촌 동생을 태우고 무도회장으로 가되, 그 도중에 샤를로테 S네 집에 들러 그녀를 데리고 가기로 합의가 되었지.

「아름다운 아가씨를 알게 되실 거예요.」

숲 속에 널찍하게 나 있는 길을 따라, 그 수렵관을 향해 달려가는 마차 속에서 내 파트너인 그 소녀가 말했네.

「반하지 않도록 조심하셔야 해요.」

하고 그녀의 사촌 동생이 덧붙이는 걸세.

「왜요?」

내가 물었지.

「그 아가씨는 벌써 근사한 분과 약혼했으니까요.」

내 파트너인 소녀가 대답하더군.

「약혼자는 아주 훌륭한 분인데, 지금 여행중이랍니다. 그분의 아버님이 돌아가셨기 때문에 여러 가지로 정리할 일도 있고, 또 좋은 일자리를 물색하기 위해서이기도 하지요.」

그런 소리를 들어도 나는 별로 관심을 두지 않았다네.

우리가 어떤 저택의 문 앞에 다다랐을 때에는, 해가 서산으로 기운 지 겨우 5분쯤 지났을 때였다네. 몹시 무더웠지. 여자들은 소나기가 한바탕 내리지나 않을까 하고 걱정들을 했네. 사실 멀리 지평선 일대에 우중충한 잿빛 구름이 깔려 있어서 소나기를 몰고 올 것 같은 기세였네. 나는 어설픈 기상학의 지식을 둘러대며 여자들의 걱정을 달래긴 했으나, 나 자신도 속으로는 무도회가 소나기로 중단될 것 같은 예감이 들었네.

내가 마차에서 내리자 하녀가 문간에 나오더니, 로테 아가씨가 곧 나오실 테니 잠깐만 기다려 달라고 말하더군. 나는 안뜰을 지나서 보기

좋게 지어진 안채를 향해 걸어갔지. 입구의 계단을 올라가서 현관 안으로 들어가자, 일찍이 본 적 없는 매혹적인 정경이 눈에 띄었네. 몸매가 아름다운 중간 정도의 키를 가진 그녀는, 팔과 가슴에 연분홍색 장식끈이 달려 있는 청초한 흰옷을 입었다네. 그녀는 흑빵을 손에 들고 자기를 둘러싼 아이들에게 각각 나이와 식욕에 따라 한 조각씩 잘라 주었는데, 어느 아이에게나 그야말로 다정스레 그것을 건네 주는 것이었네. 아이들은 빵을 채 자르기 전부터 저마다 그 작은 고사리손을 높이 들어올린 채 기다리고 있다가, 빵조각을 받으면 아주 천진스럽게,「고마워요!」하고 소리를 지르는 걸세. 그리고서 아이들은 각자가 받은 몫에 만족하며, 자기들의 언니인 로테가 타고 갈 마차와 손님들을 보려고, 어떤 아이는 뛰어오르기도 하고, 또 어떤 아이는 얌전한 성품인지 천천히 걸어서 대문께로 나왔다네.

「미안합니다.」

그녀는 나를 보고 말했네.

「선생님께서 여기까지 오시도록 하고, 또 아가씨들을 기다리게 해서 죄송합니다. 옷을 갈아입고, 또 제가 집을 비우는 동안에 해야 할 일을 이것저것 시키다 보니, 아이들에게 저녁 빵 주는 일을 깜빡 잊었었거든요. 아이들은 빵을 꼭 제가 잘라 주어야만 한다고 막무가내랍니다.」

나는 그저 덤덤히 몇 마디 인사치레를 했지. 그러나 내 마음은 온통 그녀의 자태와 목소리, 그리고 그 동작에 완전히 매혹되었네. 그녀가 장갑과 부채를 가지러 거실로 뛰어갔을 때, 나는 비로소 제정신으로 돌아와 이 최초의 놀라움으로부터 헤어날 수 있는 여유를 찾았다네. 아이들은 조금 떨어진 곳에서 나를 보고 있었네. 나는 매우 귀엽게 생긴 사내아이인 막내둥이에게로 다가갔는데, 그 아이는 나를 보자 슬금슬금 뒷걸음질을 치더군. 그때 로테가 되돌아와서, 「루이야, 아저씨하고 악수해야지」하고 말했네. 그 아이는 로테가 시키는 대로 스스럼없이 손을 내밀었네. 콧물을 흘러 코밑이 약간 지저분했지만 나는 그애에게 마음에서 우러난 키스를 하지 않을 수 없었네.

「아저씨라뇨?」

나는 로테에게 손을 내밀면서 말했지.

「내가 댁의 친척 중의 한 사람이 될 영광을 누릴 수 있을까요?」

「어머나! 저희들에겐 친척이 아주 많답니다. 설마 그들 가운데서 선생님이 가장 나쁜 분이라면 곤란하겠지만요.」

로테는 가볍게 미소를 지으며 말했네.

출발하면서 로테는 자기 바로 아랫동생인 소피에게 아이들을 잘 보살펴 주라고 이른 다음, 말을 타고 산책을 나간 아버지가 돌아오시거든 인사 못 드리고 떠났다고 잘 말씀드려 달라고 부탁했다네. 그리고 다른 아이들에게는, 소피 언니를 자기처럼 생각하고 말을 잘 들어야 한다고 타일렀네. 모두들 그렇게 하겠다고 약속을 하였지만 그 가운데서 여섯 살쯤 된 숙성해 보이는 금발머리 소녀는 이렇게 말하더군.

「그렇지만 소피 언니는 로테 언니가 아니잖아. 우린 로테 언니가 가장 좋단 말이야.」

사내아이들이 어느 틈에 마차 뒤에 올라타고 있었네. 내가 괜찮다고 말하자, 로테는 숲 입구까지 아이들이 그대로 마차를 타고 가도 좋다고

허락했네. 그 대신 아이들은 장난치지 않고 얌전히 있겠다는 약속을
해야만 했지.

우리가 자리를 잡자, 여자들은 인사를 나눈 다음, 서로의 옷맵시, 특
히 모자에 대한 이야기를 몇 마디 주고받은 뒤, 그날 저녁 모임에 참석
하는 사람들에 관한 이야기를 나누었네. 그 이야기 도중에 로테는 마
차를 세우게 하고 동생들을 내리게 했네. 아이들은 로테의 손에 다시
한 번 입을 맞추고 싶어하더군. 큰아이는 열다섯 살 소년다운 제법 애
정이 넘치는 키스를 했으나, 작은아이는 활발하고 씩씩하게 키스를 했
네. 로테는 동생들에게 얌전히 잘 있으라는 말을 다시 한번 했고, 우리
가 탄 마차는 달려가기 시작했지.

내 파트너인 사촌 동생은, 일전에 보낸 책을 다 읽었느냐고 로테에게
물었네.

「아뇨. 그 책은 마음에 들지 않더군요. 그래서 돌려 드리겠어요. 그
전의 책도 역시 마음에 들지 않았어요.」

로테는 대답했다네.

「어떤 책인데요?」

내가 묻자 어떤 책이름을 댔는데, 나는 그 대답을 듣고 놀라지 않을
수 없었네.

나는 그녀가 하는 모든 말에서 뚜렷한 개성을 감지할 수 있었네. 그
녀가 한마디할 때마다 새로운 매력, 새로운 정신의 광채가 그녀의 표정
에 넘쳐흐르는 것을 발견하게 되었네. 그리고 그녀의 모습은, 자기 말
을 내가 이해해 준다는 사실에 만족하여 점점 더 부드러워져 가는 것

같았다네.

「전에는…….」

로테는 말하기 시작했네.

「저는 소설을 가장 좋아했어요. 얼마나 재미있는지, 일요일이면 방 한구석에 앉아서 미스 제니라든가 그런 주인공의 행운과 불운에 정신 없이 빠져들곤 했지요. 그 시절엔 얼마나 즐거웠는지 몰라요. 지금도 그런 책에 마음이 끌린다는 것을 부정할 생각은 없어요. 그렇지만 요 즈음은 좀처럼 책을 읽을 기회가 없기 때문에, 이왕에 읽을 거라면 제 취향에 맞는 책을 읽고 싶어요. 제가 좋아하는 작가란, 그 작품 속에서 저 자신의 세계를 발견할 수 있고, 저와 같은 처지의 생활 묘사로 친근 감이 가고 흥미있는 이야기를 쓰는 그런 작가예요. 저의 집생활이 물 론 천국과 같지는 않지만, 아무튼 뭐라 표현할 수 없는 행복의 원천이 지요.」

이 말을 듣고 나는 마음속의 감동을 감추느라고 무척 애를 썼다네. 그러나 그렇게 오래도록 감추고 있을 수는 없었네. 그녀가 골드스미드 의 소설 『웨이크필드의 목사』를 비롯한 몇몇 소설에 대해 이야기하면 서, 그것들에 대해 아주 정확한 견해를 피력하는 것을 들었을 때, 나는 그만 무아지경이 되어 내 마음속에 있는 말을 다 털어놓고 말았지. 그 러다가 얼마 뒤 로테가 다른 사람에게로 말머리를 돌렸을 때에야 비로 소 나는 깨달았네. 다른 두 여자들이, 그 사이에 줄곧 자기네들이 완전 히 무시당하는 것이 기가 막히다는 듯이 눈이 휘둥그레져 있었다는 사 실을……. 그 사촌 동생이란 여자는 가끔 조소하는 듯한 얼굴로 나를 쳐다보았는데, 나는 그런 것에 조금도 개의치 않았네.

화제는 댄스의 즐거움에 대한 것으로 옮아갔네.

「춤에 지나치게 열중하는 것은 잘못이겠지만……」

로테는 잠시 말을 멈추더니 말했네.

「숨김없이 고백하겠어요. 저는 무엇보다도 댄스를 좋아합니다. 뭔가 걱정거리가 있을 때, 피아노 앞에 앉아서 엉터리로라도 무도곡을 치고 있으면 나도 모르는 사이에 기분이 풀리곤 해요.」

그런 이야기를 하고 있는 동안에도 나는 그야말로 홀린 듯이 그녀의 그 검은 눈을 쳐다보고 있었다네! 그 생기 넘치는 입술, 그 발갛게 상기된 볼이 내 마음을 여지없이 사로잡았네! 그녀의 멋들어진 말에 넋을 빼앗겨 나는 몇 번이나 그녀의 말을 잘못 듣곤 했다네! 나를 잘 알고 있는 자네니까 충분히 짐작할 만하겠지. 결국 별장 앞에 이르러 마차에서 내렸을 때, 나는 마치 몽유병 환자처럼 저물어 가는 세계 속으로 꿈결처럼 빨려들어갔고, 불이 밝혀진 홀에서 울려 나오는 음악 소리도 내 귀에는 거의 들리지 않을 지경이었네.

두 신사, 아우드란 씨와 다른 한 사람 모씨는——이름 따위를 기억할 여유도 없었다네!——우리 마차가 있는 곳까지 와서 우리를 맞이하여 주었는데, 그들은 내 파트너의 사촌 동생과 로테의 댄스 파트너로서 각자 자기의 상대 여성을 무도회장으로 인도해 갔네. 나도 내 파트너와 함께 안으로 들어갔지.

우리는 이리저리 뒤얽히며 미뉴에트를 추었네. 나는 잇달아 다른 여자에게 같이 추기를 청했었는데, 반갑지 않은 상대일수록 한번 어울리면 좀처럼 떨어져 나가려 하지 않더군. 로테와 그 파트너는 영국식 댄스를 추기 시작했네. 이윽고 차례를 따라 그들이 우리 쌍과 어울려 선회를 시작하였을 때, 내가 얼마나 기뻐했는지는 자네도 짐작할 만하겠지. 그녀가 춤추는 모습은 참으로 볼 만했다네! 그녀는 몸과 마음을 온통 춤에만 집중시켜 그 속에 몰두해버리는 걸세. 몸 전체가 하나의 화음이지. 아무런 근심도 거리낌도 없으며, 오직 춤만이 전부요, 춤 이외의 일은 생각조차 하지 않는 것 같았네. 그 순간에는 다른 모든 것이 그녀에게서 사라져 버린 것 같았다네.

나는 로테에게 두 번째 대무곡의 상대가 되어 주기를 청했네. 그녀는 세 번째 대무곡에서 상대가 되어 주겠노라고 약속을 하고는, 그지없이 사랑스럽고 솔직한 태도로, 자기가 정말 좋아하는 것은 독일식 댄스라고 분명히 말하는 것이었네.

「여기의 관례로는 한 쌍을 이루고 있는 두 사람은 독일식 댄스를 출 때에도 그대로 짝을 짓는 것이 관례예요. 그런데요, 선생님의 파트너도 왈츠는 출 줄 모르고 또 좋아하지도 않아요. 영국식 댄스를 출 때 보니 선생님은 왈츠를 잘 추시더군요. 그러니까 독일식 댄스의 상대로 저를 희망하신다면, 선생님께서 제 파트너에게 그렇게 부탁해 주세요. 저는 선생님의 파트너에게 부탁할게요.」

나는 그러겠노라는 약속의 악수를 했네. 그리하여 우리가 짝을 지어 춤추는 동안, 로테의 파트너인 그 신사는 내 파트너의 상대가 되어 주기로 이야기가 되었지.

드디어 춤이 시작되었네. 우리는 얼마 동안 팔을 번갈아 잡으면서 춤을 즐겼지. 그녀가 춤추는 모습은 경쾌하고 매력적이었네. 이윽고 왈츠가 시작되어 마치 하늘에서 반짝이는 천체의 별들처럼 서로의 주위를 선회하기 시작하자, 그걸 제대로 출 줄 아는 사람은 극소수였으므로 처음에는 좀 어수선했네. 우리는 그 사이를 요령껏 추어 가면서 혼란이 진정되기를 느긋하게 기다렸지. 그리하여 서투른 사람들이 물러가고 홀에 걸리적거리는 대상이 없어졌을 때, 우리는 가볍게 춤추기 시작했네. 우리 쌍과 아우드란 쌍만 오래도록 춤을 추었지. 단연코 말하건대 나는 일찍이 그토록 경쾌하게 춤추어 본 적은 없었네. 아니, 한동안 나는 인간이 아니었네. 마치 꿈 속을 헤매는 것 같았네. 그지없이 사랑스러운 여인을 품에 안고 번개처럼 춤추며 돌아가다 보니, 내 주위의 모든 것이 다 사라져 버리는 걸세. 그리고…… 빌헬름이여, 정직하게 고백하지. 나는 맹세를 했다네. 내가 사랑하고 갈구하는 이 소녀로 하여금 결코 나 이외의 사람과는 왈츠를 못 추게 하겠노라고 말일세. 설령 그 때문에 내가 파멸되는 한이 있더라도……. 자네는 내 심정을 이해해 줄 것으로 믿네.

우리는 잠시 한숨 돌리기 위해 천천히 춤추면서 홀을 두세 차례 돌았네. 그런 다음에 로테는 자리에 앉았지. 나는 간수해 둔 몇 개의 오렌지를 그녀에게 주었더니 그것이 효과 만점이었네. 그런데 그 오렌지를 로테가 한 자리에 앉은 염치없는 여자들에게 나눠 줄 때는 가슴이 쓰리더구먼.

세 번째의 영국식 댄스에서 우리는 두 번째 쌍이 되었네. 사람들의 대열 속을 누비며 형언할 수 없는 기쁨을 만끽하고, 순수한 즐거움을 숨김없이 드러내면서 춤추고 있는 로테의 눈과 가슴에 마음을 빼앗기고 나는 황홀감에 젖은 채 그 팔을 끼고 춤을 추었네. 그러다가 어떤 부인 옆을 지나게 되었네. 그 부인은 젊다고는 할 수 없었으나 꽤 아름다운 얼굴이었으므로 그전에도 눈여겨본 적이 있는 여자였지. 그녀는 미소를 지으며 로테에게 시선을 보내더니 위협하듯이 손가락 하나를 쳐들고는 우리가 스쳐 지날 때 의미심장하게 알베르트라는 이름을 두 번씩이나 입밖에 내는 것이었네.

「실례지만 알베르트란 누군가요?」

로테에게 물었지. 로테가 대답을 하려는 순간에 우리는 커다란 8자를 그리기 위해 양쪽으로 갈라졌네. 그랬다가 도중에 서로 스쳐 지나게 되었을 때 보니, 그녀의 얼굴에 뭔가 생각에 잠긴 듯한 표정이 나타나더군.

「뭘 숨기겠어요.」

프롬나드로 이행하기 위해 나에게 손을 내밀면서 그녀가 말했네.

「알베르트는 착실한 분으로, 저하고는 약혼한 것이나 다름없는 사이예요.」

그건 처음 듣는 말이 아니었지(오는 도중에 그 아가씨들한테 들었으니까). 그런데도 나는 처음 듣는 소리 같았네. 그도 그럴 것이 이렇듯 잠깐 사이에 나에게 이토록 소중한 존재가 된 이 여인과 그 이야기를 결부시켜 생각하지 않았기 때문이지. 나는 머리가 혼란해지고 멍청해져서, 엉뚱한 쌍의 두 사람 사이로 비집고 들어가 버렸네. 그 바람에 춤은 뒤죽박죽이 되어 버렸지만 로테가 침착하게 나를 이끌어 주었으므로, 곧 원상태로 회복될 수 있었네.

지평선 위에서 아까부터 번쩍이던 번갯불이 번쩍이는 것을 보고, 나는 그때마다 비를 한 번 뿌리면 선선해질 거라고 농담 비슷이 말했다네. 그런데 춤이 미처 끝나기도 전에 번갯불이 심해지고 번개치는 소리로 말미암아 음악 소리까지 들리지 않게 되었다네.

이윽고 여자 셋이 대열에서 빠져 나가자, 파트너인 남자들이 그 뒤를 쫓아갔네. 홀 전체가 뒤숭숭해지고 음악 소리도 멎어 버렸네. 한층 즐거울 때에 불행이나 공포가 엄습해 오면, 보통때보다 더 강한 인상을 받게 되는 것은 지극히 자연스러운 일이지. 그 이유 가운데 하나는, 앞뒤의 감정적인 대조가 뚜렷하게 느껴지기 때문이요, 또 한 가지 더 근본적인 이유는, 우리의 감각이 극히 예민한 상태에 놓여 있기에 그만큼 강한 인상을 받기 쉽게 되어 있기 때문일세.

몇몇 여자들이 갑자기 얼굴을 우습게 찌푸린 것도 당연한 일이 아니겠나? 분별이 있는 한 여자는 홀 한구석에 가서 창문을 등진 채 귀를 막고 있었네. 또 어떤 여자는 그 앞에 꿇어앉아서 상대방 여자의 무릎에 파고들더니, 눈물을 흘리며 친구를 껴안았네. 이성을 잃고 어쩔 줄을 몰라하며, 엉큼한 젊은 남자들의 무례한 행동을 막아 내지 못하는 여자들도 있었지. 그 뻔뻔스러운 젊은 남자들은 하늘을 향해 올려지는 불안에 잠긴 여인들의 기도를, 그 아름다운 입술에서 고스란히 자기 것으로 가로채기에 바쁜 것 같았네. 몇몇 신사들은 천천히 담배나 피우려고 아래로 나갔네. 나머지 사람들은 이 집 안주인이 재치있는 착상으로, 덧문이 있고 커튼이 쳐져 있는 방을 제공하겠노라고 해서 그리로 가게 되었지. 우리가 그 방에 들어서자, 로테는 부지런히 오락가락하며 의자들을 둥그렇게 놓더니, 사람들을 자리에 앉히고 뭔가 게임을 하는 게 어떠냐고 제안을 하는 것이었네.

「키스하는 달콤한 벌을 받게 될 수도 있겠는걸.」

벌써부터 입술을 쑥 내밀며 좋아하는 사람들도 있었지.

「숫자놀이를 해요.」

로테가 말했네.

「자, 잔 들으세요. 제가 오른쪽에서 왼쪽으로 돌아가겠어요. 여러분은 제가 돌아가는 것에 따라서, 오른쪽에서 왼쪽으로 차례대로 숫자를 세는 거예요. 각자 자기 차례의 숫자를 부르고 그 다음 차례로 넘기는 거지요. 그걸 도화선의 심지가 타들어가듯이 빨리빨리 불러야만 해요. 막히거나 틀린 숫자를 부르는 분은 뺨을 맞게 됩니다. 자, 그럼 시작하겠어요. 천까지예요.」

정말 그건 보고만 있어도 흥미진진했다네.

그녀는 한쪽 팔을 내뻗고서 돌아가기 시작했네. 「하나」하고 첫 번째 사람이 부르고, 그 다음 사람이 「둘」, 또 그 다음 사람이 「셋」, 이런 식으로 진행되어 가는 거야. 로테가 차츰 더 빨리 돌아가기 시작하자 놀이의 진행 속도는 점점 더 빨라졌네. 그러자 누군가가 틀렸다네. 그러자 찰싹, 로테가 뺨을 때렸네. 와아 하고 웃는 사이에 그 다음 사람도 찰싹! 그리고는 더욱더 빨리 돌아가는 거야. 나는 두 번 뺨을 얻어맞았는데, 다른 사람보다 더 세게 때리는 것 같아서 무척 흡족하더군. 온통 웃고 떠드는 바람에 천까지 가기 전에 게임은 끝나 버렸지. 가까운 사람끼리 저마다 짝을 지어 자리를 뜨기 시작했네. 소나기는 어느새 그쳐 있었거든. 나는 로테를 따라 다시 홀로 나갔지. 도중에 그녀는 말했네.

「따귀 맞는 일에 정신이 팔려 모두들 소나기고 뭐고 다 잊어버린 것 같더군요.」

나는 잠자코 있었네.

「저도요…….」

하고 그녀는 말을 이었네.

「누구보다 겁이 많은 편인데도, 용기가 있는 체하고 다른 분들의 기분을 북돋워 주려 하고 있는 사이에 저도 모르게 힘이 나기 시작하더군요.」

우리는 창가로 다가갔다네. 천둥소리가 멀리서 울리고 시원한 비가 조용히 땅을 적시고 있었지. 더할 나위 없이 상쾌한 장미의 향기가 따뜻한 공기 속에 충만하여 우리가 있는 데까지 풍겨 왔네. 로테는 창틀에 팔꿈치를 괴고 서서 조용히 바깥을 내다보고 있었네. 하늘을 우러러보다가 이윽고 나를 보았는데, 그녀의 눈에는 눈물이 가득 괴어 있었네. 그녀는 자기 손을 내 손 위에 얹으며 「클럽시톡!」 하고 말했네. 나는 곧 로테가 생각하고 있는 클럽시톡의 그 장려한 찬가를 마음속에 되새기며, 그녀가 암호와도 같은 말로써 나에게 전달하려 한 감정의 흐름 속에 잠겨들었네. 나는 벅찬 감동을 억누를 길이 없어, 환희에 넘치는 뜨거운 눈물을 흘리며 몸을 구부려 그녀의 손에 키스를 했네. 그러고는 다시 그녀의 눈을 쳐다보았지. 거룩한 시인 클럽시톡이여! 이 눈에 깃들여 있는 그대에 대한 숭배와 경배를 보여주고 싶구려! 앞으로 다시는 그대의 이름이 사람들의 입에 오르내리며 더럽혀지지 않기를 바라노라!

6월 19일

지난번 편지는 어디서 끝냈는지 기억이 나지 않네. 다만 생각나는 것은, 내가 집에 돌아와서 자리에 누운 것이 새벽 두시였다는 것, 그리고 편지를 쓰지 않고 이야기를 했더라면 아마도 아침이 될 때까지 자네를 붙잡고 지껄였으리라는 것뿐일세.

무도회가 끝나고 집으로 돌아올 때의 일은 이야기하지 않았는데, 오늘도 역시 그런 이야기를 하기에 알맞은 날은 아닌 것 같네.

돌아올 때, 동녘 하늘은 참으로 장관이었네. 주위는 이슬이 함빡 내려앉은 숲과 생기에 넘치는 들판! 마차 안에서 동행한 여자 둘은 꾸벅꾸벅 졸기 시작하였네. 로테는 나를 보고 「선생님도 좀 주무세요」 하고 권했네. 자기 때문에 체면 차릴 필요는 없다는 거야.

「아가씨가 눈을 뜨고 있는 동안에는……」

나는 그렇게 말하며 그녀의 눈을 물끄러미 쳐다보았지.

「나는 졸립지 않아요.」

그리하여 우리 두 사람은 로테네 집에 닿을 때까지 그대로 깨어 있었네. 하녀가 문을 열어 주었는데, 로테의 물음에 대하여 「아버님도 아이들도 여느 때와 같이 아직도 자고 있어요」 하고 대답했네. 헤어질 때 나는 그날 중으로 한 번 더 만날 수 있게 해 달라고 그녀에게 부탁했지. 그녀는 내 청을 받아 주었네. 그래서 나는 그녀를 찾아갔네. 그때 이후로, 해와 달과 별들에 대하여 아랑곳하지 않게 되고, 낮인지 밤인지도 분간하지 못하게 되었네. 세계가 온통 내 주위에서 모습이 사라져 버렸다네.

6월 22일

  나는 하느님이 성자들을 위해 마련해 둔 것 같은 그런 행복한 나날을 보내고 있네. 설령 앞으로 내 몸이 어떻게 되든간에, 내가 인생의 기쁨, 가장 순수한 기쁨을 맛보지 않았다고는 말할 수 없네. 자네, 나의 발하임을 알고 있지? 나는 이곳에 아주 정착하였네. 거기서 불과 반 시간이면 로테네 집에 갈 수 있다네. 그 집에 가면 나는 나 자신의 존재를 느낄 수 있는 걸세. 그리고 인간에게 주어진 모든 행복을 맛보게 되었네.
  발하임을 산책의 목적지로 선정했을 때, 나는 그곳이 그토록 천국에 가까운 곳이라고는 꿈에도 생각지 못했네. 멀리까지 산책을 갈 때마다 나의 모든 소망을 간직하고 있는 그 수렵관을, 때로는 언덕 위에서, 때로는 강 건너쪽의 평지에 서서 바라보기 그 몇 번이었던가! 빌헬름이여! 나는 인간의 내부에 숨겨져 있는 욕망에 대하여 여러 가지로 생각해 보았네. 인간은 자기를 발전시키고 새로운 발견을 하기 위하여 여기저기를 헤매고 다니지. 그리고 마음을 억제하고 주저 없이 그대로 습관이라는 궤도를 따라 걸어가려는 내적 충동도 간직하고 있는 걸세.

신기한 일이지. 이곳에 와서 언덕 위에서 아름다운 계곡을 내려다보고 있노라면, 내 주위의 모든 것이 내 마음을 매료하는 거야. 저기 있는 작은 숲! 아, 저 숲 그늘에서 휴식을 취할 수 있었으면! 저기 있는 산봉우리! 아, 저기서 이 고을 전체를 내려다볼 수 있다면! 쇠사슬처럼 연이어져 뻗어 있는 언덕과 언덕, 정다운 계곡과 계곡들! 아, 저 속에 들어가 보았으면! 이처럼 마음이 끌리고 들떠서 나는 서둘러 그곳으로 갔다가 되돌아왔네. 내가 바라던 것은 그곳에 없었네. 아, 저 너머 먼 곳은 미래와 비슷해. 크고도 어렴풋한 것이 우리 앞에 조용히 가로놓여 있지. 우리의 감정도 또 우리의 눈도 그 속에 빨려들어가네. 우리들의 모든 존재를 바쳐 단 하나의 커다란 멋진 감정의 환희로서 자기 자신을 충만시키고 싶다고 동경하는 걸세. 그런데도 아! 서둘러 그곳에 가 닿아 '저 너머 먼 곳'이 '여기'가 되고 보면, 모든 것이 구태의연하게 지금까지와 마찬가지인 걸세. 우리는 여전히 빈곤과 옹색 속에 서 있는 거야. 그리고 우리의 영혼은 어느 틈에 빠져 달아나 버린 소생의 비약을 구하여 허덕이는 거지.

그래서 아무리 마음을 잡지 못하는 방랑자라도 최후에는 자기의 고향을 그리워하게 마련이며, 자기의 작은 집, 아내의 품, 자식들의 재롱, 처자를 부양하는 일, 그런 것들 속에서, 넓고 넓은 세계로 돌아다니며 찾아도 찾을 수 없었던 기쁨을 발견하게 되는 거라네.

나는 아침해가 떠오름과 동시에 발하임으로 가네. 레스토랑의 채소밭에서 완두콩을 따 가지고, 걸상에 앉아 그 깍지를 까며 호메로스를 읽지. 좁은 부엌에 가서 냄비를 하나 찾아 내어 버터를 떠 넣은 다음, 냄비를 불 위에 얹고 완두콩을 볶는다네. 냄비 뚜껑을 덮고 그 옆에 앉아서, 가끔 냄비를 흔들어 완두콩을 뒤섞기도 하지. 그러고 있을 때 나는, 오디세우스의 정숙한 아내 페넬로페에게 구혼하는 오만한 사나이들이 소와 돼지를 잡아서 잘게 썰어 그것을 불에 굽는 광경을 눈앞에 떠올린다네. 나로 하여금 이렇게 평온하고 진실한 감정으로 충만케 해 주는 것은 부족사회시대의 생활상 바로 그것이라네. 다행히도 나는 그것을 아무런 꾸밈없이 내 생활 속에 얽어 넣을 수 있는 걸세.

손수 가꿔 온 양배추를 자기 식탁에 얹는 사람들의 소박하고도 순진한 즐거움을 내 마음은 감지할 수 있다네. 이 얼마나 복된 일이겠는가? 아니, 양배추만이 아니지. 그것을 심었던 맑게 갠 아침 거기에 물을 주며 무럭무럭 자라나는 과정을 즐겼던 흐뭇한 저녁, 좋았던 나날의 그 모든 것을, 식탁 앞에 앉은 그 시간에 다시 맛볼 수가 있다네.

6월 29일

그저께는 이 도시의 의사가 법무관 집에 찾아왔었네. 마침 그때 나는 로테의 동생들에게 둘러싸여 놀고 있었지. 어떤 아이는 내 몸에 매달리고, 또 어떤 아이는 나에게 장난을 걸었으며, 나는 또 그들을 간질이면서 한데 어울려 떠들어대고 있었다네. 그 의사는 소견이 좁은 속물이라서 대화중에도 줄곧 커프스 주름이나 칼라 장식을 매만지는 위인인데, 우리가 놀고 있는 광경을 보고, 인간의 품위를 손상시키는 행동이라고 생각한 모양이었네. 그의 표정을 보고 알 수 있었지. 그러나 나는 그런 것에는 아랑곳하지 않고, 점잖은 설교 따위를 할 테면 하라지, 하고 아이들이 무너뜨린, 종이로 만든 집을 다시 지어 주었네. 그런 일이 있은 뒤에 그 의사는 온 시내에 험담을 퍼뜨리고 다닌 걸세. 법무관네 아이들은 원래 버릇이 없었는데 베르테르 때문에 완전히 못쓰게 되어 버렸다는 거지.

정녕 빌헬름이여, 이 세상에서 아이들만큼 나와 가까운 존재가 어디 있겠나? 아이들을 지켜보고 있으면 사소한 일에서도 장차 그들이 지녀야만 할 일체의 덕성과 능력의 새싹을 발견하게 되네. 그들의 고집 속에 굽힐 줄 모르는 미래의 꿋꿋한 성격을 볼 수 있으며, 장난 속에 세상살이의 위험을 극복해 나가는 유머와 재치를 엿볼 수 있지. 더구나 그모든 것들이 순수하고 티 없음을 발견할 때, 나는 언제나 인류의 스승인 예수의, '너희가 어린아이와 같이 되지 아니하면!' 이라고 하는 황금같은 말씀이 생각나네.

그런데 현실은 어떤가. 친구여, 우리와 동등한 존재, 우리가 모범으로 삼아야 할 어린아이들을 우리는 마치 예속물처럼 다루고 있지 않은가. 우리네 어른들은, 어린아이들은 그들의 의지를 가져서는 안 되는 줄 알고 있네. 그렇다면 우리네 어른들도 의지를 갖고 있지 않단 말인가? 우리는 어디서 그런 특권을 물려받았단 말인가? 나이가 많고 분별이 있기 때문인가? 오, 하느님, 당신의 눈에는 다만 나이 많은 어린이와 나이 적은 어린이가 있을 뿐입니다. 그리고 어느 쪽을 당신이 더 기뻐하시는지는 당신의 아들 예수께서 벌써 옛날에 가르쳐 주신 바입니다. 그런데도 사람들은 당신의 아들은 믿으면서도, 그분의 말씀에는 귀를 기울이려 하지 않고 자기를 표준으로 해서 아이들을 기르고 있습니다. 이 역시 옛날부터 내려오는 버릇이겠지요. 안녕, 빌헬름이여! 나는 이 점에 대하여는 더 말하고 싶지 않네.

7월 1일

병으로 고생하는 사람들이 로테를 얼마나 고맙게 여기는지 모른다네. 나는 나 자신의 마음이 병상에서 신음하는 많은 환자들보다 더 괴롭기 때문에 그것을 더욱 절실히 느끼네. 로테는 시내의 어떤 진실한 부인 집에 가서 며칠을 지내게 되었네. 의사의 진단에 의하면, 그 부인의 임종이 멀지 않았는데, 그 최후의 며칠 동안 로테의 간호를 받기를 바라고 있다는 걸세.

나는 지난주에 로테와 함께 성(聖)……라는 마을 목사를 찾아갔었네. 산 속으로 1시간 정도 들어간 곳에 있는 작은 마을인데, 우리는 네 시경에 그곳에 도착했네. 로테는 둘째 여동생을 데리고 갔지. 두 그루의 커다란 호두나무 그늘에 덮여 있는 목사관의 안뜰에 들어섰을 때, 그 선량한 노목사는 문간 앞의 벤치에 앉아 있었네.

로테를 보더니 기운이 나는 듯 반색을 하며, 마디투성이인 지팡이를 짚는 것도 잊어버리고, 로테를 맞이하기 위해 일어서려 했네. 로테는 얼른 달려가서 노인을 앉히고 자기도 그 곁에 앉아 아버지의 안부를 전한 다음, 목사가 늘그막에 얻은 막내둥이라는 못생기고 더러운 아이를 껴안아 주었네. 로테가 그 노인을 대하는 모습을 자네에게도 한번 보여 주고 싶을 정도였다네. 그녀는 반쯤 안 들리게 된 노인의 귀에 잘 들리도록 목소리를 높이고, 젊고 튼튼하면서도 갑자기 죽게 된 사람들의 이야기며, 칼스바트 온천물의 효험이 좋다는 이야기, 그리고 노인이 이번 여름에 그곳에 가기로 결심한 것을 칭찬해 드리고, 지난번에 뵈었을 때보다 훨씬 건강이 좋아 보인다는 등 주변 이야기를 했네. 나는 그 동안에 목사 부인에게 인사를 하고 그녀와 이야기를 했지.

내가 시원스러운 그늘을 드리워 주고 있는 커다란 호두나무를 칭찬하자, 노목사는 그 사이 기운을 많이 되찾고 얼마간 더듬더듬하면서도 그 나무의 내력을 이야기해 주었네.

「오래된 쪽 나무는 누가 심었는지 몰라요. 이 목사가 심었다고도 하고, 저 목사가 심었다고도 하거든요. 그런데 안쪽에 있는 나무는 우리 집사람과 동갑으로, 오는 10월로 쉰 살이 됩니다. 집사람의 아버지, 곧 내 장인이 아침에 저 나무를 심었는데, 그날 저녁에 집사람이 태어났다는 거예요. 장인은 나의 선임목사였는데, 이루 말할 수 없이 저 나무를 애지중지했답니다. 저도 역시 마찬가지지요. 지금부터 27년 전의 일입니다만, 내가 가난한 대학생으로서 처음 이 안뜰에 들어섰을 때, 집사람은 저 나무 아래 있는 재목더미에 앉아 뜨개질을 하고 있었답니다.」

따님은 어디 갔느냐고 로테가 물으니까, 시미트 씨와 같이 목장에서 일하고 있는 사람들에게 갔다더군. 그리고 나서 노인은 그 선임목사가 자기를 무척 아껴 주었고, 그의 딸도 자기를 사랑해 주었으며, 처음에는 부목사가 되었다가 얼마 뒤에 후계자가 되었다는 이야기를 들려 주었네.

이야기가 막 끝났을 무렵, 그 목사의 따님이, 조금 전에 이야기가 나왔던 그 시미트라는 사람과 같이 채소밭 쪽에서 들어왔네. 그녀는 진심으로 로테를 환영하더군. 솔직히 말해서, 그녀는 꽤 매력적이었네. 갈색 머리에 몸매가 날씬한 발랄한 아가씨로, 한동안 이런 시골에서 사귀기에는 손색이 없는 여인이었지. 그녀의 애인(시미트 씨가 곧 그런 관계라는 것을 나타내는 태도를 취했거든)은 괜찮게 생겼으나 말이 없는 남자로, 로테가 아무리 말을 걸어도 우리의 이야기에 끼어들려고 하지 않았네.

내 마음이 서글퍼진 것은, 그가 우리와 어울리려 하지 않는 것이 식견의 부족 때문이라기보다는, 오히려 고집과 심술 때문이라는 것을 그의 표정으로 알 수 있었기 때문일세. 이러한 내 추측은 유감스럽게도 시간이 흐름에 따라 의심할 여지가 없어졌네. 우리가 다 같이 산책을 나갔을 때, 프리데리케는 로테와 짝이 되기도 하고 어쩌다가 나와 나란히 걷기도 했는데, 그럴 때면 그렇잖아도 가무잡잡한 그의 얼굴이 눈에 띄게 어두워지는 걸세. 그래서 로테는 기회를 보아 내 소매를 잡아당김으로써, 프리데리케에게 지나치게 친근하게 굴지 말라고 일깨워 주었다네.

아무튼 뭔가 못마땅한 일이 있다고 해서 사람들이 서로, 상대방에게 괴로움을 끼치는 일처럼 통탄할 일이 어디 있겠나? 특히 인생의 한창 때로서 모든 기쁨에 대하여 가슴을 활짝 열어젖힐 수 있는 젊은이들이 얼굴을 찌푸리고, 서로의 얼마 되지 않는 행복한 날들을 망쳐 버리는 것처럼 불쾌한 일은 없네. 그들은 훗날에 가서야 비로소 자기들이 낭비해 버린 세월을 보상받을 길이 없음을 깨닫게 되지만, 그땐 이미 늦은 게 아닌가.

　이런 생각으로 나는 비위가 상한 나머지, 저녁 무렵 목사관 안뜰의 테이블에 둘러앉아 우유를 마실 때, 화제가 이 세상의 고락에 미치자 실마리를 잡고 변덕스러운 불쾌감이란 것에 대해 공격을 해대지 않을 수 없었네.

　「우리 인간들은 곧잘 푸념하기를, 복된 날은 적고 불행한 날이 많다고들 합니다. 그러나 제 생각으로는 그건 맞지 않은 말 같습니다. 하느님이 날마다 내려 주시는 은혜를 우리가 항상 마음을 활짝 열고 즐기려 한다면, 언짢은 일이 생기더라도 그것을 거뜬히 견뎌 낼 만한 힘이 생겨나지 않을까요?」

　「그렇기는 하지만…….」

하고 목사 부인이 내 말에 응수해 왔다네.

　「자신의 감정도 자기 뜻대로는 잘 되지 않거든요. 신체의 상태에 따라 크게 좌우되는 거지요. 몸이 좋지 않을 때는 만사가 다 귀찮아지는 법이에요.」

　나는 일단 그 말을 시인하고 말을 이었네.

　「그렇다면 그것을 일종의 병이라 간주하고, 그 병을 치료할 방법이 없을까 생각해 보는 것은 어떨까요?」

「좋은 말씀이군요. 그건 자기가 마음먹기에 달려 있다고 생각해요. 제 경우에 비추어 알 수 있어요. 뭔가 속상한 일이 있어서 불쾌한 기분이 들면, 저는 벌떡 일어나 나가서 정원을 왔다갔다하며 대무곡을 두어 곡조 부릅니다. 그러면 곧 기분이 가라앉거든요.」

로테가 말했네.

「그게 바로 제가 말하고자 했던 겁니다. 우울증이란 게으름과 같다고 할 수 있죠. 아니, 게으름의 일종이지요. 우리는 선천적으로 게으름에 젖기 쉬운 경향이 있습니다. 우리가 일단 그것을 조절할 힘만 가지고 있으면, 일은 한결 순조롭게 진행되어 활동 속에서 진정한 기쁨을 발견할 수 있는 것입니다.」

나는 말했네.

프리데리케는 열심히 경청하고 있었네. 그러나 시미트라는 그 청년은 이론을 제기하고, 인간이란 결코 자기 자신을 억제할 수 없으며, 더구나 우리의 감정을 억제하기란 거의 불가능하다고 하면서 나에게 반박하는 것이었네.

「지금 문제삼고 있는 건 불쾌감으로, 그건 누구나 회피하고자 하는 감정입니다. 자신의 능력이 어느 정도인지 시험해 보지 않고는 아무도 알 수 없는 겁니다. 병이 나면 누구든지 이 의사 저 의사를 찾아다니고, 건강을 회복하기 위해서는 아무리 괴롭더라도 절제하고, 아무리 쓴 약이라도 싫다고 하지 않을 겁니다.」

하고 나는 말했지.

그 성실한 노목사가 우리의 토론에 참여하고 싶어서 귀를 기울이고 있는 것을 눈치챈 나는 목소리를 높여 노인 쪽을 보고 말했지.

「죄악에 대한 설교는 허다하게 들었습니다만, 불쾌감을 훈계하는 설교는 아직 들은 적이 없습니다.」

「그런 설교는 도회지 목사나 해야겠지요. 농부들은 결코 불쾌증에 걸리는 법이 없다오. 하긴 때로 그런 설교를 해 보는 것도 나쁘지 않겠군요. 목사 부인이라든가 법무관님에게는 약이 되기도 할 테니까.」

목사는 말했네.

그 말에 모두들 웃었네. 노목사 자신도 유쾌하게 웃어젖혔는데, 기침을 하는 바람에 토론은 잠시 중단되었네. 이윽고 그 청년이 다시 입을 열어 이렇게 말했네.

「당신은 불쾌감을 악덕이라고 하셨는데, 그건 좀 지나친 말씀인 것 같이 생각되는군요.」

「결코 지나친 말이 아닙니다. 자기 자신과 주변의 가까운 사람들 모두에게 괴로움을 끼치는 일이 죄악이 아니고 무엇이겠습니까? 서로를 행복하게 해 주지 못한다는 그것만으로도 죄악이라 하기에 충분한데, 우리 각자에게 허용된 기쁨까지 서로 빼앗아야만 할 까닭이 어디 있습니까? 자기 자신은 불쾌하지만 혼자 견디어 내며 남들에게 그것을 나타내지 않고, 주위 사람들의 즐거운 기분을 망치지 않으려고 애쓰는 사람이 있다면, 저는 그분이 누군지 알고 싶습니다. 불쾌감이란 오히려 자격지심에서 비롯된 마음속의 울분, 자신에 대한 불만, 그리고 그것들과 결부된 어리석은 허영심에 의하여 북돋워진 질투가 아닐까요? 행복한 사람을 보고서도, 그 사람이 자기로 인해 행복한 것이 아니라는 사실 때문에 불쾌해하고, 그것 때문에 비위가 상하는 거지요.」

나는 말했지.

로테는 나를 보며 미소를 짓고 있었네. 프리데리케의 눈에는 눈물이 어려 있었네. 거기서 용기를 얻어 나는 말을 계속했지.

「어떤 사람의 마음을 지배할 수 있는 처지에 있다고 해서, 그 사람의 마음속에서 자연스럽게 솟아나는 단순한 기쁨마저도 빼앗아 버리려 하는 사람은 저주스러운 존재입니다. 어떤 훌륭한 선물이나 호의도 자기에게 주어진 기쁨의 한순간이 그런 폭군의 질투 섞인 불쾌감으로 인하여 망쳐진 것을 보상할 수는 없는 겁니다.」

이렇게 말하면서, 나는 가슴이 꽉 메는 기분이었네. 지난날의 갖가지 추억들이 되살아나면서 눈물이 핑 돌았네.

「우리가 날마다 자신에 대하여 이렇게 타이른다면 얼마나 좋을까요!」

나는 큰 소리로 말을 이었네.

「너는 친구들에게 아무것도 해 줄 수가 없어. 다만 그 친구의 기쁨을 방해하지 않고 즐거움을 함께 나눔으로써 그 행복을 더욱 북돋워 주는 일 이외에는……. 네 친구의 영혼이 타는 듯한 정열로 인해 시달리며 고민에 빠져 헤어나지 못하고 있을 때, 너는 한 방울의 진정제나마 그 친구에게 줄 수가 있는가? 그리고 또 한창때의 꽃다운 시절을 너로 인해 공허하게 보내 버린 한 소녀가 중병이 들어 가슴이 아플 정도로 수척해진 채 드러누워 있다고 치자. 소녀의 눈은 멍하니 허공을 바라보고, 임종의 진땀이 창백한 이마에 자꾸만 번져 나오고 있다. 그리고 너는 저주받은 자같이 베갯머리에 서서 자신의 능력을 다 짜내어도 그녀를 위해서는 아무것도 해 줄 수 없다는 것을 뼈저리게 느끼고 있다. 죽어 가는 사람의 기운을 북돋우는 한 방울의 약, 용기를 되살려 줄 수 있는 한 가닥의 불꽃이라도 주입해 줄 수 있다면 모든 것을 다 바쳐도 좋겠노라고, 애끊는 슬픔에 잠겨 있다. 그러면서도 너는 아무것도 해 줄 수가 없는 거야…….」

이렇게 말하고 있는 사이에, 내가 일찍이 당면한 적이 있었던 그와 같은 광경의 추억이 무서운 기세로 나를 엄습해 왔네. 나는 손수건을 눈에 갖다 대고는 자리에서 일어났네.

「그만 돌아가요.」

하는 로테의 목소리에 나는 겨우 정신을 차릴 수 있었네.

돌아오는 길에 로테는, 내가 모든 일에 지나치게 열중하는 것 같은데, 좀 자중하라고 간곡히 충고하는 것이었네.

「선생님은 그 때문에 몸을 망치게 될지도 몰라요. 자신의 몸은 자신이 돌보지 않으면 안 돼요!」

아, 나의 천사여! 나는 오직 당신을 위해 살아가려오!

7월 6일

로테는 여전히 그녀의 친구인 그 위독한 부인 곁에서 간호해 주고 있네. 언제나 주의력이 깊고 상냥한 그녀의 눈길이 닿으면 고통이 덜어지고, 마음 깊은 곳으로부터 행복이 솟아오른다네.

어제 저녁에 로테는 마리아네와 어린 말헨을 데리고 산책을 나갔네. 나는 그것을 알고 도중에서 만나 함께 걸었네. 한 시간 반 정도 산책한 다음 동네 쪽으로 돌아와, 그 샘터에 다다랐네. 그 샘터는 나에게 있어서는 아주 소중한 곳이었는데, 지금에 와서는 1천 배나 더 소중한 곳이 되었다네.

로테는 그 샘터의 야트막한 돌담에 걸터앉고, 우리는 그 앞에 서 있었네. 나는 주위를 둘러보았네. 그러자 아, 내 마음이 그토록 외로웠던 그 무렵의 일이 눈앞에 선하게 떠오르는 걸세.

'그리운 샘터여!'

나는 마음속으로 중얼거렸네.

'그 뒤로 나는 한 번도 시원한 네 곁에서 쉬지를 못했구나. 급히 지나쳐 버릴 뿐, 너를 거들떠보지도 않았던 일조차 더러 있었지.'

아래를 내려다보니, 말헨이 컵에다 물을 떠 가지고 부지런히 올라오고 있었네. 나는 로테를 보았지. 그리고 그녀가 나에게는 얼마나 소중한 사람인가를 새삼 절실히 느꼈다네. 그러는 동안에 말헨은 다 올라왔네. 마리아네가 그 물컵을 받으려 하자 어린 말헨이 말했네.

「안 돼. 로테 언니, 언니가 먼저 마셔요!」

나는 말헨의 천진함과 귀여움에 감동되어 얼른 그 애를 안아 올리고 키스를 퍼부었네. 나는 내 감동을 그렇게밖에는 나타낼 수가 없었던 걸세. 그런데 말헨은 으아! 하고 울음을 터뜨렸네.

「선생님이 잘못하신 거예요.」

로테가 말했네. 나는 당황하여 어쩔 줄 몰랐지.

「말헨, 이리 온.」

로테는 그애의 손을 잡고 돌계단 아래로 내려갔네.

「자, 솟아나는 이 깨끗한 물로 씻어라. 얼른얼른 씻는 거야. 그러면 아무 일도 없어.」

나는 우두커니 거기에 선 채 그 어린아이가 물에 적신 작은 손으로 제 뺨을 열심히 닦는 모습을 지켜 보고 있었네. 기적의 샘물에 모든 부정한 것이 말끔히 씻겨 내려가서, 보기 흉한 수염이 뺨에 나게 되는 일이 없어지게 될 것으로 믿고 있는 모양이었네.

「이제 그만 됐다!」

하고 말했네. 많이 하는 것이 효과가 있을 것으로 믿고 있는 것처럼……. 빌헬름이여, 나는 일찍이 세례 의식에도 이토록 경건한 마음으로 참여한 적이 없었네. 로테가 다시 올라왔을 때, 나는 만민의 죄를 씻어 준 예언자라도 대하듯 그녀 앞에 무릎을 꿇고 싶었네.

저녁때, 나는 내 마음속의 기쁨을 숨길 수가 없어서 이 사건을 어떤 남자에게 이야기했네. 분별이 있는 인물이라 인간의 마음에 대한 이해가 있을 것으로 기대했었다네. 그런데 그 결과는 전혀 뜻밖이었네. 그는, 그건 로테가 잘못한 거라면서, 아이들에게 터무니없는 생각을 불러넣어서는 안 된다는 걸세. 그것이 온갖 망상과 미신의 근원이 되기 때문이라는 거지. 그런 데 빠지지 않도록 우리는 아이들을 일찍부터 지켜 주어야만 한다는 거야. 나는 그 사람이 바로 1주일 전에 자기 아이들에게 세례를 받게 했다는 사실을 생각해 냈네. 그래서 나는 그가 말하는 것을 잠자코 듣고 있었지만, 마음속으로 '우리는 하느님이 우리를 대하듯 어린이를 대해야 한다. 하느님이 우리를 즐거운 상념 속에 사로잡아서 몽롱한 기분에 잠기게 할 때에 우리가 가장 행복해지는 것처럼' 이라는 진리를 되새기고 있었네.

7월 8일

어쩌면 이다지도 어린아이 같을까! 일단 보고 싶으면 나는 왜 이렇게 못 견디는 것일까? 단 한 번만이라도 나에게 눈길을 돌려 주기를 바라다니! 나는 정말 어린아이라네.

발하임에 갔었네. 여자들은 마차를 타고 우리는 걸어서 갔는데, 나는 걸어가면서 쭉 이런 생각을 했다네. 로테의 검은 눈동자 속에 분명히——나는 바보일세. 용서해 주게나. 자네에게도 보여 주고 싶네, 그 눈을! 간단히 쓰기로 하겠네. 졸려서 견딜 수가 없구만. 여자들은 마차에 올라타고, 젊은 W군과 젤시타트, 아우드란, 그리고 나는 마차 주위에 서 있었네. 마차 안의 여자들과 바깥에 둘러선 남자들 사이에 대화가 오고갔지. 모두들 즐겁고 쾌활한 사람들이거든. 나는 로테의 눈길을 잡으려 하고 있었지. 아, 그 눈길은 다른 사내들에게만 이리저리 보내지고 있지 않겠는가. 그런데 나에게는! 나에게는! 나는 따돌려진 채 체념을 하고 멍하니 서 있었네. 그 눈길이 단 한 번도 나에게는 돌려지지 않았단 말일세! 나는 마음속으로 '잘 가요' 하는 인사를 천 번도 더 하고 있었다네. 그런데도 그녀는 나를 보지 않는 거야!

이윽고 마차가 떠나갔네. 내 눈에는 눈물이 핑 돌았지. 멀어져 가는 마차를 바라보고 있으려니까, 머리 장식이 마차의 문 밖으로 내비치더니, 그녀가 뒤를 돌아다보는 게 아닌가. 아! 혹시 나를 보기 위해서 그랬을까?

친구여! 정녕 어느 쪽인지 알 수가 없어서 나는 갈피를 잡지 못하고 있네. 아마 나를 돌아다본 것이겠지, 하는 것이 나의 유일한 위안일세. 잘 있게나! 아아, 어쩌면 나는 이다지도 어린아이 같을까!

7월 10일

사람들이 무슨 모임 같은 자리에서 로테에 대한 이야기가 나오면, 내가 얼마나 당황해하는지 그 꼴을 한번 자네에게 보여 주고 싶네! 누군가가 내게 로테가 마음에 드느냐고 묻기라도 하면 더구나 —— '마음에 든다' 라니…… 나는 그런 말이 딱 질색이야. 로테가 마음에 드는 사람치고 모든 감정이나 생각이 그녀로 인하여 충만되지 않은 사람이 있을까! 마음에 들다니! 며칠 전에 나에게 오시안이 마음에 드느냐고 묻는 얼빠진 놈이 다 있더군.

7월 11일

 M부인의 상태는 매우 위독하다네. 나는 부인의 생명을 위해 기도하고 있다네. 로테와 괴로움을 함께 나누고 있는 터이니까 말일세. 내가 그 부인 집에서 로테를 만나는 건 아주 드문 일이지만, 오늘 로테는 나에게 놀라운 이야기를 들려 주었다네. M이라는 노인은 아주 난폭한 구두쇠로서, 여태껏 그 부인을 몹시 고생시키고 야박하게 굴었다는 거야. 그러나 부인은 어려운 대로 겨우겨우 살림을 꾸려 왔다는군. 며칠 전, 의사가 그 부인에게 앞으로 살 날이 얼마 남지 않았다고 말하자, 그녀는 남편을 병상에 불러 놓고──로테는 그 자리에 있었다네──다음과 같이 말했다네.

「당신에게 고백해야 할 일이 한 가지 있어요. 제가 죽은 뒤에 분쟁이 일어나 불쾌한 사태가 벌어져서는 안 되겠기에 드리는 말씀이에요. 저는 여태까지 최대한으로 절약하면서 집안 살림을 꾸려 왔어요. 그러나 당신에게 용서를 빌어야만 할 일이 있는데, 그건 제가 30년 동안 줄곧 당신을 속여 왔다는 사실이에요. 당신은 우리가 결혼했을 때, 부엌살림에 소요되는 경비와 집안살림의 비용조로 얼마 안 되는 경비를 결정하셨지요. 그 뒤로 우리의 살림 규모가 늘고 장사가 확장되었는데도, 매주 당신이 주시는 돈은 변함이 없었어요. 길게 말하지 않더라도, 살림 규모가 가장 커졌을 때에도 1주일에 7굴덴의 돈으로 꾸려 나가라고 말씀하셨던 것은 당신이 더 잘 아시겠지요. 저는 당신 말대로 고분고분 7

굴덴을 받았고, 모자라는 돈은 매주 가게의 매상금 중에서 따로 떼어 충당해 왔지요. 설마 한 집안의 주부가 매상금의 일부를 훔치리라고는 아무도 생각지 못했을 테니까요. 하지만 저는 한 푼도 낭비를 하지 않았어요. 이런 고백을 하지 않더라도 마음 편히 저세상으로 갈 수 있을 거예요. 다만 제 뒤를 이어 살림을 꾸려 나갈 사람이 그 돈으로는 어림도 없을 텐데, 당신은 또 보나마나 죽은 마누라는 그 돈으로 거뜬히 꾸려 나갔노라고 우기실 것 같아 이렇게 말씀드리는 거예요.」

나는 믿을 수 없을 정도로 인간의 어리석음에 대하여 로테와 말을 주고받았네. 대충 두 배 정도의 경비가 소요된다는 것이 눈에 빤히 보이는데도 7굴덴으로 꾸려 나가고 있다면, 그 이면에는 뭔가 비밀이 있는 게 아닌가 하는 의심이 들 텐데, 그것을 이상하게 생각하지 않다니……. 그러나 나는 자기 집에 '예언자의 무진장한 기름단지'가 있는 것으로 믿어 의심치 않는 사람들이 있음을 알고 있네.

7월 13일

아니, 내가 잘못 생각한 것은 아니네! 나는 그녀의 검은 눈동자 속에서 나에 대한 그리고 나의 운명에 대한 거짓 없는 관심을 읽을 수 있었네. 나는 그것을 분명히 느낄 수 있었어. 이 점에 대해서만은 내 느낌을 믿어도 좋네. 그녀는——아, 천국을 이런 말로 표현할 수 있을까?——나를 사랑하고 있다고 말일세! 틀림없이 나를 사랑하고 있네! 그걸 알고부터 내가 나 자신에게는 그지없이 소중한 존재가 되었다네. 나는 얼마나 나 자신을——자네에겐 이런 소릴 해도 괜찮을 테지. 자네는 그 것을 이해할 만한 사람이니까 존경하게 되었는지도 모른다네. 이것은 나의 지나친 자만일까? 아니면 사실에 바탕을 둔 감정일까? 로테의 마음속에 깊은 인상을 심어 주기라도 할까봐 걱정스러워지는 그런 인물은 없네. 그러나 로테가 그런 약혼자에 대해 열의와 사랑을 드러내며 이야기할 때면, 나는 명예와 지혜를 모조리 박탈당하고 대검까지 빼앗겨 버린 사람이 되어 버리네.

7월 16일

어쩌다 나의 손가락이 그녀의 손가락에 닿거나, 우리의 발이 테이블 아래에서 맞닿거나 할 때면, 아, 뜨거운 피가 내 혈관 속을 흐르는 짜릿한 느낌은 나를 앞으로 떠밀어 주네. 모든 감각이 일시에 마비돼버리지. 오! 그녀의 천진난만하고 때묻지 않은 영혼은 자기의 그런 대수롭지 않은 친근감이 나를 얼마나 괴롭히는지 전혀 알지 못한다네. 뿐만 아니라, 그녀는 이야기에 신이 나면 도중에 자기 손을 내 손 위에 얹기도 하고, 몸을 바싹 대기도 하여 그녀의 순결한 입김이 내 입술에 와 닿는 일조차 있다네. 그럴 때면 나는 벼락이라도 맞은 것처럼 넋을 잃고 쓰러질 것만 같다네. 그리고 빌헬름이여, 나는 이렇게 천국과 같은 행복한 처지에 놓여 감히 이런 말을 털어놓고 있다네. 자네도 지금의 내 심정을 알아 주겠지. 나는 결코 그렇게 타락한 사람이 아니네! 다만 마음이 약할 뿐이네. 정말 약하단 말일세. 그러나 이 약하다는 것이야말로 일종의 타락이 아닐까? 그녀는 나에게 있어서는 신성한 존재일세. 그녀 앞에 나가면 일체의 욕망이 사라져 버리지. 그녀가 곁에 있으면 나는 그만 넋을 잃은 사람이 되어 버리네. 마치 모든 신경이 마비되고 영혼이 빠져 나가는 것 같네. 그녀는 한 멜로디를 천사처럼 소박하고 진지하게 피아노로 연주하네. 소박하게! 정성을 들여서! 그것은 로테가 가장 좋아하는 곡으로 그녀가 그 악보의 첫 소절을 치는 소리가 울리기만 해도 나의 고뇌와 혼란, 그리고 우울한 마음은 사라져 버리네.

음악이 가진 매력에 대해 예부터 전해 오는 이야기가 거짓말이 아니라고 믿게끔 되었네. 그 소박한 멜로디가 내 마음을 이렇게까지 사로잡아 버리는 것을 보면 알 만하지 않은가! 로테는 내가 자신의 이마에 총알을 한 방 쏘고 싶어지는 그러한 때에, 곧잘 노래를 부르기 시작한다네. 그러면 내 영혼의 미망과 암흑은 홀연히 사라져 버리고, 나는 다시금 생기를 되찾아 자유롭게 숨을 쉴 수가 있게 된다네.

7월 18일

빌헬름이여, 만일 사랑이 없는 세계에서 산다면 우리의 마음은 어떻게 될까? 불이 꺼진 환등기나 다를 바 없지 않겠는가? 작은 램프를 끼워 넣자마자 갖가지 영상이 흰 벽에 나타나지. 그것이 한낱 그림자요,

일시적인 환영에 지나지 않는다 하더라도, 우리가 아이들처럼 그 앞에 서서 신비로운 광경에 가슴 설렌다면 그것은 역시 우리들의 행복이 아니겠나? 오늘 나는 로테네 집에 가지 못했네. 피치 못할 모임이 있었기 때문이지. 나는 하인에게 로테네 집에 다녀오라고 시켰지. 누구든지 로테의 곁에 가 있던 사람을 내 몸 가까이에 두고 싶었던 걸세. 얼마나 마음 죄며 그 하인이 돌아오기를 기다렸는지 모른다네.

이윽고 그가 돌아오는 것을 보자 너무도 기쁜 나머지 체면만 아니면 그의 목을 껴안고 키스라도 해 주고 싶었네.

형광석은 햇빛에 놓아 두면 그 빛을 흡수해서, 밤이 되어도 얼마 동안 빛을 발한다고 하더군. 나에게는 이 하인이 그와 같은 존재였네. 그녀의 눈길이 그의 얼굴, 그의 볼, 그의 웃저고리 단추, 그리고 그의 외투 깃에 닿았다고 생각하니, 그 모든 것이 나에게 말할 수 없이 신성하고 소중한 것으로 여겨졌네. 그 순간, 누가 1천 탈르를 준다고 해도 그 젊은이를 다른 사람에게 넘겨 주지 않았을 걸세. 그가 내 곁에 있어 주는 것만으로도 나는 더할 수 없이 흐뭇했거든. 제발 웃지 말게, 빌헬름! 그것을 어찌 한낱 환상이라 할 수 있겠나?

7월 19일

「그녀를 만나야지!」
아침에 눈을 뜨고 새로운 기운이 치솟아 아름다운 태양을 바라볼 때면 이렇게 외치네.

「그녀를 만나야지!」

이렇게 외치고 나면 종일토록 더 바랄 것이 없다네. 모든 것이 이 소망 속에 잠겨 있으니까.

7월 20일

나더러 공사와 함께 ××로 부임하는 것이 좋겠다는 것이 자네들의 의견이지만, 나는 찬성할 수가 없네. 나는 남에게 예속되는 걸 그다지 좋아하지 않거든. 게다가 모두들 알다시피 그 공사라는 사람은 지겨운 인물일세.

어머니께서 내가 활동하기를 바라고 계시다는 자네 글을 읽고서 나는 웃지 않을 수 없었네. 내가 지금 일하고 있지 않단 말인가? 완두콩을 세고 있건 강낭콩을 세고 있건 결국은 마찬가지 아닌가? 세상의 모든 일은 따지고 보면 다 하잘것없는 것들일세. 그리고 자기 자신의 정열이나 욕구를 위해서가 아니라, 남들의 눈을 위해 돈이나 명예, 그 밖에 무엇이고 손에 넣으려고 악착같이 덤비는 녀석들은 분명히 바보네.

7월 24일

나더러 그림 그리기를 게을리하지 말라고 열심히 충고하지만, 나로서는 그 이야기를 피하고 싶네. 바른대로 말해서 그 이후로 나는 그림을 거의 그리지 않고 있는 실정일세.

지금처럼 내가 행복했던 적은 일찍이 없었네. 돌멩이 하나에서 풀잎에 이르기까지 자연에 대한 감수성이 내 가슴속에 지금처럼 충만하고 절실했던 적은 없다는 걸세. 다만…… 이것을 어떻게 표현해야 좋을지 모르겠군.

나의 표현력은 미약해서, 내 마음에 비치는 모든 것은 모호하고 뒤흔들리고 있어서 그 정체를 파악할 도리가 없다네. 그래도 점토나 백랍이라도 있으면, 뭔가를 만들어 낼 수 있을 것 같군.

이런 상태가 좀더 지속된다면, 점토를 주물럭거리게 될지도 모르겠네. 그래서 완성하는 것이 비록 케이크 따위에 지나지 않는다 하더라도 말일세.

나는 로테의 초상화를 세 번이나 그리기 시작했지만 번번이 실패했네. 전에는 꽤 솜씨 있게 그릴 수 있었는데……. 그래서 한층 더 울화가 치밀어 오르더군. 그 뒤 나는 그녀의 실루엣을 그렸다네. 그것으로 만족할 수밖에 없지.

7월 25일

사랑하는 로테여! 잘 알았습니다. 모든 일을 잘 알아서 처리할 테니, 부디 일을 많이 맡겨 주시오. 얼마든지 환영합니다. 그런데 한 가지 부탁이 있습니다. 내게 써 보내는 편지에는 잉크를 흡수하는 모래를 뿌리지 말아 주십시오. 오늘은 편지를 입술에 갖다 대었더니, 입 안이 깔깔합니다.

7월 26일

로테를 너무 자주 만나지 않도록 하자고 벌써 몇 번이나 결심을 했다네. 그러나 어떻게 그것을 지킬 수 있단 말인가? 매일 스스로 유혹에 넘어가고 나서는, 나는 또 엄숙히 맹세를 하는 걸세. 내일은 찾아가지 말아야지, 하고 말일세. 그랬다가 그 내일이 되면, 나는 또다시 그러지 않을 수 없는 이유를 찾아 내고는, 어느새 벌써 그녀 곁에 가 있게 되는 걸세. 가령 전날 밤에 로테가, 「내일도 오시겠어요?」라고 말했다면 어느 누가 가지 않고 배길 수 있겠는가? 그녀가 어떤 일을 부탁했을 경우도 있지. 그러면 내가 직접 가서 그녀에게 그 결과를 알려 주는 것이 예의가 아닌가, 하고 생각하는 걸세. 또 어떤 때는 날씨가 하도 좋아서 발하임으로 산책을 나간다네. 거기까지 가고 보면 로테네 집까지는 불과 반 시간이면 갈 수 있는 거리거든. 거기서부터 벌써 그 분위기에 젖어드는 걸세. 어릴 때 우리 할머니는 곧잘 자석산 이야기를 해 주셨지. 배가 그 산 가까이 다가서면, 갑자기 배 안의 쇠붙이란 쇠붙이는 모두 그 산으로 빨려들어가 버리는 바람에, 뱃사람들은 가엾게도 산이 흩어진 널빤지 사이에 끼여서 바둥거리다 죽어 간다는 이야기였지.

7월 30일

알베르트가 돌아왔으니 이제 나는 이곳을 떠나야만 하겠지. 비록 그가 선량하고 고귀한 인물로서, 모든 점에서 내가 그보다 한수 아래라는 것을 인정한다 하더라도, 그토록 아름답고 완벽한 여성을 소유하고 있는 그를 눈앞에 두고 본다는 것은 정말 감당하기 어려운 노릇이 아닐 수 없다네.

아, 소유! 그렇다네, 빌헬름이여, 어쨌든 그녀의 약혼자가 돌아온 걸세. 다행히 나는 그가 돌아올 때 마중하는 자리에는 있지 않았지. 만일 그 자리에 있었더라면 가슴이 찢어지는 듯한 아픔을 느꼈을 것일세. 그는 신중한 사람이라, 내가 보는 앞에서는 아직 한 번도 로테에게 키스를 한 적이 없다네.

하느님도 신중한 그의 행동에 상을 내리소서!

그가 로테를 존경하고 있다는 것으로 해서 나 역시 그를 존경하지 않을 수가 없네. 그도 나에게 호의를 보이고 있으나, 짐작하건대 그것은 마음에서 우러났다기보다는 로테가 그렇게 유도했기 때문인 듯하네. 그러한 점에서는 여자란 날카롭고 빈틈이 없으니 말일세.

한 여자가 자기를 숭배하는 두 남자들이 서로 사이좋게 지내도록 할 수가 있다면, 언제나 여자 쪽이 이로운 것이거든. 하긴 언제나 그렇게 성공하는 것은 아니지만. 어찌되었든 나는 알베르트에게 경의를 표하지 않을 수 없네. 그의 의젓함은 두드러지게 침착성이 결여된 내 성격과 좋은 대조를 이루고 있네. 그는 풍부한 감정을 드러내는 일도 별로 없는 듯하네. 불쾌한 감정이야말로 내가 무엇보다도 증오하는 죄악이라는 것을 자네도 알고 있지 않은가.

알베르트는 나를 분별 있는 인간으로 여기고 있는 모양일세. 로테에 대한 나의 그리움, 그녀의 모든 행동에 대한 나의 열렬한 기쁨, 그러한 것으로 인해 그가 느끼는 승리감은 더욱 커지고, 따라서 그는 더 한층 로테에게 사랑을 쏟는 걸세. 그가 때때로 사소한 질투로 로테를 괴롭히는 일이 있을지 모르지만, 그런 것은 덮어 두기로 하겠네. 내가 알베르트의 처지라 해도 질투라는 악마의 손아귀에서 깨끗이 벗어날 수 있으리라고 장담할 수는 없으니까.

그런 것은 어찌되었든! 로테 곁에 있을 수 있는 나의 기쁨은 사라져 버렸네. 내가 어리석었다고 함이 옳을 것인가, 눈이 멀었다고 함이 옳을 것인가? 명목이야 어떻든 무슨 상관이 있겠나? 사실 그 자체가 잘 말해 주고 있는 것을! 지금 내가 말할 수 있는 것은, 알베르트가 돌아오기 전부터 이렇게 되리라는 것을 뻔히 알고 있었다는 사실일세. 로테에 관하여 그 어떤 요구도 해서는 안 된다는 것을 알고 있었고, 또 아무런 요구도 하지 않았지. 그렇지만 그토록 사랑하는 사람을 만나 잠자코 있다는 것도 한계가 있지 않겠나? 그런데 마침내는 그 약혼자가 나타나서 그녀를 빼앗아 가 버리자, 이 바보 같은 인간은 눈이 휘둥그레져 있다네. 나는 이를 악물고 나 자신의 비참한 몰골을 비웃는다네.

그러나 누가 나더러 '단념해라, 어쩔 도리가 없지 않느냐' 라고 말하는 자가 있으면, 나는 그자를 몇 배나 더 비웃어 주겠네. 내 눈앞에서 없어지는 것이 좋네.

나는 숲 속을 이리저리 헤매고 돌아다니다가 로테를 찾아갔었네. 마침 알베르트가 정원의 정자에 그녀와 함께 앉아 있었네. 그것을 보자 나는 그만 더 이상 자중할 수가 없어져서, 익살을 부리고 허튼 수작을 하였다네.

「제발 부탁이에요. 어제와 같은 그런 행동은 하지 말아 주세요. 그런 식으로 지나치게 쾌활하게 구시면 어쩐지 무서워져요.」

오늘 로테는 나에게 말했네.

자네한테만 고백하지만, 나는 알베르트가 일이 바쁜 때를 노리고 있다가 그 틈을 타서 얼른 찾아간다네. 그래서 로테가 혼자 있으면 나는 늘 마음이 홀가분해지네.

8월 8일

들어 주게나, 빌헬름이여, 피치 못할 운명에 대해서는 복종하라고 나에게 요구하는 사람들을 나는 비난하였지만, 그것은 결코 자네를 두고 한 말은 아니었네. 자네도 그러한 의견일 것이라고는 상상조차 하지 않았지. 하기야 따지고 보면 자네 말이 옳아. 그러나 친구여, 한마디만 더 하겠네. 세상 일이란 '이것 아니면 저것'으로 딱 부러지게 결말이 나는 경우는 극히 드문 법일세. 인간의 감정과 행동에는 실로 다양한 변화와 가치가 있는 걸세. 마치 매부리코와 사자코의 중간에 무수한 변화의 단계가 있는 것과 마찬가지로.

　그러니 자네 의견이 모두 옳다고 인정하면서도 여전히 내가 '이것 아니면 저것'의 중간 노선을 헤엄쳐 나가려 하더라도 제발 나를 나쁘게 생각하지는 말아 주게나.

　자네는 어느 쪽이든 결단을 내리라고 말하는 거지? 로테에게 희망이 있는가 없는가? 희망이 있다면 끝까지 밀고 나가서 소망을 성취하도록 하라. 그러나 희망이 없다면 용단을 내려서, 온 정력을 좀먹는 불행한 감정으로부터 탈피하도록 노력하라. 이런 말이지? 친구여! 그 말인즉 지당하네. 그러나 말은 쉽지만 실천은 어렵다네.

　서서히 악화되어 가는 질병으로 인해 하루하루 죽음에 가까워져 가고 있는 불행한 인간을 보고, 차라리 비수로 목을 찔러 단숨에 그 고통을 없애 버리라고 권유할 수 있겠나? 환자의 정력을 좀먹는 질병은 또한 그 질병으로부터 자신을 해방시키려는 용기마저도 빼앗아 가는 것이 아닐까? 자네는 이와 비슷한 비유를 끌어다 내게 응할 수도 있겠지. 즉, 언제까지나 주저하고 망설이다가 생명을 위태롭게 하기보다는 상처난 팔을 끊어 버리는 편이 낫지 않느냐고 말일세. 나는 모르겠네! 비유를 끌어다 대면서 논쟁을 벌이는 짓은 그만두기로 하지. 아무튼 빌헬름, 때때로 나는 모든 고뇌를 털어 버리고 뛰쳐나갈 수 있을 것 같은 용기가 치솟을 때가 있다네. 그래…… 만일 내가 가야 할 곳이 어딘지를 알게 되기만 하면, 나는 그곳을 향해 틀림없이 걸어갈 것일세.

8월 8일 저녁

얼마 전부터 게을리하던 일기를 오늘 다시 읽어 보고 놀랐네. 나는 뻔히 알면서도 현재의 이런 사태 속으로 한 걸음 한 걸음 빠져 들어오고 있었던 것일세! 자신의 입장을 언제나 명확하게 인식하고 있으면서도 어린아이같이 처신해 왔네. 지금도 나는 그걸 분명히 알고 있네. 그러면서도 여전히 호전될 희망은 없네.

8월 10일

만일 이와 같은 바보만 아니었다면 나는 최고로 행복한 생활을 누릴 수 있을 텐데……. 한 인간의 마음을 기쁘게 해 주기 위하여 지금 내가 처해 있는 환경만큼 갖가지 조건이 구비되기는 어려울 줄 아네. 정녕 우리의 마음만이 우리의 행복을 만들어 내는 것일세. 나는 지금 단란한 가정의 한 식구가 되다시피 해서, 노인으로부터는 친아들처럼 사랑을 받고, 아이들로부터는 아버지처럼 흠모를 받으며, 더욱이 로테로부터도……. 그리고 성실한 알베르트, 그도 또한 변덕이나 무례한 언동으로 내 행복을 손상시키는 일은 결코 없다네. 그는 진심에서 우러나는 우정으로 나를 감싸 주고 있다네! 빌헬름이여, 우리가 함께 산책을 하면서 로테에 대한 이야기를 주고받는 것을 자네가 옆에서 듣는다면 재미있을 걸세. 세상에서 우리 두 사람의 관계처럼 우스꽝스러운 것이 또 있을까. 그걸 생각하면 종종 눈물이 핑 돌곤 한다네.

어느 날 알베르트는, 성품이 곧은 로테의 어머니에 대한 이야기를 나에게 해 주었네. 그 임종의 병상에서 로테의 어머니는 집안일과 아이들을 로테에게 맡긴다고 말했다는 걸세. 그 이후로 로테는 다른 사람이 된 것 같은 정신적인 자세로 살아 나갔으며, 집안일에 대한 배려라든가 그 진지성은 진짜 어머니를 방불케 했고, 한순간도 쉬지 않고 부지런히 일하며 동생들을 보살폈는데, 그러면서도 언제나 쾌활하고 상냥한 성품을 그대로 유지해 왔다는 걸세. 이러한 이야기를 들으면서 그와 나란히 걸음을 옮기다가, 길가의 꽃을 꺾어 공들여 꽃다발을 엮은 다음, 흘러가는 개울물에 그 꽃다발을 던지고 그것이 천천히 떠내려가는 것을 바라보았다네.

자네에게 이미 써 보냈는지 잘 모르겠지만, 알베르트는 이곳에 머물러 있으면서 궁정으로부터 상당한 급여가 지급되는 어떤 관직에 앉게 될 모양일세. 그는 궁정에서 꽤 호감을 사고 있는 터거든. 일을 착실히 하고 부지런히 해낸다는 점에서 그를 따를 만한 자를 나는 본 적이 없네.

8월 12일

분명히 알베르트는 이 세상에서 가장 선량한 인간일세. 그런데 나는 어제 그와 더불어 한바탕 괴상한 논쟁을 벌였네. 나는 작별 인사를 하러 그의 집에 찾아갔었던 걸세. 갑자기 말을 타고 산으로 여행을 하고 싶어졌거든. 지금 이렇게 자네에게 편지를 쓰고 있는 곳이 바로 산 속이라네. 그의 방 안을 이리저리 서성거리다가 문득 그의 권총이 눈에 띄더군.

「저 권총을 좀 빌려 주시겠습니까? 여행중 호신용으로 가져가고 싶은데…….」

나는 말했지.

「좋도록 하세요. 다만 총알을 장전하는 수고는 당신이 해야만 합니다. 우리 집에서는 그저 장식용으로 걸어 놓았을 뿐이니까요.」

그는 대답하였네.

나는 권총 한 자루를 집어 내렸지. 알베르트는 말을 계속하였다네.

「조심은 하느라고 했었는데, 뜻하지 않은 불상사를 저지른 뒤로는 이런 총기를 만지지 않기로 했지요.」

내가 그 사연을 묻자 알베르트는 이렇게 이야기를 하였네.

「시골에 있는 어느 친구 집에 석 달 정도 머물렀던 적이 있었지요. 나는 한 쌍의 소형 권총을 장전도 하지 않은 채 갖고 있었는데, 밤에는 아무 걱정 없이 잘 잤답니다. 그런데 비가 내리던 어느 오후, 무심히 앉아 있노라니까 어찌된 영문인지, 문득 강도가 언제 덮칠지도 모른다, 그러면 권총이 필요할 것 아닌가, 하는 생각이 들더군요. 그런 기분, 당신도 이해하겠지요? 그래서 나는 하인에게 권총을 내주며, 손질 좀 하고 총알을 장전하라고 일렀어요. 그런데 그 하인이 하녀들과 장난을 치느라고 권총으로 위협하는 시늉을 하고 있는 중에 어쩌다가 그만 권총이 발사되었지 뭡니까. 총구 청소용 꽂을대가 꽂힌 채 총구가 발사되었는데, 그 꽂을대가 하녀의 오른손 엄지손가락에 박혀 엄지손가락이 박살이 나 버렸지요. 울고불고 소동이 벌어진 것은 물론이고, 나는 치료비까지 물어 줘야 했답니다. 그런 뒤로 나는 총기에는 일체 총알을 장전하지 않고 두기로 했어요. 아무리 조심해 봤자 소용이 있나요? 위험이란 예측할 수 없는 일이거든요. 하긴······.」

그런데 자네도 알다시피 나는 알베르트란 인물을 무척 좋아하지만, 그건 '하긴'이란 말을 꺼내기 이전의 그에 한정되는 걸세. 어떤 일반적인 명제라 하더라도 예외가 있는 것은 뻔한 일이 아닌가. 그런데 이 인물은 자기 말이 꼭 정론이 되어야만 직성이 풀리는 걸세. 약간 경솔한 말을 했다거나, 추상적인 애매한 이야기를 했다고 생각할 때에는 그는 먼저 한 말을 새로이 한정하기도 하고, 수정하기도 하며 한없이 늘어놓아서 나중에는 어떤 것이 본론인지 모르게 되어 버리곤 하는 걸세.

이번에도 그는 쉴새없이 변론하기를 그치지 않았네. 결국 나는 그의 말에는 더 이상 귀를 기울이지 않고, 엉뚱한 환상에 빠져 발작적인 몸짓으로 권총부리를 내 오른쪽 눈 위의 이마에 갖다 대었다네. 알베르트는 내 손에서 권총을 빼앗았다네.

「아니, 이게 무슨 짓입니까?」

「총알도 없는데 뭘 그러십니까!」

나는 말했지.

「그야 그렇지만, 이게 무슨 짓입니까. 나로서는 상상도 할 수도 없는 일이에요. 어떻게 인간이 자신을 쏠 수 있는지 혐오감이 들어요.」

「당신과 같은 부류의 사람들은 어떤 일에 대한 이야기를 하면서, 그것은 어리석다, 그것은 현명하다, 그것은 좋다, 그것은 나쁘다, 이런 식으로 한 마디로 잘라서 말을 해야만 직성이 풀리는 모양인데, 이렇게 말함으로 해서 어떤 행위의 내면적인 사정을 다 헤아릴 수 없었는가, 그 원인을 설명할 수 있나요? 어째서 그러한 행위가 행해졌겠는가, 어째서 행해지지 않을 수 없었는가, 그 원인을 명확하게 설명할 수 있나요? 그러시다면 그렇게까지 성급하게 잘라서 판단할 수 없을 텐데…….」

나는 외쳤네.

「어떤 종류의 행위는, 그것이 어떤 동기에서 행해졌든 간에 죄악이라는 점에는 변함이 없다는 사실을 당신도 시인하시겠지요.」

알베르트는 말했네.

나는 어깨를 으쓱해 보이며 그 말에 일단 수긍하고 나서 이렇게 말하였다네.

「거기에도 약간의 예외는 있을 것입니다. 도둑질이 죄악이라는 것은 의심할 여지가 없어요. 그러나 자기 자신과 가족들이 당장 굶어죽게 되었을 때, 아사를 면하기 위해 도둑질을 했다면, 그자는 동정을 받아야 할까요? 아니면 벌을 받아야 할까요? 정당한 분노가 치밀어 부정한 아내와 그녀의 비열한 유혹자를 살해한 남편, 환희의 한때에 이성을 잃고 억누를 길 없는 사랑의 환락에 몸을 내맡긴 소녀, 이들을 향해 누가 맨 먼저 돌을 던질 수 있단 말입니까? 냉혹하기 짝이 없는 법률이라는 이름의 계측기일지라도 반드시 감동받아 그에 대한 형벌을 유보하지 않을까요?」

「그건 전혀 별개의 문제지요. 격정에 사로잡혀 이성을 잃는 인간은 사리분별이 전혀 없어져 있기 때문에 술 취한 사람이나 미친 사람이라고 볼 수 있으니까요.」

알베르트는 대답하였네.

「아이고 맙소사, 당신네 이성적인 사람들이여!」

나는 미소를 지으며 외쳤네.

「격정! 술 취한 사람! 미친 사람! 당신들은 그렇게 말하며 마치 남의 일처럼 태연하군요. 훌륭한 도덕군자들입니다. 술 취한 사람을 나무라고, 미친 사람을 외면하고, 성직자들처럼 그 옆을 지나서는, 바리새 사람들처럼 자기가 그러한 인간 가운데 하나로 태어나지 않은 것을 하느님께 감사하겠지요. 나는 술 취한 적이 여러 번 있습니다. 격정에 사로잡혀 거의 제정신을 잃은 적도 있었지요. 그러나 나는 어느 경우에 있어서도 후회하지 않습니다. 자고로 위대한 업적, 불가능한 것으로 여겨졌던 일을 성취한 비범한 인간들은 옛날부터 모두 주정뱅이라느니, 미치광이라느니 하는 지탄을 받았던 사람들이라는 것을 알고 있으니까요. 그러나 평범한 일상생활에서도 흔히 대담하고 훌륭한 예상밖의 일을 하려고 하면, 그 일을 하고 있는 도중에 거의 예외 없이, 저놈은 미쳤어, 저놈은 바보야, 하고 매도를 하니 나는 차마 곁에서 들을 수가 없군요. 근엄하고 현명한 분이야말로 수치를 알아야 하지 않을까요!」

「그것 역시 당신의 변덕스런 생각에서 나오는 말이지요.」

알베르트는 말했네.

「당신은 무엇이나 지나치게 과장을 합니다. 적어도 이번의 경우, 당신의 논리는 부당해요. 지금 문제가 되고 있는 건 자살인데, 그것을 당신은 위대한 행위에 비유하고 있으니 당치도 않은 일이지요. 자살은 아무래도 의지가 박약한 행위로밖에는 볼 수 없어요. 고통스러운 인생을 꿋꿋이 견디며 살아 나가기보다는 차라리 죽어 버리는 편이 훨씬 쉬운 노릇이 아니겠습니까?」

나는 그만 논쟁을 끝맺으려 했네. 남은 진지하게 이야기를 하고 있는데 시덥잖은 상투적인 문구를 들고 나오니, 그것처럼 못 견딜 노릇이 없거든. 그런데 그의 이런 말은 전에도 여러 차례 들었고 나도 몇 번 화를 낸 일이 있으므로, 나는 마음을 가라앉히고 약간 쾌활한 어조로 말했네.

「의지가 박약한 행위라니요, 제발 겉만 보고 오판하지 마세요. 폭군의 지독한 압정에 시달리고 있던 민족이 마침내 궐기하여 그 압정의 쇠사슬을 끊었을 때, 그것을 당신은 의지가 박약한 행위라 할 수 있나요? 집에 불이 난 것을 보고 놀라서 온몸에 힘이 불끈 솟고, 여느 때에는 움직일 수조차 없는 무거운 물건을 번쩍 드는 사람이라든가, 또는 모욕을 당하고 격분해서 여섯 사람을 상대로 맞싸워서 그들을 때려눕히는 사람, 그러한 사람들을 의지가 박약한 인간이라고 해야만 옳단 말입니까? 그리고 또 긴장하고 노력하는 것이 꿋꿋한 행위라면 지나친 긴장이 어째서 그 반대가 되어야만 한단 말입니까?」

알베르트는 내 얼굴을 물끄러미 들여다보며 말했네.

「기분 나빠하지 말아요. 방금 당신이 든 예는 이 경우에 전혀 합당치 않은 것으로 생각되는군요.」

「그럴지도 모르지요. 내 연상 방법은 때때로 공론에 흐르는 경우가 있다고 전에도 더러 비난을 받아 왔습니다. 그렇다면 다른 논법으로 내 의견을 말해 보겠습니다. 보통의 경우라면 즐거워야 할 인생을 포기해 버리려고 결심하는 사람의 마음이 어떤 것인지, 그것을 다른 방법으로 상상할 수가 없는지, 우리 한번 시도해 봅시다. 요컨대 우리들은 똑같이 그 기분을 알고 난 뒤에 그 문제를 논할 자격이 있는 것입니다. 인간의 본성에는 어떠한 한계가 있는 것입니다. 기쁨이나 슬픔, 고통 등도 어느 일정한 한도까지는 견딜 수가 있지만, 그 한도를 넘어서면 파멸하고 맙니다. 따라서 이 경우, 사람이 약하다든가 굳세다든가 하는 문제가 아니라, 자신이 당하고 있는 고통을 정신적인 면에서나 육체적인 면에서 어느 한도까지 견뎌 낼 수 있는가 하는 문제지요. 그런데 나로선 정말 이해하기 어려운 게 있어요. 그러므로 자신의 생명을 스스로 끊어 버리는 인간을 비겁한 자라 함은, 악성 열병으로 죽어 가는 사람을 비겁한 자라 함과 마찬가지로 타당하지 않다고 생각합니다.」

「그건 궤변입니다! 말도 안 되는 소리입니다!」

알베르트가 외쳤네.

「결코 당신이 생각하듯이 그런 궤변은 아닙니다. 가령 육체가 몹시 병들고, 기력도 기능도 쇠약해져 버려서 어떠한 수단과 방법을 동원해도 정상적인 삶의 영위가 불가능할 때, 우리는 그걸 '죽을병'이라 부르는 데는 당신도 동의하지요? 이 경우를 정신에 적용해 봅시다. 어떤 인간이 정신적으로 막다른 경우를 생각해 봐요. 갖가지 인상이 그에게 작용하여 관념이 고정되고, 마침내 격정이 더욱 항진되어서 냉철한 사고 능력이 상실된 끝에 그는 파멸하고마는 겁니다. 침착하고 분별이 있는 사람은 이런 불행한 사람의 정신 상태를 여러 모로 관찰할 수도 있고 충고도 할 수 있겠지만, 그것이 무슨 소용이 있겠습니까? 그것은 마치 건강한 인간이 환자의 병상 곁에 서 있다 하더라도, 자기 힘을 그 1만 분의 1도 환자에게 주입시켜 볼 수 없는 것과 마찬가지지요.」

나도 지지 않고 응수를 했지.

내 말이 알베르트에게는 한낱 추상적인 이야기에 불과하였네. 그래서 나는 얼마 전에 연못에 투신 자살을 한 한 소녀의 일을 그에게 일깨워 준 다음, 그 이야기를 그에게 되풀이해 주었지.

「그녀는 착한 아가씨였지요. 일정하게 집안일을 돌보며, 지극히 좁은 세계에서 자라났답니다. 즐거움이라고는 조금씩 저축해서 장만한 나들이옷을 입고, 일요일이면 같은 또래의 친구들과 어울려 교외로 산책을 나간다거나, 큰 축제일에 무도회에 참석한다거나, 남들의 평판이며 뒷소문에 관한 이야기에 시간 가는 줄 모르고 이웃집 처녀들과 하염없이 수다를 떤다거나 하는 따위가 고작이었죠. 그런데 이 아가씨의 열정적인 성질이 마침내 좀더 깊은 요구를 품기 시작하였는데, 남자들이 치켜 주는 바람에 그런 요구가 더욱 부풀어올라 여태까지 즐거움으로 여겨 왔던 일들이 차츰 시들해졌던 겁니다. 그러다가 마침내 한 남자를 만나게 되었지요. 지금까지 알지 못했던 감정에 정신없이 끌려들어서, 자기의 모든 희망을 그 남자에게 걸고 주위의 세계를 잊어버렸지요. 자기에게 유일한 존재인 그 남자 이외에는 아무것도 보이지 않고, 아무것도 들리지 않고, 아무것도 느끼지 않게 된 상태로, 오로지 유일한 존재인 그 남자만을 그리워하게 된 것입니다. 들뜬 허영에서 오는 허망한 쾌락에 빠진 일이 없는 아가씨였으므로, 그녀의 소망은 오직 그의 아내가 되는 것이었지요. 지금까지 누려 보지 못했던 모든 행복과 동경해 오던 일체의 기쁨을 그와의 영원한 결합 속에서 찾아 내려 한 것입니다. 희망의 실현을 보증하는 거듭된 약속, 그녀의 욕정을 더욱더 항진시키는 그의 대담한 애무, 이러한 것들이 그녀의 영혼을 송두리째 사로잡아 버렸지요. 황홀경 속에서 그녀는 온갖 기쁨을 예감하며, 극도로 긴장된 심경으로 마침내 자기의 소망을 품에 안으려고 두 팔을 벌렸답니다. 그때 애인은 그녀를 버린 것입니다. 그녀는 몸을 움츠리고 넋을 잃은 채 깊은 연못 앞에 멈춰 섭니다. 그녀는 온통 암흑 속에 잠겨 아무런 목적도 위안도 희망도 없었습니다. 그도 그럴 것이 자기의 생명이라고 생각하고 있던 그 사람에게서 버림을 받았으니까요. 자기 눈앞에 있는 넓은 세계도 보이지 않고, 잃어버린 보물을 보상해 줄는지도 모르는 수많은 사람들도 눈앞에 들어오지 않는 겁니다. 그녀는 세상에서 버림을 받고, 완전히 외톨이가 되었다고 생각했습니다. 그리하여 눈앞이 캄캄해지고, 견디기 어려운 마음의 고통을 이기지 못하고 연못에 몸을 내던집니다. 자기를 감싸 줄 죽음 속에서 모든 고뇌를 잠 재워 버리려고 말입니다. 알베르트 씨, 이것은 흔히 있는 인간의 이야기가 아닙니까? 한 병자의 경우와 이치는 마찬가지 아니겠어요? 서로 얽히며 싸우는 갖가지 힘의 미궁 속에서 생명의 탈출구를 찾아 내지 못하면 결국 죽음의 길을 택할 수밖에 없는 거랍니다. 이것을 곁에서 보고 '못난 여자로군! 기다리고 있으면 될 텐데. 시간이 흐르면 절망도 진정될 것이요, 그녀를 위로해 줄 다른 남자도 나타날 텐데 말이야.' 이런 소리를 하는 자는 저주를 받아 마땅할 거요. 그것은 '그 녀석은 바보야, 열병으로 죽다니! 체력이 회복되고 정력이 되살아나서, 피가 제대로 돌아갈 때를 기다렸다면 만사가 다 호전되고, 지금까지도 살아 있을 텐데 말야' 하고 말하는 것이나 다름없어요.」

알베르트는 이 비유도 납득할 수 없는 모양으로, 여전히 몇 마디 반론을 제기했네. 그러면서 그는 이런 말을 했네. 즉, 내가 말한 것은 한낱 무지한 여자의 이야기로, 만일 그렇게 외곬로만 치달리지 말고 좀더 넓게 생각하는 분별력을 가졌던들 그 지경이 되지는 않았을 거라는 말일세.

「알베르트 씨! 인간은 다 마찬가지랍니다. 남보다 뛰어난 분별력을 지니고 있다고 해도, 걷잡을 수 없이 정열이 고조되어 한계점에까지 몰렸을 때는 거의, 아니 전혀 소용이 없는 거예요. 그렇기는커녕 아니, 다음 기회에 다시 이야기하기로 합시다.」

나는 소리쳤네.

그렇게 말하며 나는 모자를 집었네. 나는 얼마나 가슴이 답답했는지 모르겠네. 이리하여 우리는 서로 이해하지 못한 채 그냥 헤어진 거라네. 이 세상에서 남을 이해한다는 것이 얼마나 어려운 일인지 모르겠네.

8월 15일

　이 세상에서 사랑보다 더 사람에게 필요한 것은 없을 걸세. 로테가 나를 잃고 싶어하지 않는다는 것을 그녀의 거동으로 분명히 느낄 수 있네. 아이들도 내가 날마다 찾아 주리라는 것을 조금도 의심치 않는다네. 오늘 나는 로테의 피아노를 조율해 주러 갔었는데, 그 일은 마치지 못했네. 아이들이 이야기를 해 달라고 졸랐고, 로테도 아이들의 청을 들어 주라고 했기 때문일세. 나는 아이들에게 저녁 빵을 잘라 주었지. 아이들은 이제 내가 빵을 잘라 주어도 로테가 주는 것과 마찬가지로 기꺼이 받아 먹는다네. 그런 다음에 나는 손이 구해 준 공주 이야기를 해 주었다네. 그것은 내가 곧잘 해 주는 이야기로, 골방에 갇힌 공주가 굶어죽을 지경이 되었을 때, 천장에서 여러 개의 손이 내려와서 먹을 것을 주었다는 내용이지. 이야기하면서 나는 배우는 게 많았다네. 아이들이 내 이야기를 듣고 어찌나 깊이 감명을 받는지 깜짝 놀라지 않을 수 없었네. 두 번째로 이야기를 들려 줄 때는 줄거리를 깜박 잊어버려 할 수 없어 적당히 꾸며대니까, 아이들은 곧 지난번에는 그렇지 않았다고 말하는 걸세. 그래서 지금은 조금도 틀리지 않게, 마치 노래라도 부르듯이 정확하게 암송하는 연습을 하고 있다네.
　여기서 한 가지 깨달은 것이 있는데, 저작자가 자신이 지어서 일단 출판했던 책을 개정해서 재판을 내면, 설령 예술적으로는 더 나아졌다 하더라도 그 저서는 반드시 손상을 입게 마련이라는 걸세. 독자들에게는 아무래도 첫인상이 강한 법이거든. 인간은 아무리 엉뚱한 이야기라도 그대로 받아들일 수 있게끔 생겨 먹었단 말일세. 더구나 일단 받아들여진 인상은 곧 머릿속에 달라붙어서 잘 떨어지지 않는 걸세. 그런데 나중에 다시 수정하거나 지워 버린다는 것은 좋지 않은 일이네.

8월 18일

인간이 행복해지고자 하는 그 자체가 도리어 인간을 비참하게 만드는 원천이 됨은 이것 또한 불가피한 법칙이란 말인가? 내 마음속에 충만해 있는 생동하는 자연에 대한 열렬한 감정은, 나로 하여금 기쁨에 넘치도록 하면서 나를 감싸고 있는 세계를 낙원으로 변모시켜 주고 있었는데, 그런데도 지금은 가혹한 박해자인 동시에 고뇌의 정령이 되어 어디를 가나 내게 달라붙어 다니며 괴롭힌다네.

일찍이 바위 위에서 강 건너 저쪽 언덕에까지 이어진 풍요로운 골짜기를 내려다보며 내 주위의 싹트고 생기 넘치는 그 모든 것을 바라보았을 때, 또 기슭에서 산봉우리에 이르기까지 큰 나무들이 울창하게 뒤덮여 있는 저 산들과 아름다운 숲그늘 아래 구불구불 이어 있는 저 골짜기들을 바라보았을 때, 조용히 흐르는 시냇물은 소곤거리는 갈대 사이를 미끄러지듯 빠져 나가면서 다정스런 저녁 바람이 일렁일렁 불어 보내는 사랑스러운 구름을 그 수면에 비치고 있었지.

그리고 사방에서 새소리가 들려 오고, 석양의 마지막 붉은빛 속에서 모기 떼들은 활기차게 춤추고, 풍뎅이들은 태양의 마지막 햇살을 받으며 풀숲에서 해방되어 붕붕거리면서 날아다녔지. 주위의 활발한 움직임에 이끌리어 땅 위에 시선을 돌리면, 내가 서 있는 단단한 바위에는 이끼가 달라붙어 자양분을 빨아들이고, 메마른 모래언덕의 사면에는 저 멀리 아래쪽까지 관목이 자라 있어서, 자연의 내부에 숨어 있는, 불타는 듯한 신선한 생명을 나에게 역력히 나타내어 보여 주었지. 그때 나는 이러한 모든 것들을 내 뜨거운 가슴속에 벅찬 감동으로 받아들이고, 넘치는 풍요로움 속에서 나 자신이 신이 된 듯한 착각에 사로잡히기도 했었다네.

그리하여 무한한 세계의 갖가지 장려한 모습들이 내 영혼 속에서 활기에 넘쳐 약동했었다네. 거대한 산들이 나를 둘러싸고 있었고, 깊은 연못이 내 눈앞에 펼쳐져 있었으며, 골짜기를 흐르는 맑은 물은 넘칠 듯이 아래로 떨어져 내려 내 발 밑을 흘러갔고, 숲과 산들에 메아리가 울려 퍼지고 있었네.

그때 나는 헤아릴 수 없는 그 모든 힘들이 대지의 밑바닥에서 서로 뒤섞이며 작용하는 것을 보았네. 그렇게 해서 창조된 온갖 생물들이 지금 이 대지 위에 뒤덮고, 하늘 아래서 꿈틀거리고 있는 걸세. 생명을 지닌 것들이 그야말로 천태만상으로 이 세계에 가득 차 있단 말일세. 그런데 인간은 안전을 위해 그 조그만 집에 보금자리를 틀고 있는 주제에 넓은 세계를 지배하고 있는 줄 알고 있는 걸세! 오, 가엾고 어리석은 존재여! 너는 너 자신이 보잘것없이 작기 때문에 만물을 그처럼 우습게 보는 것이다.

그러나 영원한 창조자의 영혼은 근접할 수 없는 산악에서 인적 미답의 황야를 넘어 미지의 대양 끝에 이르기까지 충만해 있으며, 그것을 느끼며 삶을 영위하고 있는 온갖 생물을, 티끌과 같은 존재까지도 기뻐하시는 거라네. 아, 그때 나는 머리 위를 날아가는 학의 날개를 빌려, 망망한 대해의 저 건너편 기슭으로 얼마나 날아가고 싶어했는지 모른다네! 신의 술잔에서 거품을 일으키며 넘쳐나는 더없는 생명의 환희를 마시고, 단 한순간이나마 만물을 자신의 내부에서 스스로 창조해 내고 있는 숭고하신 분의 지극한 행복을 맛보기를 얼마나 갈망했는지 모른다네! 친구여, 그 당시를 돌이켜보는 것만이 나를 즐겁게 해 주는 일이라네. 형언할 수 없는 그 무렵의 감정을 되새겨 보려는 노력만으로도 내 영혼은 승화되고 고양된다네. 그러나 마침내는 현재 나를 둘러싸고 있는 환경의 불안함을 더욱 절실히 느낀다네.

마치 내 영혼의 앞을 가리고 있던 장막 같은 것이 걷혀 버린 듯싶네. 무한한 생명의 무대는 이제 내 눈앞에서 영원히 입을 벌리고 있는 깊고 깊은 무덤으로 변해 버린 걸세. 모든 것은 지나가 버리고 모든 것은 빠르게 변모해 가지 않는가? 그 지극히 짧은 동안의 존재조차 온전히 누리는 일도 없이 유전의 분류 속에 휩쓸리는가 하면, 물 밑에 가라앉기도 하고, 바위에 부딪혀 으스러져 버리기도 하지 않는가? 그런데 자네는 어떻게 '이것은 존재한다'고 말할 수 있는가? 한순간 한순간 자네와 자네 주위의 사람들을 좀먹어 가고 있는 걸세. 한순간 한순간마다 자네 자신이 파괴자가 되고 있으며, 또 그것은 당연한 이치인 것일세. 무심코 산책할 때만 해도 수많은 벌레들의 생명을 빼앗고, 한 발자국 내디디다가 공들여 쌓아올린 개미들의 집을 무너뜨려, 그 작은 세계를 참혹한 무덤으로 만들어 버리지 않는가? 어쩌다가 일어날 뿐인 세계적인 대재앙이나, 마을들을 휩쓸어 버리는 홍수, 또 도시를 삼켜 버리는 지진, 나는 결코 그런 따위의 일을 두려워하고 있는 게 아닐세. 자연의 온갖 사물 속에 숨어 있는 잠재력, 바로 그것이 나의 마음을 뒤흔들어 놓은 것일세. 자연 속에서 창조된 일체의 것은 예외 없이 자기의 이웃과 자기 자신을 파괴하고 있는 것이지. 나는 불안하다 못해 현기증이 난다네. 하늘과 땅, 그리고 거기서 작용하고 있는 갖가지의 힘에 둘러싸인 상태 속에서 내가 볼 수 있는 것은, 영원히 집어삼키고 영원히 반추하고 있는 괴물들뿐일세.

8월 21일

아침에 괴로운 꿈에서 깨어나면 나는 헛되이 그녀를 찾아 두 팔을 내뻗는다네. 그녀와 나란히 초원에 앉아 그녀의 손을 잡고 거기에 수없이 키스를 퍼붓는 착각에 빠진 한밤중에 침대 속에서 나는 헛되이 그녀를 찾는다네.

아! 이렇게 꿈 속에서 그녀를 찾아 더듬다가 눈을 뜨면, 나는 가슴이 메어 눈물이 쏟아지곤 하네. 그리하여 나는 위로받을 길 없는 절망 속에서 어두운 미래를 내다보며 엎드려 흐느껴 울 따름이네.

8월 22일

　비참한 심정이네, 빌헬름이여!

　나의 활동력은 아주 무디어지고 불안한 게으른 버릇이 붙어 버렸네. 한가한 기분도 될 수 없고, 그렇다고 무엇 하나 뚜렷하게 할 수 없다네.

　나에겐 이제 사고 능력도 없고 자연에도 무감각해졌다네. 책은 보기만 해도 구역질이 나네. 인간이란 이렇게 자아를 상실하고 보면 모든 것이 사라져 버리는 모양일세. 거짓말도 아니고 과장도 아닐세. 때때로 나는 날품팔이꾼이 되고 싶은 생각이 드네. 그렇게 되면 아침에 눈을 떴을 때 그날 하루의 목표가 생기고, 자신을 긴장시키는 그 무엇인가를 기대하는 마음을 지닐 수 있을 테니까.

　나는 때때로 알베르트가 부럽다네. 서류 속에 파묻혀 있는 그가 나라면 얼마나 좋을까 하는 공상을 하곤 한다네. 나는 벌써 몇 번이나, 자네와 장관에게 편지를 내어 공사관에 자리를 하나 얻어 달라고 할까 생각했었지. 그런 자리라면 거절당하지 않을 것 같았고, 자네도 또한 보증해 줄 걸로 믿고 있었기 때문일세. 그전부터 장관은 나를 아껴 주었고, 어떤 자리에든 앉아서 실무를 보라고 권유해 왔거든. 한순간 그럴까 하는 마음이 들다가도 이내 생각이 달라지곤 하네. 어떤 말이, 자신이 누리는 자유가 지겨워져 제 몸에 안장을 얹고 마구를 얹어 달래서 사람을 태우고 다니다가 마침내 쓰러지고 말았다는 그 우화가 생각나서, 도대체 어떻게 해야 좋을지 갈피를 못 잡게 되고 마는 걸세.

친구여! 환경의 변화를 갈망하는 마음은 어쩌면 일종의 불쾌한 초조 감에서 비롯된 것이 아닐까? 그리고 그것은 어디를 가나 나를 쫓아다 니는 것이 아닐까?

8월 28일

만일 나의 병이 고쳐질 수 있는 것이라면, 그것을 고쳐 줄 사람은 틀림없이 이 사람들일 걸세. 오늘은 나의 생일이야. 아침에 일어나자 마자 알베르트로부터 소포가 배달되었다네. 포장을 끄르자 곧 바로 눈에 띈 것이 분홍색 리본이었네. 로테를 처음 만났을 때, 그녀의 가슴에 달려 있었던 것으로 그 뒤에 몇 번인가 그녀에게 졸라서 내가 얻으려 했던 것이지. 이것과 함께 12절판의 문고본이 2권 들어 있었네. 베르시타인 판의 호메로스로, 산책을 하면서 무거운 에르테스티 판을 들고 다니다가 거추장스러워서 벌써부터 갖고 싶었던 책이지. 참 희한한 일이 아닌가! 이 사람들은 내 소망을 미리 알고서, 알뜰한 우정을 나타내는 조그마한 선물을 찾아 내어 준다네. 이러한 성의는, 보낸 사람의 허영심에 받는 사람의 굴욕감을 느끼게 되는 그런 값진 선물보다 1천 배나 더 귀중한 것이지. 나는 그 리본에 수없이 입술을 갖다 대었네. 그리고 숨을 내쉬고 들이쉴 때마다 그 즐거웠던 날들, 다시는 돌아오지 않을 짧은 그 시절의 행복한 추억들을 되새겼다네.

빌헬름이여, 그러나 불평은 하지 않겠네. 인생의 꽃이란 환상에 지나지 않는 것이니까. 얼마나 많은 꽃들이 흔적조차 남기지 않은 채 떨어져 버렸는가! 열매를 맺는 꽃은 지극히 적고, 열매를 맺어도 온전히 익게 되는 것은 더구나 더 적은 걸세! 그렇다고 익은 과일이 전혀 없었던 건 아니었네. 그런데도——아, 친구여!——우리가 그 익은 열매를 대수롭지 않게 여기고 맛도 보지 않은 채 썩혀 버려도 괜찮은 걸까? 잘 있게. 아주 멋진 여름일세. 나는 곧잘 과일을 따는 긴 장대를 들고 로테네 과수원 나무에 올라가 높은 가지에 달려 있는 배를 딴다네. 그러면 로테는 그 아래에 서 있다가 내가 떨어뜨려 주는 배를 받는다네.

8월 30일

불행한 자여! 너는 바보가 아닌가? 너는 네 자신을 속이고 있는 게 아니냐? 미칠 것만 같은 이 끝없는 정열은 도대체 어찌된 까닭인가? 이제 나는 그녀에게 바치기 위해서만 기도드릴 따름이네. 내 머릿속에 떠오르는 것은 그녀의 모습뿐이라네. 그리고 주위의 세계 일체를 나는 오직 그녀와 결부시켜서 볼 뿐일세. 그리고 그런 식으로 공상에 잠겨 있으면 나는 행복한 몇 시간을 누릴 수가 있다네. 그러나 이윽고 나는 그녀에 대한 생각을 떨쳐 버려야만 하는 걸세! 아, 빌헬름이여! 내 마음은 나를 어디로 몰아 가려 하는 것일까? 그녀 곁에서 두 시간이고 세 시간이고 마주 앉아서 그녀의 모습, 그녀의 거동, 그리고 아름다운 말씨에 황홀해져 있다가도 차차 모든 감각이 마비되어 눈앞이 캄캄해지고 귀가 거의 막혀 버리며, 마치 암살자에게 목이라도 졸리듯 답답해지곤 한다네. 그리하여 내 심장은 숨막히는 감각을 완화시키려고 세차게 고동치는데, 그것이 오히려 감각의 혼란을 더 가중시킬 뿐이라네.

아, 빌헬름! 도대체 이 세상에 정말 살아 있는 건지 의심스러울 때가 가끔 있네. 그리고 때때로 가눌 수 없는 슬픔에 압도되어 있을 때, 로테가 자기 손에 얼굴을 묻고 실컷 울어서 가슴속의 괴로움을 풀어 버리라고 슬픈 위안을 해 주기라도 하면 나는 그 자리에서 도망쳐 나와 버리지 않을 수 없네! 그리하여 먼 들길을 헤매고 다닌다네. 가파른 산등성이를 기어올라가, 덩굴에 걸리고 가시에 찔리면서 길 없는 숲을 헤치며 나아가다 보면 그야말로 얼마쯤 속이 후련해지는 걸세. 얼마쯤 말일세! 그러다가 도중에 피로와 갈증 때문에 몇 번이나 쓰러진 일도 있다네. 보름달이 하늘 높이 떠오르면 상처 입은 발바닥을 잠깐이나마 쉬게 하려고 고요한 숲 속의 구부러진 나뭇가지에 앉아 있다가 지칠 대로 지친 나머지 어슴푸레한 달빛 속에서 꾸벅꾸벅 잠들어 버린다네. 아! 빌헬름이여! 성직자의 외로운 밤과 가죽옷과 가시 혁대야말로 나의 영혼이 갈망하는 청량제라네. 잘 있게! 이 비참한 상태의 종말은 무덤밖에는 없을 것 같네.

9월 3일

빌헬름! 나는 여기를 떠나기로 했네. 망설이던 끝에 결심을 하게 된 것은 자네 덕분이네. 벌써 2주일 전부터 그녀 곁에서 떠나야겠다는 생각을 줄곧 해 왔으면서도 결단을 내리지 못했는데 이젠 정말 떠나야겠네. 그녀는 시내의 친구 집에 가 있네. 그리고 알베르트는 자, 어쨌든 나는 이곳을 떠나지 않으면 안 되네.

9월 10일

괴로운 하룻밤이었네! 빌헬름, 이제야 나는 모든 것을 극복하고 있네. 다시는 그녀를 만나지 않을 거야. 아, 자네 목이라도 끌어안고 실컷 눈물을 흘리며, 내 가슴속에 몰아치는 갖가지 감회를 마음껏 털어놓을 수 있으면 좋으련만! 나는 지금 마음을 가라앉히려고 애쓰면서 아침이 되기를 기다리고 있다네. 날이 밝으면 마차가 오게 되어 있네.

아, 그녀는 지금 편안히 잠들어 다시는 나를 만나지 못하게 되리라는 것은 꿈에도 모르고 있을 걸세. 두 시간 동안이나 이야기를 하면서도 마음을 다부지게 먹고 끝내 내 계획을 발설하지 않을 만큼 나는 강했다네. 그건 그렇다치고, 아, 그 이야기의 내용은 어떠했던가? 알베르트는 저녁 식사를 마치면 곧 로테와 함께 정원으로 나오겠노라고 약속을 했었지. 나는 언덕의 밤나무 아래에 서서 언제 다시 볼지 모르는 그리운 골짜기, 조용히 흐르는 강물 저 너머로 지는 해를 바라보고 있었네. 지금까지 나는 몇 번이나 그녀와 함께 이곳에서 똑같은 장엄한 광경을 지켜 보곤 했었지. 그러나 지금은 내가 좋아하던 가로수 길을 오락가락

여기저기 거닐어 보았네. 내 마음을 이끄는, 뭐라 형언할 수 없는 신비로운 정취가 어려 있어서, 로테를 알지 못했을 때부터 나는 곧잘 이곳에서 발길을 멈추곤 했었다네. 그 뒤 내가 그녀와 서로 사귀게 되었을 때, 우리가 다 같이 이곳을 좋아하고 있다는 것을 알고는 무척이나 기뻐했었지. 적어도 정원사의 손으로 만들어진 곳 중에서 가장 낭만적인 장소라네.

상상해 보게나. 우선 밤나무들 사이로 전망이 탁 트여 있다네. 그런데 생각해 보니, 여기에 대해서는 자네에게 벌써 꽤 여러 번 이야기한 것 같은데, 가로수 사이로 발길을 옮기면 너도밤나무 숲이 병풍처럼 둘러싸고, 그에 이어져 있는 우거진 나무들로 가로수 길은 더욱더 어두워지는데, 마침내는 아늑한 장소가 있지. 거기엔 섬뜩할 정도의 정적이 깃들여 있다네. 지금도 기억하고 있는데, 내가 어느 날 한낮에 처음으로 이곳에 발을 들여놓았을 때, 나는 가슴이 뭉클해짐을 느꼈지. 그리고 이곳이 장차 내 행복과 고뇌의 무대가 되지 않을까 하는 예감이 어렴풋이 들었다네.

내가 반 시간 정도 이별과 재회의 애달프고 달콤한 상념에 잠겨 있으려니까, 두 사람이 언덕을 올라오는 발소리가 들렸네. 나는 곧 뛰어가 그들을 맞이하고, 일종의 전율을 느끼면서 그녀의 손을 잡고 거기에 키스를 했네. 우리가 언덕 위에 오르자, 때마침 달이 관목이 뒤덮인 언덕 너머에서 떠오르기 시작하였네. 잡담을 나누며 걷다 보니, 어느새 어두운 정자에 이르렀지. 로테는 정자 안으로 들어가 앉았네. 알베르트와 나는 그녀 옆에 자리를 잡고 앉았네. 그러나 나는 마음이 안정되지 않아서 그대로 앉아 있을 수가 없었어. 나는 일어나서 그녀 앞을 이리저리 왔다갔다하다가 다시 앉았네. 어쩐지 몹시 불안한 기분이었네. 불안해서 견딜 수가 없었어.

로테는 달빛의 아름다움을 감상하도록 우리의 주위를 환기시켜 주었네. 달은 너도밤나무 숲의 꼭대기에 걸려, 우리 앞에 펼쳐진 언덕을 구석구석 비추고 있었네. 참으로 아름다운 광경이었지. 우리가 있는 장소가 깊은 암흑에 싸여 있는 아늑한 곳이어서, 그 광경은 더 한층 선명하게 보였다네. 우리는 말없이 앉아 있었는데, 이윽고 로테가 말문을 열었네.

「달밤에 산책을 하면, 저는 언제나 돌아가신 분들 생각이 나요. 자꾸만 죽음이라든가 내세에 대한 생각을 저절로 하게 되는 거예요. 우리도 언젠가는 저세상으로 갈 게 아니에요?」

로테는 더할 바 없는 숭고한 감정이 어린 목소리로 말을 이었네.

「베르테르 씨, 우리는 저세상에서 다시 만나게 될까요? 설사 만나게 되더라도 서로가 알아볼 수 있을까요? 어떻게 생각하세요? 어떤 의견이세요?」

「로테!」

나는 눈에 눈물이 그득한 채 그녀의 손을 잡았네.

「우리는 다시 만나게 됩니다! 이세상에서나 저세상에서나 다시 만나게 되구말구요!」

나는 그 이상 말을 계속할 수가 없었네.

빌헬름이여, 하필이면 내가 애달픈 이별을 가슴속에 숨기고 있을 때 그녀가 나에게 그런 말을 묻다니!

「돌아가신 그리운 사람들은 우리들의 일을 알고 계실까요?」

로테는 말을 계속하였다네.

「우리가 몸성히 잘 있으면서, 변함없이 그분들 생각을 하고 있다는 걸 알고 있을까요? 아! 조용한 저녁 무렵, 어머니의 아이들, 곧 제 동생들과 같이 있을 때 우리들이 어머니에게 했던 것처럼 제 둘레에 모여들 때마다 어머니의 모습이 떠오르곤 해요. 그럴 때면 저는 어머니가 그리워 눈물이 나서 하늘을 우러러보며 마음속으로 빈답니다. 어머니가 임종하실 때 '어머니의 아이들을 어머니처럼 돌보겠어요' 하고 약속했던 그 일을 제가 정성껏 지키고 있는 모습을 어머니께서 보셨으면 하고 말입니다. 저는 가슴이 메어서 이렇게 부르짖곤 한답니다. '그리운 어머니, 만일 제가 아이들에게 어머니만큼 좋은 어머니 노릇을 못 하고 있다면 그 점을 용서해 주세요. 아! 그렇지만 저는 제가 할 수 있는 최대한의 노력을 하고 있어요. 아이들에게 옷을 입혀 주고, 빵을 먹여 주고 그리고 또 이게 가장 중요한 일인데, 아이들을 잘 다독거려 주며 사랑하고 있어요. 그리운 어머니, 우리가 단란하게 지내는 정경을 보신다면, 아마도 어머니는 하느님께 뜨거운 감사를 드릴 거예요. 또한 하느님을 찬양하실 거예요. 어머니께서는 임종 때 뜨거운 눈물을 흘리며 아이들의 행복을 하느님께 기도하셨으니까요' 라구요.」

오, 빌헬름이여! 어느 그 누가 그녀의 말을 되풀이하여 그대로 이야기할 수 있겠나? 생명 없는 차가운 문자로 그 성스러운 정신의 꽃을 어찌 다 표현할 수 있겠나? 그때 알베르트는 다정하게 그녀의 말을 가로

막았네.

「로테, 당신은 지나치게 흥분하고 있어요. 당신이 곧잘 그런 생각에 사로잡힌다는 것은 잘 알고 있어요. 제발 부탁이…….」

「오, 알베르트 씨! 설마 잊지 않으셨겠지요? 아버님께서 먼 여행을 떠나고 안 계시는 동안에 아이들을 재워 놓고 저녁마다 우리들끼리 조그마한 둥근 탁자를 앞에 놓고 앉았을 때의 일 말이에요. 당신은 언제나 책을 갖고 오셨지만, 그것을 읽는 일은 좀처럼 없었지요. 무엇보다도 어머니의 그 우아한 영혼과 접촉하는 편이 더욱 마음을 사로잡았겠죠? 어머니는 아름답고 다정하고 쾌활하셨으며, 언제나 부지런히 일하시는 분이었어요. 하느님은 제 눈물을 알아 주실 거예요. 저는 침대에서 하느님 앞에 엎드려 '부디 어머니와 같은 여인이 되게 해 주소서' 하고 눈물을 흘리며 기도한 적이 한두 번이 아니랍니다.」

그녀는 말했네.

「로테!」

소리치며 나는 그녀 앞에 무릎을 꿇고 앉아 그녀의 손을 잡았네. 내 눈에서 하염없이 흐르는 눈물이 그녀의 손을 적셨네.

「로테! 하느님의 은총이 당신과 당신 어머님의 영전에 내릴 겁니다.」

「베르테르 씨가 저희 어머니를 생전에 아셨더라면 참 좋아했을 거예요. 어머니는 당신이 인정할 만한 훌륭한 분이었어요!」

이 말을 듣고 나는 숨이 막힐 듯하였네. 이렇게 훌륭하고 자랑스러운 말을 그녀는 일찍이 나에게 한 적이 없었네. 로테는 말을 계속하였네.

「하지만 어머니는 한창 나이에 돌아가셨어요. 막내가 태어난 지 채 6

개월이 되기 전이었어요. 병환이 나신 지도 얼마 되지 않아서였어요. 어머니는 조용히 운명에 몸을 맡기고 있었는데, 다만 아이들, 특히 막내 일을 생각하며 가슴아파하셨어요. 마침내 임종이 가까워진 것을 안 어머니는 저에게 '아이들을 모두 데리고 오너라' 하셨어요. 저는 아이들을 모두 데리고 들어갔는데, 작은 아이들은 아무 영문도 모르고 겁에 질려 침대 옆에 서 있었어요. 어머니는 두 손을 들고 아이들을 위해 기도를 올리시고, 한 아이씩 차례로 입을 맞춰 준 다음 밖으로 내보냈어요. 그리고 저에게 말씀하셨어요. '저 아이들의 어머니가 되어 다오!' 저는 어머니의 손을 잡고 맹세를 했지요. '로테, 너는 매우 어려운 약속을 했다. 어머니의 마음과 어머니의 눈을 지녀야만 하는 거야. 그것이 어떤 것인지 너는 잘 알고 있을 거다. 때때로 네 눈에 글썽거리는 감사의 눈물을 보고 나는 그걸 알게 됐지. 동생들을 위해서 부디 그런 마음과 눈을 가져 주기 바란다. 그리고 아버지에겐 아내와 같은 정성과 순종하는 마음으로 대하고 위로해 드리도록 해라.' 이렇게 말씀하시고 어머니는 아버지를 찾으셨으나, 아버지는 집에 계시지 않았어요. 슬픔에 못 이겨 괴로워하는 모습을 보이지 않으려고 밖으로 나가셨던 겁니다. 알베르트 씨, 당신은 그때 방에 계셨죠. 어머니는 사람의 발소리를 듣고 누구냐고 묻고는, 당신을 곁에 부르셨어요. 그리고 당신과 저를 한참이나 번갈아 바라보시다가 둘이 부부가 되어 행복하게 잘 살라고 말씀하시고는 안심한 듯이 평온한 눈길을 보내셨어요.」

이때 알베르트는 로테의 목을 끌어안고 키스를 하면서 외쳤네.

「그럼, 우리는 행복해! 앞으로도 행복하게 살아갈 거요!」

그토록 침착한 알베르트도 완전히 자제력을 잃고 있었으며, 나도 제정신이 아니었네.

「베르테르 씨!」

로테는 다시 말했네.

「그런 어머니가 돌아가셨어요. 이 세상에서 가장 사랑하는 사람을 잃어버리면, 이런 일을 누구보다도 가장 사무치게 느끼는 것은 아이들일 거예요. 아이들은 그 뒤로 '검은 옷을 입은 사람들이 엄마를 데리고 가 버렸어' 하고 오래도록 슬퍼했지요.」

로테는 일어섰네. 나는 그제야 정신이 들어 깜짝 놀라면서 로테의 손을 잡았네.

「그만 돌아가요. 밤이 늦었어요.」

그녀는 말했네.

로테는 손을 빼려 했으나, 나는 더욱 힘을 주어 외쳤네.

「우리는 어떤 모습을 하고 있더라도 서로 알아볼 수 있을 겁니다. 난 가겠어요.」

그런 다음에 나는 덧붙였네.

「기꺼이 떠나렵니다. 그러나 영원한 이별이라면 도저히 견딜 수 없을 겁니다. 자, 로테, 아무쪼록 잘 있어요! 안녕히 계십시오, 알베르트 씨! 우리는 틀림없이 다시 만나게 될 겁니다!」

「내일 말이지요?」

로테는 내 말을 짓궂은 농담으로 돌리며 말했네.

그 '내일'이 어떤 것인지 나는 똑똑히 느꼈다네! 아, 그러나 로테는 그것을 짐작조차 못하는 걸세.

두 사람은 가로수 길을 나란히 걸어갔다네. 나는 그 자리에 선 채 달빛 속을 걸어가는 두 사람의 뒷모습을 전송하였지. 그러고는 땅바닥에 주저앉아 실컷 울었다네.

이윽고 나는 벌떡 일어나 언덕 위로 뛰어 올라갔네. 아래를 내려다보니까, 보리수 아래 정원 입구 쪽으로 걸어가는 로테의 하얀 모습이 어렴풋이 보였네. 나는 그쪽을 향해 두 팔을 내밀었지. 그러나 그녀의 모습은 보이지 않았네.

제2부

1771년 10월 20일

　우리는 어제 이곳에 당도했네. 공사는 몸이 좀 불편해서 2, 3일 집 안
에 들어앉아 있을 모양일세. 그 사람이 그렇게 까다롭지만 않다면 더
바랄 것이 없으련만. 나는 알고 있네. 아무래도 운명은 나에게 가혹한
시련을 줄 모양이네. 그러나 용기를 내야지. 가벼운 기분을 가지고 있
으면 어떠한 일도 감당해 나갈 수 있을 테지. 가벼운 기분? 이런 말을
펜으로 쓰다니, 스스로 생각해도 가소로운 생각이 드네. 오, 좀더 명랑
한 기질을 타고 났더라면 나는 이세상에서 가장 행복한 인간이 됐을 텐
데.
　아이고 맙소사! 이 무슨 꼴이란 말인가! 다른 녀석들이 보잘것없는
힘과 재능을 갖고 가슴을 쫙 펴고 보란 듯이 으스대며 내 앞을 활보하

고 있는데, 나는 어찌하여 내 능력이나 재질에 절망하고 있단 말인가! 저에게 모든 것을 베풀어 주신 하느님, 당신께서는 어찌하여 그 절반을 도로 가져가시고 그 대신 자신과 만족감을 내리지 않으셨습니까? 참아야지! 참아라! 그러면 잘 되어 갈 걸세. 친구여, 정말 자네 말이 맞네. 세상 사람들 틈에 끼여 날마다 일에 쫓기며, 다른 사람들이 하는 일이며 그들의 행동을 보기 시작한 이후로 나는 나 자신과 훨씬 더 잘 타협할 수 있게 되었네. 확실히 우리네 인간은 모든 것을 자기 자신과 그리고 자기 자신을 다른 모든 것과 비교하게 되어 있는 이상, 행복하다, 불행하다 하는 것은 결국 우리가 자기 자신과 비교하는 대상 여하에 달려 있는 것이라네.

그러므로 고독처럼 위험한 건 또 없는 것 같네. 우리의 상상력은 그 본질상 자꾸만 높은 곳으로 올라가려 하며, 또 문학이나 시 같은 것에 쓰여 있는 공상적 이미지에 영향을 받아서 인간의 서열을 매긴다네. 거기서는 자기 자신은 서열의 가장 아래쪽에 있고, 자기 이외의 사람들은 모두 자기보다 완전한 것같이 보이는 걸세. 이것은 극히 자연스러운 현상이지. 우리는 자기 자신이 여러 모로 부족하다는 사실을 종종 느끼고 있으며, 자기에게는 결여되어 있는 것이 다른 사람에게는 갖추어져 있는 것같이 생각하게 마련이거든. 게다가 자기가 지니고 있는 모든 것을 상대방에게 첨가하고, 더 나아가서 일종의 이상적인 생활의 즐거움까지 덧붙이는 걸세. 그리하여 완전무결하게 행복한 인간이 만들어지는데, 알고 보면 그것은 우리 자신이 만들어 낸 창조물에 지나지 않네.

이와는 반대로, 자기에게는 여러 가지 약점이나 어려움이 있더라도 오로지 앞을 향해 나아가면, 설령 속도가 느리고 멀리 돌아가는 일이 거듭된다 하더라도, 돛을 올리고 노를 저으며 나아가는 다른 자들은 저도 모르는 사이에 앞지르게 되는 일이 종종 있는 법이라네. 그리하여 남과 같이 나란히 전진하거나 한 걸음 남보다 앞서게 되었을 때, 비로소 자주적인 감정이 우러나는 법이라네.

11월 26일

어쨌든 이곳에서 그럭저럭 안주하게 될 것 같네. 무엇보다도 다행스러운 것은 할 일이 많다는 사실일세. 그리고 또 갖가지 유형의 새로운 인물들이 내 마음속에서 다채로운 연극을 보여 주고 있다는 일이네. 나는 C백작과 알게 되었네. 그는 날이 갈수록 더욱 존경하지 않을 수 없는 사람인데, 넓은 식견을 가졌으면서도 인정이 많은 분으로 남을 대하는 그의 태도에는 우정과 사랑이 넘쳐난다네. 자기가 부탁한 일을 내가 잘 처리해 준 뒤로 나에게 관심을 갖게 되었다네. 우리는 서로 말이 통한다는 것을, 여느 사람과는 거의 있을 수 없는 일인데 나하고는 이야기할 수 있다는 것을 처음 만나 보고 그는 곧 알아차린 것 같다네.

또한 나로서도, 나에게 보여 주는 그의 솔직한 태도도 역시 찬양할 만하네. 뭐니뭐니해도 넓은 마음의 소유자가 흉금을 터놓고 대해 줄 때 가장 참되고 따뜻한 기쁨을 느낄 수 있을 걸세.

12월 24일

이미 알고 있었지만 공사는 불쾌하기 짝이 없는 인간이라네. 예상했던 대로 그는 이세상에 둘도 없을 가장 고지식한 바보라고나 할까. 꼼꼼하고 까다롭기가 마치 시어머니 같다네. 자기 자신에게 만족해 본일이 없을 뿐 아니라, 누가 어떤 일을 해 주어도 역시 만족할 줄 모르는 위인일세. 나는 일을 척척 처리하기를 좋아하고, 일단 처리한 일은 끝난 것으로 돌리고 다시 더 뒤적거리지 않는 성미지. 그런데 그 양반은 으레 그 문서 꾸러미를 되돌려 주면서 이렇게 말하는 걸세.

「이만하면 괜찮지만, 한 번 더 잘 읽어 보게나. 좀더 좋은 표현, 더욱 적합한 말이 생각날 걸세.」

나는 어처구니가 없어 말이 나오지 않았다네. 아무튼 '그리고' 라든가 그 밖의 대수롭지 않은 접속사 하나가 빠져도 안 된다는 걸세. 내 문장에는 종종 도치법이 나오기도 하는데, 이건 그에게 있어서는 눈엣가시라고나 할까, 불구대천지 원수라네. 관청식의 어법에 맞춰서 쓰지 않으면 복합 문장 같은 것은 전혀 알아보지 못하는 형편이라네. 이런 위인을 상대한다는 것은 그야말로 뜻밖의 불행이야! 오직 폰·C백작이나를 신뢰해 주는 것만이 유일한 구원일세.

며칠 전에 그분은 나에게 매우 솔직하게 공사의, 돌다리를 두들기는식의 완고하고 까다로운 태도에 대한 불만을 털어놓았네. 그런 사람들은 자기 자신뿐 아니라 남들까지도 괴롭게 만든다는 거야.

「그러나 험한 산을 넘는 나그네와 같은 마음으로 체념하고 순응할 수밖에 없지. 물론 산이 없으면 길을 가기가 훨씬 편하고 거리도 가깝지. 하지만 어쩔 수 없이 산이 거기 있으니 넘어가지 않을 수 없거든.」

백작이 말했네.

공사도 백작이 자기보다는 나에게 더 호감을 갖고 있다는 사실을 감지하고 있는 모양일세. 그게 못마땅해서 기회가 있을 때마다 내 앞에서 백작의 험담을 늘어놓는다네. 물론 나는 그 말을 반박한다네. 그래서 사태는 점점 더 험악해지기 마련이네.

어저께는 몹시 분개하였네. 백작을 헐뜯으면서, 은근히 나까지 휩싸서 빈정거리는 걸세.

「이런 세속적인 사무 처리에는 백작도 꽤 유능하지. 일도 빠르고 문장도 괜찮거든. 그러나 모든 문장가들이 그렇듯이 기초적인 학식이 결여되어 있어.」

이렇게 말하면서 그는 '어때, 한 대 얻어맞았지?' 하는 듯한 표정을 짓는 것이었네. 그러나 나에게 그런 말이 통할 리 없지. 나는 그런 사고 방식을 가지고 그런 태도를 취하는 인간을 누구보다도 경멸하니까. 나는 지지 않고 격한 말투로 되받아 주었네.

「백작은 인품으로나 학식으로나 존경하지 않을 수 없는 분입니다. 자기의 정신을 넓게 펼쳐서 수많은 사물에 작용시키며, 그 위에 이러한 정신 활동을 세속적인 생활에 있어서도 지속해 나가는 일을 그분처럼 성공적으로 이룩하고 있는 예를 저는 일찍이 본 적이 없습니다.」

이렇게 말해 주었으나, 이런 말이 공사에게는 우이독경일세. 이치에 맞지도 않은 것을 가지고, 그 이상 떠들어 보아야 기분만 잡쳐 쓴맛을 다시기 싫었기 때문에 나는 그만 그 자리에서 실례하고 돌아왔네.

이렇게 된 것도 모두 자네들 책임일세. 나를 설득하여 나에게 굴레를 씌우고, 활동의 공덕이라는 것을 입을 모아 찬양하며 나를 부추긴 것은 자네들이니까. 아이고, 도대체 활동이 다 뭐란 말인가? 밭에 감자를 심거나, 말을 몰고 도시로 밀을 팔러 가거나 하는 편이 지금의 나보다 오히려 더 나은 활동을 하고 있는 걸세. 만일 내 말이 틀렸다면, 나는 아무 말도 하지 않고 앞으로 10년 동안 지금 매여 있는 이 노예선 속에서 뼈가 닳도록 일해 보이겠네.

게다가 이 도시에서 서로 적대시하면서 눈치를 보고 있는 비루한 인간들의 허울 좋은 그 비참함과 따분함! 서로 한 발짝이라도 먼저 기어올라가려고 쉴새없이 눈을 번뜩이고 있는 출세욕. 지나치도록 비참하고 처절한 노골적인 집념. 가령 여기에 한 여인의 예를 든다면, 그녀는 누구한테나 자기네 가문과 출생지에 대한 이야기를 하는데, 그녀를 잘 모르는 사람은 그 이야기를 듣고 대단찮은 가문과 출생지를 내세우고 다니다니 어리석은 여자로군, 하는 생각을 하게 되는 걸세. 사실 그 여인은 이 근처 태생으로 관청 서기의 딸에 지나지 않는다네. 이렇게 파렴치한 행위를 뻔뻔스럽게 해치우는 족속을 나는 이해할 수가 없다네.

친구여! 날이 갈수록 더욱 절실히 느끼고 있는 일이지만, 자신의 척도로 남을 판단한다는 것은 어리석은 일일세. 나는 나 자신이 할 일만도 태산 같고 가슴속이 이토록 벅차고 설레고 있는데, 남의 일에는 참견하고 싶지도 않네. 다만 나로 하여금 나의 길을 갈 수 있도록 방해만

하지 말아 달라는 것뿐이네.

무엇보다도 비위에 거슬리는 것은, 서로 얽어맨 이곳 사회 생활의 갑갑함이네. 물론 나도 계급의 차별이 필요하다는 사실과 나 자신이 그것으로 이익을 보고 있다는 사실을 남들만큼은 알고 있네. 다만 이 지상에서 지극히 미미한 기쁨이나 또한 행복을 맛볼 수 있게 된 때에 그런 것에 구애받는다는 것은 참을 수 없는 일이네.

요즈음 나는 산책길에 폰 · B라는 아가씨를 만나 서로 알고 지내게 되었네. 애교있는 아가씨로, 딱딱한 격식을 차리는 생활 속에 묻혀 지내면서도 본디의 인간성을 별로 상실하지 않은 사랑스러운 여자라네. 대화를 나누는 사이에 우리는 서로 마음이 통해서 작별할 때, 내가 댁으로 한번 찾아가도 괜찮겠습니까? 물었더니, 그녀는 아무 거리낌없이 승낙을 했다네.

나는 정당한 기회를 기다리다가 그녀를 찾아갔다네. 그 아가씨는 이 고장 태생이 아니고, 아주머니뻘 되는 친척집에서 묵고 있는 중이라네. 그 나이 많은 부인의 인상은 그다지 좋지 못했네. 나는 애써 경의를 표하고 그 부인에게 신경을 써서, 이야기도 주로 그녀와 나누었는데, 반시간도 채 되기 전에 사정을 대충 파악할 수 있었지.

사정이란 나중에 아가씨가 나에게 털어놓은 것으로, 그 부인은 그 나이에 모든 면에 있어서 여의치 못하다는 걸세. 이렇다 할 만한 재산도 없고, 재능도 없으며, 몸을 의탁할 곳도 없었으므로 오직 조상의 족보에만 의지하여 지체라는 울타리 속에서 숨어 살 수밖에 없다네. 낙이라고는 2층 창문에서 거리로 오가는 사람들을 내려다보는 일 정도라네. 그래도 젊었을 적에는 제법 미인이었던 모양으로 마음내키는 대로 즐기며 지냈다는데, 변덕스러운 성격 때문에 여러 명의 젊은이들을 괴롭혔다는 걸세.

한창때를 지난 뒤에는 어떤 나이 많은 장교와 동거생활을 했는데, 그의 사랑을 받으며 얌전히 지냈다네. 그 장교는 상당한 생활비를 제공하며 그녀의 40대 반려자로 지내다가 얼마 뒤에 죽었다네. 지금 그녀는 50대로 의지할 곳도 없는 신세인데, 마침 상냥한 조카딸이 있어 그녀를 돌보아 주며 여생을 보내는 모양이었네.

1월 8일

대체 이 무슨 한심한 족속들이냐? 정신이 온통 격식에만 사로잡혀, 자나깨나 머릿속을 꽉 메우고 있는 생각은, 어떻게 하면 식탁에서 한 자리라도 더 상석에 앉을 수 있을까, 하는 것뿐일세! 이들은 달리 할 일이 없는 것도 아니야. 할 일이 없기는커녕 태산같이 쌓여 있는 실정이지. 하찮은 일에 신경을 쓰느라고 중요한 일들은 오히려 나중으로 젖혀 놓기 때문에 산더미처럼 쌓여 있는 형편이라네. 지난주에는 썰매를 타러 갔었는데 거기서 또 말썽이 생겨서 모처럼의 즐거움이 잡쳐 버리고 말았네.

어리석은 녀석들일세. 원래 지위 같은 건 문제가 아니고, 가장 윗자리를 차지하고 있는 자가 가장 큰 역할을 해내게 되는 일은 좀처럼 없는 법인데, 그런 것을 알지 못하는 걸세. 대신들의 뜻에 따라 조종되는 왕이 그 얼마나 많은가! 그런 경우 누가 제일이란 말인가? 나더러 말하라면, 남보다 시야가 넓고 자기의 계획을 실현하기 위하여 남의 힘과 정열로 자기에게 집중시킬 수 있는 수완이나 지략을 갖추고 있는 인간이라 하겠네.

1월 20일

사랑하는 로테여, 당신에게 이 글을 쓰지 않고는 배길 수가 없습니다. 나는 지금 어느 시골 농가의 조그마한 방에 있습니다. 휘몰아치는 눈보라 때문에 이리로 피난을 온 것입니다. 쓸쓸한 보금자리인 D시에서 나와 인연이 없는 사람들, 내 마음에 전혀 아무런 연관도 없는 사람들 틈을 돌아다니고 있었을 때에는, 당신에게 편지를 쓸 만한 마음의 여유가 전혀 없었습니다.

그런데도 지금 이 오두막집에 혼자 적막하게 갇혀, 눈보라가 펑펑 쏟아지며 창문을 세차게 흔드는 것을 보면서 내가 무엇보다도 먼저 머리에 떠올린 것은 당신이었습니다. 이 집에 들어서는 순간, 당신의 모습, 당신의 추억이, 아, 로테! 갑자기 내 마음을 가득 메웠습니다. 순결하고 따뜻하게! 아, 최초의 그 행복한 순간이 되살아난 것입니다. 그리운 로테여! 마음 둘 곳 없는 물결 사이를 떠도는 나의 모습을 당신이 보신다면 어떻게 생각할까요? 마음이 충실해질 순간조차도 없습니다. 행복한 순간도 없습니다! 아무것도, 아무것도 없습니다! 말하자면 나는 요지경을 들여다보고 있는 것 같습니다. 난쟁이와 조랑말들이 내 눈앞에서 바삐 돌아가며 움직이는 것을 보고 자신에게 물어 봅니다. 혹시 착각이 아닌가 하고 말입니다. 나도 그들과 함께 연기를 하고 있으면서, 아니 오히려 꼭두각시처럼 조종당하고 있으면서, 가끔 곁에 있는 연기자의 나무손을 잡았다가는 소스라치게 놀라곤 합니다.

밤이 되면, 내일은 해가 뜨는 것을 바라보며 즐기리라 결심하지만, 막상 아침이 되면 잠자리에서 일어날 엄두가 나지 않습니다. 낮에는 또 낮대로, 오늘 저녁에야말로 달빛 속에서 시간을 보내리라 마음먹지만, 막상 저녁이 되면 방 안에 그대로 틀어박혀 있는 것입니다. 무엇 때문에 일어나며, 무엇 때문에 잠자리에 들게 되는 것인지 알 수가 없습니다.

나의 생활을 이끌어 나가던 효모가 없어져 버렸습니다. 전에는 마음을 약동하게 하는 것이 있어서 밤이 깊어도 졸음을 느끼지 못했고, 아침이 되면 퍼뜩 잠에서 깨어나곤 했습니다만 그런 것이 어디론가 사라져 버린 겁니다.

참으로 여성다운 여성을 이 고장에서 한 사람 발견했습니다. 폰·B라는 아가씨로 당신을 닮았습니다. '어머!' 하고 당신은 말하겠죠. '아첨의 말도 잘 하세요!' 아닌게아니라 그것도 전혀 틀린 말은 아닙니다. 얼마 전부터 나는 남의 비위를 꽤 잘 맞추게 되었습니다. 위트도 풍부해졌습니다. 그래서 이곳 부인네들은 나만큼 칭찬을 잘 하는 사람은 없을 거라고 합니다. (그리고 거짓말도 잘 한다는 말을 덧붙여야 하겠지요. 아무래도 거짓말을 하지 않고는 그렇게 칭찬을 잘 할 수가 없으니까요. 그렇지 않습니까?) B양에 대한 이야기를 하려던 참이었는데, 그 아가씨는 풍요로운 영혼의 소유자로, 그녀의 푸른 눈이 그것을 잘 나타내고 있습니다. 이 아가씨는 자기의 신분이 자신의 마음을 조금도 만족시켜 주지 못하기 때문에 그 신분을 부담스럽게 여기고 있습니다. 그녀는 또 언제나 시끄러운 주위의 잡음으로부터 도망가려 하고 있으므로, 우리는 곧잘 순수한 행복에 충만한 전원생활을 상상하면서 몇 시간이고 즐겁게 보내곤 합니다. 아, 그리고 당신에 대한 생각도 물론 빼놓을 수 없지요! 그녀가 당신을 얼마나 칭찬했는지 모릅니다. 그것은 그녀의 마음속으로부터 스스로 우러나오는 찬사임에 틀림없습니다. 그녀는 언제나 당신에 대한 이야기를 듣고 싶어하며, 어느새 당신을 사랑하고 있습니다.

아, 그 아늑한 방에서 당신 발 아래 앉아 있을 수 있다면, 그 귀여운 아이들이 모두 내 주위를 깡충거리며 돌아다녀 주었으면……. 아이들이 너무 떠들어서 당신을 귀찮게 하면, 나는 아이들을 한자리에 모아 놓고 아주 무시무시한 옛이야기를 들려 주어 얌전히 앉아 있게 만들겠습니다.

태양은 설경으로 반짝이는 풍경의 저 너머로 장려하게 넘어가고 있습니다. 폭풍도 지나갔습니다. 그리고 나는 또다시 돌아가서 우리 속에 갇혀야만 합니다. 안녕히 계십시오! 알베르트 씨는 당신 곁에 있는지요? 어떻게 지내고 있습니까? 이런 것을 물어서 미안합니다.

2월 8일

　1주일 내내 아주 참담한 날씨가 계속되고 있지만 그러나 나로서는 오히려 기분이 좋다네. 그도 그럴 것이 내가 이곳에 온 이후로 아무리 날씨가 좋은 날이라도, 다른 사람으로 인해 그런 날씨를 잡쳐 버리거나 기분이 언짢아지지 않은 적이 한 번도 없었기 때문일세. 그래서 비가 내리거나 눈보라가 치거나, 아니면 길바닥이 얼어붙거나 눈이 녹아서 진흙탕이 되거나 하면 나는 '살았다! 집에 있는 게 바깥 세계에 나가는 것보다 오히려 낫지. 어쩌면 그 반대일 수도 있겠지만, 아무튼 잘 된 거야.' 하고 생각한다네.

　아침에 해가 떠오르고 날씨가 좋은 듯하면, 나는 언제나 이렇게 외치지 않을 수 없네.

　'자, 오늘도 녀석들은 또 하늘이 내리신 은총을 저희들끼리 서로 뺏으려고 악다구니들을 하겠군!

　그들은 언제나 무엇이고 빼앗아야만 직성이 풀린다네. 건강한 명성도 기쁨도 휴양도! 더구나 그것은 대체로 어리석음이나 무지, 좁은 도량들이 그 원인인데, 그런 주제에 그들의 말에 의하면, 최선의 호의로써 남을 위해 그런다는 거야! 가끔 내가 그들 앞에 무릎을 꿇고 부탁하고 싶어진다네. 제발 그렇게 미치광이들처럼 자신의 창자를 마구 휘젓는 짓은 하지 말아 달라고 말이야.

2월 17일

공사와 나 사이는 이제 막다른 골목에 다다랐나 봐. 도저히 참을 수 없는 사람일세. 그가 일을 처리하는 방식이 참으로 가소로워서 내가 이의를 제기하기도 하지만, 내 나름대로의 판단에 따라 적당히 처리해 버리기도 한다네. 그것이 으레 그의 비위를 건드리게 마련이라네. 그런 일로 해서 그는 최근에 나에 대한 불만을 궁정에 보고한 모양일세. 그 결과, 나는 장관으로부터 가볍긴 하지만 아무튼 책망을 받았네. 뭐니뭐니해도 책망은 책망이니까. 그래서 사직원을 내려던 참이었지.

그런데 장관으로부터 서신이 왔다네. 그 편지를 읽고 나는 나도 모르게 무릎을 꿇고 그 고결하고 깊은 사려에 머리를 숙이지 않을 수 없었다네. 장관은 나의 지나치게 예민한 감수성을 훈계한 다음, 활동성이라든가 대인관계, 일을 하는 데 있어서의 철저함 등에 대하여 내가 지니고 있는 패기만만한 생각을 청년다운 훌륭한 기개로 존중하니, 그것을 어느 정도 누그러뜨리고 잘 살려서 아무쪼록 진가를 발휘함으로써 힘차게 일해 나가라고 권고해 주었네.

덕택에 1주일쯤은 용기를 얻고 마음을 진정시킬 수 있었네. 마음의 평화라는 것은 무엇보다도 소중한 것으로 그것 자체가 하나의 기쁨이라고 할 수 있지.

다만 친구여, 이 아름답고 귀중한 보석이 값진 것이긴 하나 쉽게 부서지지만 않으면 얼마나 좋겠나?

2월 20일

내 사랑하는 분들이여, 신의 축복이 그대들 두 사람 위에 내리시길! 그리고 내게 베풀어 주지 않았던 좋은 나날을 그대들에게 보내 주시기를! 알베르트 씨, 당신이 나를 속인 것에 대하여 감사의 뜻을 표합니다. 나는 당신들이 결혼 날짜를 알려 줄 것을 기다리고 있었습니다. 그날 나는 엄숙히 로테의 실루엣을 벽에서 떼어 내어, 그것을 휴지통에 버릴 생각이었지요. 벌써 당신들은 하나로 맺어졌고, 그런데도 실루엣은 여전히 벽에 걸려 있습니다. 이제는 그냥 놓아 두렵니다! 걸어 두어도 나쁠 것은 없겠지요? 그러니까 나는 당신들과 함께 있는 것입니다. 말하자면 당신에게는 누를 끼치는 일 없이 로테의 마음속에 들어 있는 것입니다. 나는 거기서 두 번째 자리를 차지하고 있는 것입니다. 나는 그 자리를 유지해 나갈 것이며, 그러지 않고는 배길 수가 없습니다. 만일 로테가 나를 잊어버린다면 나는 미치고 말 것입니다.

알베르트 씨, 안녕히 계십시오! 그리고 그대 천사여, 안녕! 로테여, 안녕!

3월 15일

이 고장에서 나는 불행하기 짝이 없는 봉변을 당했다네. 나는 이가

114

갈리네. 제기랄! 진정 메울 길 없는 불쾌감이야. 이렇게 된 것도 모두 자네들 탓이네. 나를 부추기고, 재촉하고, 졸라서, 마음이 내키지 않는 자리에 앉힌 것은 바로 자네들이니까 말일세. 이런 파국을 초래한 근원은 모두 나의 극단적인 사고방식에 있다고 자네들은 이번에도 그렇게 말할 테지. 나는 여기에 사건의 자초지종을 있는 그대로 간단하게 적겠네. 바로 연대기를 기록하는 것과 같은 필치로 말일세.

폰·C백작이 특별히 나를 아껴 주고 돌보아 주고 있다는 사실은 누구나가 다 알고 있고, 자네에게도 벌써 몇 번인가 이야기했었지. 어제는 식사에 초대를 받아서 그 C백작 댁에 갔었다네. 마침 이 날 저녁에는 그 집에서 상류사회 신사숙녀들의 파티가 열리기로 되어 있었는데 나는 그것을 알지 못했고, 나와 같은 아랫사람은 그런 모임에 참석할 수 없다는 사실은 꿈에도 생각지 못했었네. 아무튼 나는 백작과 식사를 같이하였고, 식후에 홀 안을 왔다갔다하면서 백작과 이야기를 주고받았는데, 마침 그곳에 왔던 B대령과도 대화를 나누었네. 그럭저럭하는 사이에 파티 시간이 다가왔네. 그러나 나는 그걸 전혀 알지 못하고 있었다네.

그러자 매우 신분이 귀한 S부인이 남편과 더불어 들어왔네. 그들은 잘 부화된 거위 같은 딸을 데리고 왔다네. 그녀는 납작한 가슴에 값진 코르셋으로 허리를 꽉 죄어 붙인 아가씨일세. 이 세 사람은 걸어 들어가면서, 조상 대대로 내려오는 거만한 귀족적인 눈매와 콧구멍을 부풀려 보여 주었네. 이런 족속들을 보면 그야말로 속이 메스꺼워지는 터라, 나는 이를 계기로 그만 물러나와야겠다고 생각하고, C백작이 그들과의 시시한 잡담에서 빠져 나오기를 기다리고 있었지.

마침 그때 그 B양이 들어왔네. 이 아가씨를 만나면 언제나 조금은 가슴이 후련해지므로 나는 그대로 머물러 있으면서 그녀의 의자 뒤에 서서 이야기를 나누었지. 그런데 조금 지난 연후에야 비로소 깨달았는데, B양도 나하고 이야기를 하면서도 여느 때와는 달리 뭔가 서먹서먹하고 난처한 듯한 태도더라 이 말일세. 나로서는 참으로 뜻밖이었네. '이 여자도 다른 무리들과 마찬가진가?' 이런 생각을 하니 은근히 화가 치밀어 자리에서 뛰쳐나오려고 했네. 그러나 나는 주춤하고 한동안 거기에 눌러 있었네. 그녀의 그런 태도가 나의 잘못된 느낌에 지나지 않는다는 것을 확인하고 싶었고, 또 조금 있으면 그녀가 다정한 말 한 마디쯤은 해주리라 기대를 했기 때문이었다네. 그럭저럭하는 사이에 손님들이 꾸역꾸역 모여들었네. 프란츠 1세의 대관식 무렵의 예복을 입은 F남작, 직책 관계상 귀족 칭호를 받고 있는 궁중 고문관 폰·R과 귀가 어두운 그의 부인, 시대에 뒤떨어진 의상의 해진 부분을 요즈음 유행하는 천으로 기운 초라한 차림의 J씨도 빠뜨릴 수 없지. 이러한 무리들이 줄을 이어 들이닥쳤다네.

나는 안면이 있는 한두 사람에게 말을 건네었는데, 이상하게도 모두들 말수가 적었네. 왜들 이러는 거지, 하면서 나는 B양 쪽에만 신경을 쓰고 있었네——그래서 나는 알아채지 못하고 있는데——그 사이에 여자들이 홀 한구석에서 귀엣말로 소곤거리는 소리가 들리더니 그것이 남자들에게 전파되었으며, 이윽고 S부인이 백작에게 이야기를 해서(이것은 모두 나중에 B양이 나에게 이야기해 줘서 알았지만), 마침내 백작

이 나에게로 걸어왔네. 그리하여 그는 나를 창가로 데리고 가서는,

「자네도 알다시피…….」

하고 말문을 열었네.

「우리네 신분상 관례는 아주 미묘하거든. 자네가 이 자리에 있는 것이 모두들 아무래도 못마땅한 모양일세. 나야 아무렇지도 않지만.」

「각하!」

하고 나는 말을 가로막았네.

「대단히 죄송하게 되었습니다. 진작 그런 줄 알아차렸어야 할 터인데, 그만 모르고 실례를 하였습니다. 각하께서는 저의 이러한 실례를 용서해 주실 줄 믿습니다 아까부터 그만 물러가야지 물러가야지 하면서도, 미련스럽게 어물어물하다가 이렇게 됐습니다.」

미소를 지으며 그렇게 덧붙이고 나는 절을 하였네.

백작은 정답게 내 손을 잡았는데, 그것으로 모든 말을 대신하고 싶었던 모양일세. 나는 그 고귀한 무리들 사이를 슬며시 빠져 나와서, 2륜 마차를 타고 M이란 곳을 향해 곧장 달렸네. 그리하여 그 언덕 위에서 넘어가는 해를 바라보며, 호메로스를 펼치고 오디세우스가 돼지치기에게 대접을 받는 감동적인 대목을 읽었지. 그것은 정말 훌륭한 장면이었네.

저녁때가 되어 식사를 하러 시내로 돌아왔네. 레스토랑에는 아직 손님이 몇 사람 남아서 구석자리에서 테이블보를 벗겨 놓고 주사위를 굴리고 있었네. 거기에 아델린이라는 고지식한 친구가 들어오더니, 모자를 벗고 나에게로 다가와서 나직한 목소리로 말을 건네었네.

「당신, 화가 났겠군요?」

「내가?」

나는 되물었지.

「백작이 당신을 파티에서 내쫓았다면서요?」

「난 원래 그 따위 파티는 질색이야! 밖에 나와서 시원한 바람을 쐬니까 기분이 상쾌해졌어요.」

나는 말했지.

「그렇다면 다행이군요. 당신이 대수롭지 않게 생각하니까 무엇보다도 다행이에요. 그런데 은근히 화가 치미는걸. 벌써 어디를 가나 그 소문이 자자하다는 거야.」

아델린은 말했네.

이 말을 들으니까 아닌게아니라 나도 속이 뒤틀리기 시작했네.

'그렇다면 식사하러 왔다가 내 얼굴을 흘끔흘끔 보고 있던 녀석들은 모두 그 이유 때문이란 말인가!'

이렇게 생각하니 피가 끓어오르는 것 같더군.

오늘은 어디를 가나 동정을 받는 신세가 되었다네. 더구나 나를 시기하고 있던 녀석들이 의기양양해서, '이제 깨달았겠지, 머리가 남보다 좀 뛰어나다고 신분이나 관례를 초월해도 좋은 것처럼 생각하는 거만한 사나이가 어떤 꼴을 당하게 되는지' 하는 등 온갖 험담을 늘어놓고 있는 것이 아니겠나. 그만 내 심장에 칼을 꽂고 싶은 심정일세. 남들이 뭐라든 자기는 자기야. 무시해 버리면 그만 아닌가 이렇게 말할 수도 있겠지만, 하찮은 건달들이 남의 약점을 잡고 이러쿵저러쿵 지껄여대는 꼴을 어떻게 참고 있을 수 있단 말인가. 아, 그 험담들이 전혀 근거 없는 소리라면 한쪽 귀로 흘려 버릴 수도 있으련만.

3월 16일

모든 것이 나를 초조하게 만들고 있네. 오늘 가로수 길에서 B양을 만났네. 우리가 일행에게 조금 떨어지게 되자, 나는 저번의 그녀 태도에 대한 불만을 털어놓지 않을 수 없었네.

「어머나, 베르테르 씨. 제가 불안스러워했던 것을 그런 식으로 해석하셨어요? 제 심정을 잘 아실 텐데요. 홀에 들어섰을 때부터 선생님 때문에 얼마나 조마조마했는지 몰라요! 어떻게 되리라는 것을 짐작할 수 있었거든요. 선생님께 귀띔을 할까 하고 몇 번이나 망설였는지 모른답니다. S부인과 T부인은 선생님과 동석할 바에야 남편과 함께 자리를 뜨려고까지 했거든요. 그리고 백작으로서도 그분들의 의견을 존중하지 않을 수 없는 처지랍니다. 그래서 일이 그런 소동에 이른 거예요.」

그녀는 진정어린 목소리로 말했네.

「뭐라구요, 아가씨?」

나는 충격을 감추며 반문했네. 그저께 아델린이 나에게 한 말이 그 순간에 끓는 물처럼 내 혈관 속을 달려 지나갔네.

「저도 그때부터 얼마나 가슴이 쓰라렸는지 몰라요.」

다정스러운 그 여인은 눈물을 글썽거렸네. 나는 자제력을 잃고, 그녀의 발 아래 꿇어 엎드릴 듯이 몸을 구부렸네.

「그것은 어째서입니까?」

나는 외쳤네.

눈물이 그녀의 볼을 타고 흘러내렸네. 나는 이미 제정신이 아니었지. 그녀는 눈물을 감추려고도 하지 않고, 그것을 닦으면서 이야기를 시작하였네.

「저의 아주머니를 아시지요? 그분도 그 자리에 계셨어요. 어떤 눈초리로 그 광경을 보고 계셨는지 아세요? 베르테르 씨, 아주머니는 엊저녁에도 또 오늘 아침에도, 제가 선생님과 교제를 하는 데 대한 설교를 늘어놓으셨어요. 선생님을 깎아 내리고 모욕하는 아주머니의 말씀을 저는 가만히 듣고 있을 수밖에 없었어요. 선생님을 변호하려 했지만, 제가 생각한 것의 절반도 말을 할 수가 없었어요. 아주머니가 말도 하지 못하게 하는 걸요.」

그녀의 말 한 마디가 칼날처럼 내 가슴을 파고들었네. 그녀가 차라리 아무 말도 하지 않았더라면 얼마나 좋았겠나? 그녀는 그걸 눈치채지도 못했네. 그래서 그녀는 이야기를 더 계속하여, 이런 소문이 퍼질 것이라느니, 이러이러한 사람들이 쾌재를 부르며 이런 소리들을 할 것이라느니, 전부터 나를 비난하고 있던 사람들은 남들을 대할 때의 내 거만한 태도와 사람을 업신여기는 듯한 거동에 벌이 내렸다면서 고소하게 여기고 기뻐할 것이라느니 하는 소리들을, 빌헬름이여, 진심으로, 진심으로 동정어린 목소리로 들려 주었다네. 그 모든 이야기를 다 듣고 나는 허탈 상태에 빠졌네. 지금도 미칠 것만 같네. 차라리 누군가가 내 앞에서 나를 비난한다면, 그놈의 가슴을 단도로 푹 찔러 버릴 수 있으련만. 피를 보면 얼마쯤 마음이 진정될 거야. 아, 나는 백 번도 더 칼을 손에 쥐었네. 이 답답한 가슴에 바람 구멍이라도 내고 싶었던 걸세. 좋은 혈통을 이어받은 말은 마구 몰아세워 흥분시켜 놓으면 본능적으로 혈관을 물어뜯어 호흡을 진정시킨다고 하더군. 나도 그리고 싶어지네. 혈관을 절개함으로써 영원한 자유를 얻고 싶은 생각이 든다네.

3월 24일

나는 궁정에 사직원을 제출하였네. 아마도 수리될 걸세. 미리 자네들의 양해를 얻지 않은 점은 아무쪼록 용서하게나. 나는 이 고장을 떠나려 하네. 나를 만류하기 위해 자네들이 충고할 말도 알고 있네. 이 사실을 우리 어머니께 넌지시 좀 전해 주기 바라네. 나 자신을 나로서도 주체할 수가 없으니, 내가 어머니께 힘이 되어 드리지 못하더라도 양해해 주십사고. 물론 어머니가 애석하게 여기실 건 뻔한 일이지. 모처럼 추밀원 고문관이나 공사를 목표로 발걸음을 내디뎠던 아들의 탄탄대로가 이렇게 중단되어 도로아미타불이 된 셈이니 말일세. 경주에 나섰던 말이 다시 마구간으로 되돌아간 격이지.

아무튼 이 문제에 대해선 자네들 좋을 대로 생각하게나. 내가 유임할 수 있었을 것이라든가, 유임했어야만 할 것이라든가 마음대로 말해도 괜찮지만, 아무튼 나는 떠나려네. 떠나서 어디로 갈 거냐고 묻겠지? 이

고장에 ××공작이라는 분이 있는데, 나와 교제해 보고 싶은 생각이 있는 모양일세. 내 결심을 전해 듣고는 함께 자기의 장원으로 가서 아름다운 봄을 같이 지내지 않겠느냐고 나를 초대해 주었다네. 내가 하고 싶은 대로 자유롭게 행동해도 좋다는 약속도 해 주었고, 어느 정도 서로 이해하고 있는 터이기도 해서, 운을 하늘에 맡기고 그와 함께 가려고 하네.

4월 19일

두 통의 편지, 고맙게 받았네. 답장을 하지 않은 것은, 사표가 수리될 때까지는 보류해 두었기 때문이네. 동봉한 편지도 써 놓기만 하고 부치지 않았다네. 어머니께서 장관께 부탁을 하여 내 계획을 방해할지도 모른다는 우려가 있어서였지. 그러나 이젠 모든 일이 뜻대로 해결되어 퇴관 허락이 내려졌어. 처음에 궁정에서 퇴직을 허락하지 않았고, 또 나한테 보내 온 장관의 편지 내용에 대해서는 이야기를 하고 싶지 않네. 만일 알리면 자네들은 다시 새삼스럽게 한탄하고 떠들 것이 분명하네. 황태자께서 석별금조로 25두카텐을 하사해 주셨네. 그와 함께 보내 주신 글을 읽고 나는 감격의 눈물을 흘렸다네. 덕택에 전번에 어머니께 부탁드렸던 돈은 필요 없게 되었네.

5월 5일

　내일 이곳을 떠나네. 가는 도중에 불과 6마일 떨어진 곳에 내가 태어
난 곳이 있으므로, 오래간만에 들러 꿈 많고 복되던 지난날을 회상해
볼까 하네. 아버지가 돌아가시고 나서 어머니와 내가 마차를 타고, 정
든 이 고장을 떠날 때 지나온 바로 그 성문을 거쳐서 들어갈 생각이라
네.
　잘 있게, 빌헬름! 가는 도중에 또 소식 전하겠네.

5월 9일

　마치 순례자 같은 경건한 심정으로 나는 고향 방문을 마쳤네. 그리하
여 뜻하지 않은 갖가지 감회가 나를 사로잡았네. S쪽을 향해 시내에서
15분 정도 나간 변두리에 커다란 보리수가 한 그루 있지. 그 근처에서
마차를 세우고 내렸네. 걸어가면서 지난 추억을 새로운 기분으로 생생
하게 마음껏 되새겨 보고 싶었기 때문일세. 그런데 그 보리수 아래에
서 걸음을 멈추고 보니, 아 어쩌면 이렇게도 달라졌을까! 그곳은 옛날
소년 시절에 내 산책의 목적지요 또한 종점이기도 했는데. 그 무렵에
는 아무것도 모른 채 행복에 잠겨 미지의 세계를 동경하곤 했지. 그 넓
은 세계로 나가면 갈망하고 동경하여 머지않아 이 가슴을 채워 줄 풍부

한 양식과 기쁨을 얻을 수 있으리라고 믿었던 걸세. 그런데 지금 나는 그 넓은 세계로부터 여기 이렇게 돌아왔네. 아, 친구여! 그 많은 희망은 산산이 부서지고 다채롭던 계획은 여지없이 허물어져 버렸네! 눈앞에 보이는 저 산들을 향해 나는 수없이 소망을 걸었었네. 몇 시간 동안이나 이곳에 앉아 먼 곳을 동경하며, 정다운 모습으로 내 눈앞에 다가오는 숲이나 골짜기에 마음이 융화되어 나도 모르게 무아지경에 빠져들곤 했었지. 이윽고 날이 저물어 집으로 돌아가야 할 때가 되어도 나는 이곳을 떠나기가 한없이 아쉽기만 했었네. 시내로 가까이 가면서 나는 낯익은 하나하나에 대하여 인사를 보내었네. 새로 지은 집들도 서먹서먹했다네. 시내로 들어가는 성문을 지나면서부터는 곧 내가 완전히 옛날의 나로 되돌아가는 것을 느낄 수 있었네.

　사랑하는 벗이여! 구구한 이야기는 하지 말아야지. 그것이 나에게 있어 그리운 것이면 그리운 것일수록, 막상 이야기를 하면 한없이 단조로운 것이 되어 버릴 테니까 말일세. 나는 시장 맞은쪽, 우리의 옛 집 바로 곁에 있는 여관에 묵기로 하였네. 그리고 가는 도중에 발견한 것인데, 성실한 늙은 여선생이 우리 개구쟁이들의 어린 시절을 곧잘 가두어 넣었던 그 교실은 잡화점이 되어 있었네. 나는 그 어두컴컴한 교실 속에서 겪어야 했던 불안과 눈물, 그리고 지루함과 애달픔이 회상되었네.

　한 발짝 걸음을 옮길 때마다 내 마음을 끌지 않은 것은 하나도 없었지. 성지를 찾은 순례자라 해도 이처럼 숱한 종교적인 추억이 서려 있는 곳을 직면하는 일은 없을 것이네. 그리고 또 마음이 이토록 신성한 감동으로 충만되는 일도 드물 걸세.

이야기하고 싶은 것은 수없이 많지만, 한 가지만 이야기하겠네. 나는 강을 따라서 어떤 저택이 있는 곳까지 걸어 내려갔네. 여기도 역시 옛날의 내가 곧잘 다녔던 길로, 우리 소년들이 납작한 돌멩이를 물 위에 던져서 물수제비뜨기 시합을 했던 곳이었지. 생각하면 여기서 흘러가는 물줄기를 바라보며 나는 얼마나 신기한 예감에 사로잡혀 그 물줄기를 따라갔던가! 그리하여 나는 그 물줄기가 닿을 여러 나라에 얼마나 신비스러운 상상을 하였던가! 그러다 보면 내 상상력은 한계에 도달하여 더 상상할 밑천이 없어져 버리는데, 그래도 여전히 생각은 앞으로 앞으로 자꾸 나아가서 마침내 눈에 보이지 않은 먼 세계 속으로 들어가 망연해지곤 있었지.

친구여, 우리 훌륭한 조상들은 한정된 세계 속에 살면서도 그토록 행복하지 않았던가! 그들의 감정, 그 시간들은 또 얼마나 천진난만했던가! 오디세우스가 무한한 바다, 무한한 대지에 대하여 이야기했을 때 그 말은 진실하고 인간적이며 마음으로부터 우러나온 것이요, 절실하고 신비로운 것이었네. 내가 지금 지구는 둥글다고 초등학생들도 다 알고 있는 사실을 말해 본들 그런 지식이 무슨 소용이 있겠나! 인간이 지상에서 살면서 즐기기 위해서는 불과 얼마 안 되는 땅이 있으면 되는 걸세. 지하에 잠들기 위해서라면 더욱 좁은 땅으로 충분하지.

지금 나는 공작의 수렵관에 와 있네. 공작과는 그럭저럭 기분 좋게 지낼 수 있을 것 같네. 이분은 성실하고 고지식한 사람일세. 그런데 그를 둘러싼 기묘한 사람들의 정체를 나로서는 도무지 알 수가 없네. 악인들 같지는 않지만, 그렇다고 진실한 인간들 같지도 않네. 가끔은 진실해 보이는 경우도 있으나, 어쩐지 믿을 수가 없네. 그 밖에 유감스러운 일은, 공작이 다른 사람들한테서 들었거나 책에서 읽은 이야기를 곧잘 하는 점일세. 더구나 그것을 다른 사람에게서 배운 듯한 관점에서 이야기하는 걸세.

게다가 공작은 나의 지성과 재능을 나의 영혼보다 높이 평가하고 있네. 영혼이야말로 나의 유일한 자랑거리인데 말일세. 그것만이 모든 힘, 모든 기쁨, 모든 행복, 모든 불행의 원천이 아닌가. 아, 내가 지니고 있는 지식은 누구나 익힐 수 있는 것이지만, 나의 영혼, 그것은 나만이 가지고 있는 걸세.

5월 25일

나는 한 가지 계획을 세우고 있었는데, 그것이 실현되기 전에는 자네들에게 말하지 않을 생각이었네. 그러나 그것도 지금에 와서는 흐지부지되어 버렸으므로 말한들 무슨 상관이겠나. 나는 전쟁터에 나갈 생각이었네.

이 계획을 오랫동안 남몰래 마음속에 간직하고 있었지. 공작을 따라 이곳에 온 것도 주로 그 때문이었네. 공작은 ○○근무지의 장군이거든. 같이 산책을 나갔을 때 내 계획을 공작에게 털어놓았더니, 그는 한사코 말리는 것이었네. 따지고 보면 내 가슴속에서 요동하고 있었던 것은 정열이라기보다 변덕에 불과했는지도 몰라. 나를 움직인 것이 정

126

열이었다면 그분이 내 의도를 만류하는 여러 가지 이유에 귀기울이진
않았을 테지.

6월 11일

자네가 뭐라고 하든 난 더 이상 이곳에 머무를 수가 없네. 여기 있는
다고 무엇을 할 수 있겠나? 지루하고 따분하네. 공작은 나를 한껏 극진
히 대접해 주고 있으나, 이곳에서 마음을 안정시킬 수 없네. 우리 두 사
람은 근본적으로 공통되는 점이 없어. 공작은 극히 세속적인 지성인
일세. 그와의 교제는 나에게 재치있게 쓰여진 책을 읽는 것 이상의 즐
거움을 주지는 못하네. 1주일 간 이곳에 더 있다가 그 뒤엔 다시 정처
없는 여행을 떠나겠네. 내가 이곳에 와서 보람 있는 일을 했다면 그것
은 고작 그림을 몇 장 그린 정도라네.
공작은 예술에 대해 어느 정도의 감각을 갖고 있네. 만일 시시하고
학문적인 지식이나 틀에 박힌 상투적인 술어에 얽매이지 않았다면, 더
욱 날카로운 감수성을 지닐 수 있었을 텐데. 내가 상상력을 동원하여
자연과 예술의 세계에 대해 여러 가지로 설명해 줄 때, 그는 판에 박은
학술 용어를 들고 나와 그 한마디로 문제가 해결된 듯이 여긴다네. 그
럴 때마다 나는 곁에서 안타깝기만 하네.

6월 16일

과연 그렇다네. 나는 다만 한 사람의 나그네. 이 지상의 한낱 순례자일세! 그러나 자네들은 그 이상의 존재일까?

6월 18일

어디로 갈 작정이냐고? 자네에게만 몰래 알려 주지. 앞으로 2주일 동안은 이곳에 있어야만 하네. 그 뒤엔 ××지방의 광산을 찾아가 볼 생각이었는데, 사실인즉 그건 구실에 지나지 않는다네. 나 자신을 속이는 셈이지.

나는 다만 로테 곁으로 다시 가고 싶은 걸세. 그게 내 마음의 전부야. 나는 그런 나 자신을 마음껏 비웃고 있네. 그러나 결국은 내 마음이 하고자 하는 대로 따라 줄 수밖에 없네.

7월 29일

아니, 이것으로 족할 텐데! 절대로 족할 것이다! 내가 그녀의 남편이라면! 오, 저를 만드신 하느님, 당신께서 그런 기쁨을 제게 내려 주셨더라면 저는 평생토록 끊임없이 감사의 기도를 올렸을 것입니다. 당신께 항거하려는 것이 아닙니다. 제가 이토록 눈물겨워함을 용서해 주소서! 저의 이런 슬픈 소원을 용서해 주소서! 그녀가 내 아내라면! 이 세상에서 가장 사랑스러운 그녀를 내 품에 껴안을 수 있다면.

아, 빌헬름이여, 알베르트가 그녀의 가냘픈 몸을 껴안고 있다고 생각하면 나는 전신이 와들와들 떨리네.

더욱이 이러한 말을 해도 좋을까? 안 될 게 뭔가. 빌헬름이여! 그녀는 그와 함께 살기보다는 나와 함께 있는 편이 반드시 더 행복할 것이네. 오, 알베르트는 그녀의 마음속 소망을 남김없이 채워 줄 수 있는 인물이 못 되네. 사물에 대한 감각에 어떤 결함이——이건 자네 마음대로 해석하게나——있네.

예를 들면, 마음에 드는 책을 같이 읽고 있다가 내 마음과 로테의 마음이 서로 공감하여 하나로 합쳐지는 그런 대목에서 그의 심장은 끄떡도 하지 않네. 그 밖에 어떤 사건이 있을 때 제3자의 비범한 행위에 대하여 로테와 내가 약속이라도 한 듯 절로 감탄의 소리를 내는 경우에도 역시 마찬가지라네.

빌헬름! 말할 나위도 없이 그는 로테를 진심으로 사랑하고 있네. 그만한 사랑이라면 어떠한 보답을 받아도 당연하겠지만! 반갑지 않은 손님이 와서 방해를 받았네. 눈물은 말라 버리고 마음이 몹시 산란하네. 잘 있겠나, 빌헬름이여.

8월 4일

괴로움을 당하는 것은 나만이 아닐세. 인간은 누구나 희망에 속고 기대에 배반당하는 거지. 나는 그 보리수 아래에 살고 있는 그 마음씨 고운 아낙네를 찾아가 보았네. 큰아들이 환호성을 지르며 달려나왔네. 그 소리에 이끌리어 그 아이의 어머니도 나왔는데, 전과는 달리 기운이 없어 보였네. 그녀가 한 첫마디는 이랬다네.

「아이구, 선생님이시군요. 우리 한스가 죽었어요.」

그 막내둥이 아기였네. 나는 그만 말문이 막혔네.

「그리고 바깥양반도…….」

그녀는 계속해서 말했네.

「스위스에서 돌아오셨지만, 빈털터리였어요. 오는 도중 전염병에 걸려 친절하신 분들이 돌봐 주지 않았다면 구걸을 하며 올 뻔했답니다.」

나는 얼른 위로의 말이 나오지 않아 아이의 손에 돈 몇 푼을 쥐어 주었을 뿐일세. 그 어머니가 접시에 사과 몇 개 내놓기에 그것을 받아들고, 나는 슬픈 추억의 장소를 떠났네.

8월 21일

내 마음은 손바닥을 뒤집듯이 잘도 변한다네. 그리고 가끔은 날이 밝아 오는 것같이, 인생의 즐거움이 다시 찾아올 것 같은 마음이 든다네. 그것도 아! 그러나 그것은 오직 한순간의 일이지만! 아련한 꿈 속 같은 기분에 잠겨 있을 때, 만일 알베르트가 죽기라도 하면 어떻게 될까? 하는 생각이 떠오르는 것을 억제할 수가 없다네. 그렇게 되면 아마도 내가…… 그리고 그녀가…… 이런 환상을 뒤쫓다가 마침내 낭떠러지 일보 직전까지 가서 그만 몸서리를 치고 뒤로 물러선다네.

성문을 지나 처음으로 로테를 무도회에 데리고 가기 위하여 마차로 지나간 그 길을 걸어가 보니 참으로 많이 변했더군! 모든 것이 자취도 없이 다 사라져 버렸어. 지난날의 모습은 흔적도 없고. 그 무렵의 내 가슴의 고동은 잠잠하기만 하네. 마치 어떤 전성기를 자랑하던 영주가 임종하면서 사랑하는 아들에게 물려주었던 견고하고 호화로운 성곽이 완전히 잿더미가 되어 버린 폐허에서 망령이 되어 돌아다니는 기분일세.

9월 3일

그런 모양이지. 계절이 가을로 접어드는 데 따라서 내 마음도, 또 내 주변도 가을을 닮아 가네. 나라는 나무의 잎은 누렇게 물들고, 내 주변의 나뭇잎들은 벌써 떨어져 버렸네. 언젠가 어느 농가에서 머슴살이를 하고 있는 청년에 대한 이야기를 자네에게 써 보낸 적이 있었지? 내가 이곳에 처음 와서 얼마 되지 않았을 무렵이었지. 이번엔 다시 발하임에서 그 청년에 대해 수소문을 해 보았네. 모두들 머슴살이하던 집에서 쫓겨났다고들 하는데, 그 이상의 소식은 시치미를 떼는 것이었네. 그런데 어제 다른 마을로 가는 도중에 우연히 그 청년을 만났네. 말을 걸었더니 청년이 사정 이야기를 해 주었는데, 그것을 듣고 나는 전보다 더 큰 감동을 받았네.

자네에게 그 이야기를 들려 주면 자네도 곧, 내가 감동받은 까닭을 알 수 있을 것이네. 그러나 내가 무엇 때문에 그러한 이야기를 자네에게 하려는 거지? 어째서 나는 나를 괴롭히고 슬프게 하는 일을 내 가슴 속에만 간직해 두지 못하는 걸까? 아마 이것도 내가 타고난 운명인가봐! 처음에 그는 잔잔한 슬픔을 드러내 보이며 내 물음에 대답했네. 얼마간 머뭇거리는 기색이 엿보였지. 그러나 그것도 처음에만 잠깐 그랬을 뿐, 곧 제정신을 차리고 내 인간됨을 알아차리기라도 한 것처럼, 한결 솔직하게 자신의 잘못을 고백하고는 불우한 입장을 하소연하는 것이었네. 그의 말 한 마디 한 마디를 그대로 자네에게 들려 주고, 자네의 판단을 기다리겠네. 그는 고백하였네. 아니, 고백하였다기보다는 추억에 따르는 일종의 행복감과 쾌감에 젖은 듯한 어조로 이야기를 했다고 하는 편이 더욱 적절할 것 같네.

안주인에 대한 사모의 정은 날이 갈수록 더해 가서, 나중엔 자기가 무엇을 하고 있는지, 그의 표현에 의하면 머리를 어디로 돌려야 하는지조차도 모르게 되어 버렸다는 걸세. 먹을 수도 마실 수도 잠을 잘 수도 없게 되었으며, 아예 목구멍이 막혀 버렸다는 걸세. 나중에는 해서는 안 될 것을 하고, 시키는 일은 잊어버리는 등 마치 도깨비에 홀린 것같이 되었는데, 마침내 어느 날, 그 안주인이 2층방에 혼자 있는 것을 알고 뒤따라 올라갔다는 걸세. 아니, 오히려 어떤 힘에 끌려갔다고 하는 편이 더욱 적절할 거야. 그녀가 그의 소망을 들어 주지 않았으므로, 그만 그는 폭력으로 그녀를 정복하려 했다네……. 어째서 그렇게 되었는지 자신도 알 수가 없다, 그녀에 대한 자기의 소망은 언제나 진지했으며, 진심으로 바랐던 것은 다만 그녀와 결혼해서 한평생 같이 살아가는 일이었다는 것을 하느님도 증인이 되어 주실 것이다…….

이렇게 얼마 동안 이야기를 하더니 청년은 주춤거리기 시작했네. 아직 말하고 싶은 것이 더 있기는 한데, 시원스럽게 털어놓기가 난감한 듯한 기색이었네. 안주인은 자기가 얼마쯤 허물없이 대하는 것을 용납해 주었으며, 어느 정도의 접근은 인정해 주었다는 걸세……. 그 이야기를 하면서 그는 몇 번 침묵을 지킨 끝에 이런 소리를 하는 것은 안주인을 나쁜 여자로 몰기 위해서가 아니며, 자기는 그녀를 전과 다름없이 사랑하며 존경하고 있고, 이런 소리는 지금까지 단 한 번도 입밖에 낸 적이 없으나, 당신에게 이런 이야기를 한 것은 내가 도리를 모르는 인간이 아니라는 걸 알아 주기 바라서이다, 라고 열심히 변명을 늘어놓기 시작했네.

그런데 여기서 친구여, 나는 또다시 입버릇처럼 부르는 옛 타령을 되풀이하겠네. 자네 앞에 그 청년을 세워 보고 싶네! 그가 내 앞에 서 있었던 꼭 그대로. 그리고 지금도 내 눈앞에 서 있는 모습 그대로 말일세. 자네에게 모든 것을 제대로 전달할 수 있으면 좋으련만! 그리하여 내가 얼마나 그의 운명에 동정하고 있으며, 또 동정하지 않을 수 없는가 알아 주었으면 싶은 걸세. 하지만 그럴 필요가 없을 것 같기도 하네. 자네는 내 운명도 알고 있으며, 나라는 인간 자체도 잘 알고 있지 않은가. 때문에 내가 어째서 모든 불행한 인간, 그 중에서도 특히 이 불행한 청년에게 이끌리게 되었는지 자넨 너무나 잘 알고 있을 테니까 말일세.

이 편지를 다시 읽어 보았더니 나는 아직 이야기의 결말을 내리지 않았다는 것을 깨달았네. 그러나 그런 결말 따위는 자네라면 쉽게 짐작할 수 있을 테지. 안주인은 자기 몸을 지키기 위해 저항했네. 마침 그때 그녀의 오빠가 나타난 걸세. 그 오빠라는 사람은 전부터 그 청년을 미워하고 있었으며, 그를 그 집에서 쫓아 내려 하고 있었다네. 그도 그럴 것이 누이동생에게 자식이 없는 이상 유산은 당연히 자기 자식들 몫으로 차례가 오게 마련인데, 누이동생이 재혼이라도 하게 되면 그것이 송두리째 날아가 버리기 때문에 그것이 걱정되었던 거지. 그는 청년을 당장에 내쫓고 여기저기 소문을 퍼뜨렸으므로, 안주인으로서는 나중에 그 머슴을 용서하는 한이 있더라도 그 청년을 집에 들일 수가 없어져 버린 거야. 지금은 다른 고용인을 썼는데, 그 고용인과의 관계 때문으로도 오빠와 사이가 틀어졌다는군. 게다가 마을 사람들은 안주인이 틀림없이 그 고용인과 결혼할 것이라고들 말하고 있는데, 청년은 목숨을 걸고 그걸 막을 결심이라고 말했네.

지금까지 한 이야기에 과장은 없네. 미화하지도 않았네. 오히려 가능한 한 덤덤하게 이야기한 셈일세. 게다가 도덕적인 용어를 섞어 가며 씀으로써 딱딱하게 된 느낌이 없지 않네.

다시 말해 그의 사랑, 성실성, 정열은 결코 시적으로 꾸민 이야기가 아니란 말일세. 이건 살아 있는 이야기야. 우리가 교양이 없다느니 상스럽다느니 하고 말하는 계층의 사람들 가슴속에 가장 순수한 형태로 살아 있단 말일세. 그런데 우리네, 소위 교양 있는 인간들은──사실 교양의 희생물에 지나지 않지만──부디 이 이야기를 진지한 마음으로 읽어 주기 바라네. 이 이야기를 쓰다 보니, 한결 오늘은 마음이 차분해졌네. 글씨만 보아도 알겠지? 성급하게 휘갈긴 여느 때의 글씨와 다르지 않은가. 읽은 다음에 이건 자네 친구의 이야기이기도 하다는 것을 생각해 주게. 그렇다네. 나의 과거도 그랬고, 또 나의 장래도 그럴 것이네. 나는 가엾고 불행한 청년에 비하면 절반도 결단력이 없네. 나를 감히 그와 견주어 말할 엄두조차 나지 않네.

9월 5일

로테는 일 관계로 시골에 가 있는 남편 앞으로 간단한 편지를 썼네. 그 서두는 이러했네.

'사랑하는 당신에게! 될수록 빨리 돌아와 주세요. 무한한 기쁨과 더불어 그날을 손꼽아 기다리고 있습니다.'

그때 그의 한 친구가 찾아와서, 알베르트는 일의 형편상 빨리 돌아올 수 없게 되었다는 소식을 전해 주었다네. 편지는 저녁때까지 그대로 놓여 있었기 때문에 내 눈에 띄었다네. 나는 그 편지를 읽고 미소를 지었네. 왜 웃느냐고 로테가 물었네.

「상상력이란 하느님이 내려 주신 선물이군요. 나는 잠시 이것을 내 앞으로 쓴 편지라고 멋대로 상상해 보았거든요.」

나는 큰 소리로 말했네.

로테는 갑자기 입을 다물어 버렸네. 기분이 언짢은 모양이었네. 나도 입을 다물고 잠자코 있었다네.

9월 6일

마침내 결심을 하고 로테와 처음으로 춤출 때 입었던 간소한 푸른 연미복을 다시는 입지 않기로 결심했네. 결단을 내리기가 무척 힘들었지만 이젠 아주 낡아서 초라해졌거든. 그래서 깃이며 소매까지도 그것과 똑같이 해서 새로 한 벌 맞추었네. 노란 조끼와 바지까지 곁들여서 말일세. 완성되기는 했지만 아무래도 역시 같은 멋은 나지 않네. 어찌된 셈일까. 뭐, 날이 감에 따라 차차 마음에 들게 되겠지.

9월 12일

로테는 며칠 전부터 남편을 마중하기 위해 여행을 떠나 집에 없네. 그런데 오늘 찾아가니, 로테가 나를 맞이해 주었네. 나는 기쁨에 넘쳐서 그녀의 손에 입을 맞췄지.

카나리아 한 마리가 경대 위에서 로테의 어깨로 날아와 앉았네.

「새로운 친구예요.」

그녀는 새를 자기 손바닥 위에 앉혔네.

「아이들을 위해 선물로 주려고요. 여간 귀엽지 않아요. 이것 좀 보세요! 빵을 주면 날개를 파닥거리면서 얌전히 쪼아먹어요. 뿐만 아니라 저에게 키스도 해요. 이것 좀 보세요!」

그녀가 입술을 내밀자 새는 아주 귀엽게 고개를 갸우뚱하고 그녀의 감미로운 입술에 부리를 갖다 대는 것이었네. 마치 행복한 걸 느끼기라도 하는 듯이 말이야.

「선생님에게도 입을 맞추도록 해.」

로테는 나에게 내밀었네.

그 조그만 부리가 로테의 입과 나의 입을 간접적으로 닿게 해 주었네. 입술을 쪼아대는 감촉은 사랑의 입김과도 같았고, 또 어떤 예감이 전해지기도 했다네.

「이 키스에는 뭔가를 달라고 요구하는 느낌이 있군요. 먹이를 찾는 것 같군요. 애무만으로는 불만인 것 같아요.」

하고 나는 말했지.

「제 입으로 주는 모이를 잘 받아먹는답니다.」

로테는 말했네. 그리고 그녀는 빵조각을 입에 물고 새에게 먹여 주었네. 그 입술은 천진난만한 애정의 기쁨에 넘쳐서 미소짓고 있는 것 같았네.

나는 그만 얼굴을 돌려 버렸네. 그녀는 그런 짓을 하지 말았어야 했네! 그런 그림과 같은 광경, 천국과 같은 청순하고 복된 정경을 보면, 내 상상력은 자극을 받지 않을 수 없거든. 생활에 대한 무관심으로 허탈 상태에 있는 내 마음을 다시금 일깨워 줄 게 뭐란 말인가! 그렇다고 로테가 못할 짓을 한 건 아닐세. 그녀는 그토록 나를 신뢰하고 있는 거야. 내가 그녀를 얼마나 사랑하고 있는가를 그녀 자신이 잘 알고 있기 때문이지.

9월 15일

어쩌면 이렇게도 화가 날까. 빌헬름이여, 이 세상에 얼마 남지 않은 귀중한 사물에 대해서조차 이해심도 없고 감정을 갖지 못한 인간이 있다고 생각을 하니 말일세. 성××촌의 성실한 목사를 찾아갔을 때, 로테와 함께 내가 그 그늘에 앉았던 호두나무에 대한 이야기는 자네도 기억하고 있겠지? 그것은 참으로 근사한 호두나무였네! 그 이후로 언제나 내 마음을 그지없는 기쁨으로 충만케 해 주고 있었다네! 그 나무 덕분에 목사관이 얼마나 친근하게 느껴졌는지 모른다네! 펼쳐진 나뭇가지의 시원스런 그늘! 그 무성하고 멋들어진 가지들! 곧잘 몇십 년 전으로 거슬러 올라가 나무를 심었던 성실한 목사를 생각하지 않을 수가 없다네.

학교 선생님은 할아버지에게서 전해 들었다면서 그 목사의 이름을 말해 주었지. 훌륭한 분이었다고 하는데, 그 나무 아래에서 그 사람의 이름을 생각할 때마다 나는 성스러운 기분이 들곤 했지. 어제 우리가 그 호두나무가 잘렸다는 이야기를 꺼냈을 때, 학교 선생님의 눈에는 눈물이 그득하였네. 그 호두나무는 잘렸다네! 나는 미칠 것만 같네. 그 나무에 맨 처음 도끼를 들이댄 짐승 같은 녀석을 죽여 버리고 싶을 정도야. 가령 그런 나무가 두세 그루 내 정원에 있었다고치고, 그 가운데 한 그루가 늙어서 말라죽었을 경우라도 슬픔으로 몸이 까칠해질 지경인 내가, 이 일을 잠자코 보고 있어야만 하다니.

친구여, 그런데 여기에 한 가지 재미있는 일이 있다네! 인간의 감정이란 참 묘한 걸세. 온 마을 사람들이 불평하기 시작한 거야. 목사 부인은, 버터며 달걀이며 그 밖의 선사품이 들어오는 양이 줄어드는 것을 보고, 자기가 마을 사람들에게 얼마나 인심을 잃었는지 깨닫게 되었으면 좋겠네. 나무를 베게 한 장본인은 바로 새로 온 목사의 부인이거든. 새로 부임한 목사의 부인은(전의 노목사는 돌아가셨네) 마르고 병약한 여잔데, 그녀가 세상에 아무런 관심을 갖지 않는 것은 아무도 그녀에게 관심을 가져 주지 않기 때문이지. 학자들 틈에 끼어서 성서 연구에 골몰하고, 한창 유행하는 도덕적·비판적 크리스트교 개혁에 참여하였으며, 라베테르의 광적인 신앙에 으쓱거렸던 끝에 건강이 몹시 나빠졌는데, 그렇게 되고 보니까 하느님이 창조하신 이 대지에서는 아무런 즐거움도 모르고 사는 어리석은 여자일세.

그런 여자니까 호두나무를 아무렇지도 않게 베어 버리게 할 수 있었던 거지. 그녀의 구실인즉 이렇다네. 낙엽이 지면 뜰이 지저분해지고 잎이 무성할 때는 햇빛을 가리고 호두가 열리면 아이들이 돌을 던지니

신경에 거슬려서, 케니코트와 재믈러, 그리고 미야엘리스를 비교 검토하려 해도 깊이 생각할 수 없다는 걸세. 마을 사람들, 그 중에서도 노인들이 무척 불만스러운 듯하기에 나는 물어 보았네.

「여러분들은 어째서 보고만 계셨나요?」

「이 고장에선 촌장이 일단 작정을 하면 우리로서도 어쩔 도리가 없거든요.」

하는 대답이었네.

그런데 한 가지 고소한 일이 생겼다네. 촌장과 목사는 그 나무를 판 돈을 둘이서 반반씩 나누어 갖기로 공모를 하였다네. 목사는 평소에 늘 묽은 수프만 끓여 주는 그 부인에게 넌더리가 날 지경이었는데, 이번에는 그녀의 변덕스러운 신경질의 덕을 좀 볼까 했던 거지. 그런 내막이 재무국에 알려져서, 나무 값은 관리소에 바치라는 통고가 내려온 걸세. 그럴 수밖에 없는 것이 호두나무가 서 있던 땅은 옛날부터 재무국에 속해 있었기 때문이라네. 결국 그 호두나무는 관리소에 의하여 경매에 부쳐지고 말았다네. 어쨌든 호두나무는 쓰러졌네. 아, 내가 만일 영주라면 목사 부인이며 촌장이며 관리소를 모조리…… 영주라! 영내의 나무 따위에 신경을 쓰고 있을까?

10월 10일

로테의 검은 눈동자를 보기만 해도 나는 즐거워진다네! 그런데도 못

마땅한 것은, 알베르트가 별로 행복해 보이지 않는다는 것일세──만
일──나라면──이러하리라──생각했던 만큼의 말일세. 아니, 나는
이렇게 문장 속에 줄을 치고 싶지는 않지만, 달리 표현할 길이 없어서
일세. 그러나 이것으로 충분히 알아볼 수 있으리라 믿네.

10월 12일

　오시안이 나의 마음속에서 호메로스를 밀어 내었네. 이 위대한 시인
이 나를 끌어들이는 세계는 그야말로 기막힌 세계일세! 나는 피어나는
안개에 싸여 어스름 달빛 속에 조상들의 영혼을 꾀어 내는 비바람에 시
달리며 황야를 넘어가고 있네. 저 산너머에서 숲을 울리며 흘러내리는
여울물 소리에 섞여 동굴에서 새어나오던 혼령의 신음 소리가 사라져
가는가 하면, 싸움터에서 죽어 간 용감한 용사의, 이끼 끼고 풀이 무성
한 네 개의 요석 옆에서 애도하는 처녀의 흐느끼는 울음소리가 들려 온
다네. 이윽고 유랑하는 백발의 음유시인이 나타나 광막한 황야에서 조
상들의 발자취를 찾아 헤매다가, 아, 마침내 이곳에서 그 묘석을 찾아
낸 걸세. 그는 비탄에 잠긴 채 사납게 물결치는 바다 저 너머로 빠져들
어 가는 저녁별을 바라보네. 이 영웅시인의 가슴속에는 지나간 시대가
생생하게 되살아나네. 그 무렵에는 용사들의 고난에의 길을 축복해 주
듯이 햇볕이 따스하게 내리쬐어 주었던 걸세. 노인의 이마에는 깊은
고뇌의 자국이 아로새겨졌네. 최후에 혼자 남은 이 용사는 피로에 지

친 채 무덤을 방황하는 망령들을 눈앞에 대하자 벅찬 기쁨이 새로이 샘솟아 올랐네. 그는 흔들리는 풀, 숲의 차가운 땅을 내려다보며 이렇게 외쳤다네.

'아름다웠던 날의 나를 아는 나그네들은 와서 물으리라, 그 명창, 핑갈의 그 뛰어난 아들은 지금 어디 있는가? 하고. 그의 발길은 무덤 위를 스쳐서 지날 것이다. 그는 땅 위에 헛되이 나를 찾아 헤맬 것이다!'

아, 친구여! 나도 충성스러운 경호 무사와 같이 칼을 빼어들고 서서히 숨이 끊어져 가는 단말마의 고통에 시달리는 나의 영주 오시안을 그 고통으로부터 해방시켜 주고 싶네. 그리하여 해방된 이 산과 같은 사람의 뒤를 따라 나도 가고 싶네!

10월 19일

아, 이 공허! 내 가슴속에 느껴지는 무서운 공허! 나는 자꾸만 생각한다네. 딱 한 번, 딱 한 번만이라도 그녀를 이 가슴에 껴안을 수 있다면 이 공허는 완전히 메워질 수 있으리라고 나는 가끔 생각한다네.

10월 26일

그렇다네, 나는 확신하네. 친구여! 한 인간의 존재 따위는 대수로운

게 아닐세. 정말 보잘것없는 것임을 나는 분명히 알게 되었다네.

로테네 집에 그녀의 여자 친구가 한 사람 찾아왔었네. 나는 그 옆방으로 책을 가지러 갔었는데, 책읽기가 시들해져서 펜을 들고 하릴없이 긁적거리기 시작했네. 두 사람이 나직한 목소리로 이야기하는 것이 들렸네. 아무개는 결혼을 한다느니, 아무개는 병이 들었는데 심상치 않다느니 하는 따위의 자질구레한 사건에 대하여 이야기하고 있었다네.

「마른기침을 하고 볼이 몹시 홀쭉해졌는데, 때때로 까무러치기도 한대. 거의 가망이 없는 모양이야.」

친구가 말했네.

「N씨도 많이 아프다면서?」

로테도 말했네.

「온몸이 퉁퉁 부었다나봐.」

친구가 말하는 소리.

이런 이야기를 듣고 나의 상상력은 활발하게 움직이기 시작했다네. 그 불행한 사람들의 병상을 머릿속에 그려 보았지. 나는 생생하게 보는 것 같았어. 그들은 삶을 등지기를 얼마나 애통해하는지 모른다네. 그들은 얼마나——빌헬름이여, 여자들은 아무렇지도 않게 이야기를 하고 있는 걸세. 마치 전혀 얼굴도 모르는 사람이 죽었을 때의 이야기를 하는 것 같은 그런 말투로 말일세. 나는 주변을 살펴보았네. 주변에 널린 로테의 옷, 알베르트의 서류, 그리고 가구들을 보았네. 그것들은 모두가 나에게는 정든 물건들일세. 잉크병까지도……. 나는 생각에 잠겼네.

'잘 생각해 보아라. 이 집에 있어서 도대체 너는 뭔가? 두 사람 다 너의 친구요, 너를 존경하고 있으며, 너는 곧잘 그들에게 기쁨을 주는 근원이기도 하다. 그리고 너는 마음속으로 그들 없이는 살아갈 수 없을 것같이 생각하고 있다. 그러나 지금 네가 그들 곁에서 사라져 버린다면 그들은 네가 없어짐으로 해서 자기네 운명에 생긴 공허를 언제까지 느낄 것인가? 느낀다면 대체 얼마 동안이나? 아, 인간은 이다지도 덧없는 것이라네! 자기의 존재가 정말 확고한 것으로 여겨지는 곳, 자기의 존재를 정말 확고하게 인상 지을 수 있는, 유일한 장소일 수 있는 사랑하는 사람들의 추억이나 그 영혼 속에서조차도, 인간은 흔적도 없이 사라져 버리게 마련인 거야. 그나마 삽시간에!

10월 27일

인간의 관계가 이렇게까지 냉정할 수 있다고 생각할 때, 나는 그만 이 가슴을 찢어 버리고 머리통을 부수어 버리고 싶어지네. 사랑도 기쁨도 우정도 즐거움도, 내가 남들에게 제공하지 않으면 아무도 나에게 주려고 하지 않네. 그리고 진심을 다 기울여서 남을 행복하게 해 주려 해도, 눈앞에 그림자처럼 차갑게 서 있는 인간을 행복하게 해 줄 수는 없다네.

10월 27일 저녁

　내가 지니고 있는 것은 많으나, 그녀를 사모하는 마음이 모든 것을 한 입에 집어삼켜 버렸네. 아무리 가진 것이 많더라도 그녀 없이는 모든 것이 무로 돌아가는 걸세.

10월 30일

　나는 여태까지 수백 번은 로테의 목을 와락 끌어안을 뻔했었네! 이토록 사랑스러운 존재가 눈앞에 어른거리고 있는데 손을 댈 수 없다니, 이 안타까운 심정은 하느님만이 아실 걸세. 그것은 인간의 가장 자연적인 충동이 아닌가? 아이들은 갖고 싶은 게 눈에 띄면 얼른 붙잡으려 하지 않는가? 그런데도 내 꼴은? 신만이 알리라! 몇 번이나 나는 다시는 깨어나지 않게 되기를 바라면서, 아니 때로는 그렇게 되기를 기대하면서 잠자리에 든다네.
　그러나 아침이 되면 나는 다시 눈을 뜨고, 태양을 보고, 그리고 비참한 심정이 된다네. 아, 차라리 모든 것을 날씨 탓으로 돌린다든가, 누군가 다른 사람, 또는 잘못된 계획 탓으로 돌릴 수 있다면, 이 견딜 수 없는 울분의 짐을 절반으로 덜 수 있으련만……. 슬프게도 나는 너무나 똑똑히 알고 있지. 모든 죄가 나 혼자에게만 있다는 것을. 아니, 그건 죄라고 할 수는 없을 걸세. 어쨌든 모든 불행의 근원이 내 마음속에 숨어 있다네. 일찍이 모든 행복의 원천이 내 마음속에 있었던 것처럼 말일세. 충만한 감정 속을 떠돌아다니면서 한 발짝 내디딜 때마다 낙원이 뒤따르고 온 세계를 넘치는 사랑으로 포옹할 수 있는 마음을 지니고 있던 그 무렵의 나나 지금의 내가 다를 바 없으련만, 지금은 그 마음이 죽어 없어지고 말았네. 이제 내 마음에서는 어떤 감동도 솟아나지 않고, 상쾌한 눈물이 오관을 소생시키는 일도 없으며, 불안으로 말미암아 이마에는 나날이 주름살이 늘어 간다네. 이 괴로움, 이것은 내 삶의 유일한 환희를 잃었기 때문일세. 성스러운 소생력, 내가 내 주위의 온갖 세계를 창조해 내었던 그 힘, 그것을 잃어버렸기 때문이네.

창문 밖으로 멀리 언덕을 내려다보고 있으면 아침해가 안개를 헤치며 솟아올라와 고요한 풀밭을 비춰 주고, 유유히 흘러가는 시냇물이 기슭에 들어선 벌거숭이 버드나무 사이를 누비며 내게로 다가온다네. 당연히 환희를 느껴야 할 이러한 광경도 이제 내 심장으로부터 한 방울의 행복감조차도 뇌수로 빨아올려 주지 못하네. 사내대장부가 말라 버린 샘, 물이 없는 물통처럼 하느님 눈앞에 우두커니 서 있을 따름일세. 나는 몇 번이나 땅바닥에 엎드려 제게 눈물을 내려 주십사고 하느님께 빌었네. 마치 하늘이 청동색으로 머리 위에서 빛나고, 대지가 말라 터져 갈 때 농부들이 비를 갈구하듯이.

그러나 아! 내가 그토록 목마르게 요청하였는데, 신은 결코 비도 햇빛도 주시지 않는구려. 이제 되돌아보면 괴롭기만 한 그 시절이 어째서 그토록 행복했던 것일까? 그것은 내가 참을성 있게 하느님이 내려

146

주시는 환희를 충심으로 감사하며 받아들였기 때문이 아니었을까?

11월 8일

로테가 나의 무절제를 책망했네. 아, 그것도 지극히 사랑스럽게! 포도주 한잔에 거나해지면 곧잘 한 병을 몽땅 비워 버리는 그런 나의 무절제를.

「그러시면 안 돼요. 제 생각도 좀 해 주세요!」

그녀는 말했네.

「당신을 생각하다니요? 그런 말을 내게 할 필요가 있을까요? 하고 나는 생각하고 있어요. 아니, 생각하다뿐이겠습니까? 당신은 언제나 제 마음속에 있는 걸요. 오늘 나는 며칠 전에 당신이 마차에서 내렸던 바로 그 장소에 앉아 있었답니다.」

나는 말했네. 로테는 화제를 다른 데로 돌려서, 내가 더 이상 그런 말을 하지 못하게 해 버렸네. 친구여! 이제 나는 제정신이 아니네. 그녀는 나를 마음대로 할 수가 있다네.

11월 15일

빌헬름이여! 자네의 그 염려와 친절한 충고에 진심으로 감사하네. 그러나 너무 걱정하지 말게. 나는 끝까지 버티어 낼 테니까. 지칠 대로 지치기는 했지만 아직 그만한 힘은 가지고 있다네.

자네도 알다시피 나는 종교를 숭앙하고 있네. 종교가 지쳐 있는 많은 사람들의 지팡이가 되어 주며 병들어 쇠잔해 가는 자들에게 소생의 힘이 되어 준다는 사실을 나는 잘 알고 있네. 그러나 종교는 누구에게나 다 그런 작용을 할 수 있을까? 또 그런 작용을 해야만 할까? 넓은 세상을 살펴보면, 설교를 듣고 안 듣고에 관계 없이 종교의 그런 작용을 받지 못했고 또 앞으로도 받지 못할 사람이 수두룩하네. 그런데 나에게는 종교가 어떤 역할을 하고 있을까? 하느님의 아들인 예수께서도 '내 아버지께서 보내 주지 아니하시면 누구든지 내게 올 수 없다'고 하지 않았던가.

만일 내가 하느님이 보내 주신 그가 아니라면 어떻게 될까? 아버지이신 하느님께서 나를 자신의 곁에 매어 두시려 한다면? 제발 이 말을 오해하지는 말아 주게. 아무런 사심 없이 하고 있는 내 말 속에 조소가 깃들어 있는 것으로 생각하지는 말게. 내 심정을 그대로 자네에게 내보였을 뿐이니까. 그렇지 않다면 차라리 잠자코 있었을 걸세. 그렇지 않아도 나는 이런 문제에 대하여 중언부언하고 싶지 않네. 그것은 나뿐만 아니라 아무도 잘 알지 못하는 일이니까. 자기에게 주어진 일을 참고 견디며, 자신의 술잔을 비우는 일, 이것이 인간의 운명이 아니겠는가? 이 술잔은 인간의 모습으로 나타나신 하느님의 아들의 입술에도 쓰디쓴 것이었는데, 내가 어찌 허세를 부리며 그것이 달콤한 체할 필요가 있겠는가? 나의 모든 존재가 삶과 죽음의 갈림길에 서서 전율하고 과거가 번갯불처럼 어두운 미래의 심연 위에서 번쩍이며, 나를 둘러싼 만물이 멸망하고, 이 몸과 더불어 온 세계가 몰락해 가는 무서운 순간에 내 어찌 부끄러워할 필요가 있겠는가? 그 부르짖음이야말로, 자기 자신만을 의지할 수밖에 없는 지경에까지 몰린 채 힘을 다하여 걷잡을 수 없이 전락해 가는 인간의 목소리가 아닌가. '나의 하느님, 나의 하느님, 어찌하여 나를 버리시나이까? 라고 한 그 부르짖음 말일세.

그런데 내가 그런 부르짖음을 부끄럽게 여겨야 하나? 또한 그와 같은 순간이 있다는 것을 두려워할 필요도 없겠지. 하늘을 한 필의 옷감처럼 둘둘 말아서 거둘 수 있는 하느님의 아들조차도 피할 수 없는 그런 순간을 겁낼 필요가 있겠는가?

11월 21일

로테는 알지도 느끼지도 못하는 사이 나와 그녀 자신을 파멸시키는 독약을 조제하고 있네. 그리고 나는 입맛을 다시며 들이마시네. 나를 파멸로 인도하기 위해 내미는 그 독배를 자주? 아니, 자주라고는 할 수 없지만 때때로 나를 쳐다보는 그녀의 정다운 눈초리와 내가 스스로 나타내는 감정의 표시를 곧잘 받아들이는 따뜻한 그녀의 호의, 그녀 얼굴에 떠오르는 나의 인내에 대한 동정 등은 무엇을 뜻하는 것이겠나.

어제 내가 돌아오려 할 때, 그녀는 나에게 손을 내밀며 말했네.

「안녕히 가세요. 사랑하는 베르테르 씨!」

사랑하는 베르테르! 그녀가 나를 '사랑하는'을 붙여서 부른 것은 처음이었네. 골수에까지 스며드는 말이었네. 나는 그 말을 몰래 입 속으로 수백 번이나 되풀이했지. 그리고 밤에 잠자리에 들면서도 중얼중얼 혼자말을 속으로 중얼거리던 끝에 이런 말이 튀어나왔네.

「잘 자요, 사랑하는 베르테르 씨.」

그러고는 나도 히죽 웃어 버렸네.

11월 22일

'로테를 저에게 맡겨 주소서!'

하고 나는 기도할 수는 없네. 그렇지만 가끔은 그녀가 내 사람처럼 생각된다네.

'그녀를 제게 돌려 주소서.'

하고 기도할 수도 없네. 그녀는 이미 다른 남자의 소유이니까. 나는 가슴이 쓰라린 나머지 궤변을 늘어놓고 있는 거라네. 이러다간 명제와 대립 명제의 끝없는 기도가 되풀이될 걸세.

11월 24일

로테는 내가 얼마나 괴로워하고 있는지 알고 있네. 오늘따라 그녀의 눈매는 내 마음속 밑바닥까지 꿰뚫어보는 것이었네. 찾아갔더니 그녀는 혼자 있더군. 나는 아무 말도 하지 않았지. 그녀는 물끄러미 나를 쳐다보았네. 여느 때와 같은 사랑스러운 아름다움과 뛰어난 정신의 밝은 빛을 보이지 않았네. 그런 것들은 모두 내 눈앞에서 자취를 감추고 있었네. 그런 것보다도 훨씬 더 숭고한 눈길이 나를 향해 쏟아지고 있었네. 거기엔 깊고 깊은 동정, 그리고 괴로움에 대한 애달픈 공감이 가득 서려 있는 눈빛이었네.

어째서 나는 그 발아래 꿇어 엎드리지 않았을까? 어째서 그녀의 목을 끌어안고 끝없는 키스로 그녀에게 보답하지 않았는지 모르겠네. 로테는 몸을 피하여 피아노 앞으로 갔네. 그리고는 피아노를 치면서 나직하고 아름다운 목소리로 속삭이듯이 노래를 부르는 것이었네. 로테의 입술이 그때처럼 매혹적으로 보였던 적은 없었네. 그 입술은 마치 달콤한 피아노의 멜로디를 빨아들여 마시는 듯 열려 있었으며, 은밀한 반향이 그 순결한 입술에서 메아리치는 것만 같았다네. 그것을 그대로 자네에게 전해 줄 수만 있다면……. 나는 그만 견딜 수 없는 심정이 되어, 머리를 숙이고 이렇게 맹세했네.

'성스러운 입술이여, 하늘의 정령이 어려 있는 그 입술에 나는 결코 키스를 강요하지 않으리라.'

그러면서도 한편 나는 결코 단념할 수가 없었네. 내 마음 알겠지? 오! 이런 생각이 장벽처럼 내 영혼을 가로막고 있네. 사무치는 행복을 이 몸으로 맛보고 그리고 나서 파멸하여 그 죄를 짊어져도 좋다고. 그런데 그것이 어찌하여 죄란 말인가?

11월 26일

가끔 나는 나 자신에게 말한다네.

'네 운명은 유례가 없을 만큼 비참하다. 그러므로 남들이 아무리 불우하다고 하더라도 너보다는 행복하다. 이토록 괴로워한 자는 일찍이 아무도 없었다.'

그리고 나서 옛시인의 글을 읽으면, 마치 내 마음속을 들여다보고 있는 듯한 느낌이 든다네. 나는 수많은 고난을 참고 견디어야 한다네! 아아, 인간이란 과연 옛날에도 이토록 비참했을까?

11월 30일

나는, 이제 나는 아무래도 제정신으로 돌아갈 수는 없을 것 같네. 어디를 가나 이성을 잃는 사건에 맞닥뜨리게 되니 말일세. 오, 운명이여! 인간이여!

한낮에 나는 개울을 따라 산책했네. 나는 요즘 입맛을 잃었네. 그리고 모든 것이 처량하기만 하다네. 산에서 눅눅하고 차가운 서풍이 불고 잿빛 비구름이 골짜기로 흘러들고 있었지. 멀리 남루하고 푸른 옷차림의 사나이가 바위 사이를 기어다니는 것이 보였네. 약초라도 찾고 있는 것 같았지. 내가 다가가자 발소리를 듣고 힐끗 뒤를 돌아보았는데, 정말 이상한 인상을 풍기고 있었네. 조용한 슬픔이 얼굴 전체에 풍기고 선량하고 정직한 인간미가 엿보였네.

검은 머리는 두 가닥으로 말아서 핀을 꽂았고, 나머지 머리는 굵게 땋아 등 뒤로 늘어뜨리고 있었네. 옷차림으로 미루어 보아 신분이 낮아 보였으므로, 그가 하고 있는 일에 내가 관심을 보여도 언짢게 여기지 않을 듯싶어서 무엇을 찾고 있느냐고 물어 보았네.

「꽃을 찾고 있습니다. 그런데 한 송이도 보이지 않는군요.」

한숨을 후유 내쉬면서 그는 대답했네.

「그야 계절이 다 지났으니 그럴 수밖에 없지요.」

나는 웃으면서 말했지.

「꽃은 얼마든지 있습니다.」

그는 내가 서 있는 쪽으로 성큼 내려오면서 말했네.

「우리 집 뜰에는 장미와 인동덩굴 두 종류가 있답니다. 그 중 하나는 아버지가 주신 것인데, 둘 다 잡초처럼 우거졌답니다. 벌써 이틀째 그걸 찾고 있는데 보이지 않는군요. 이 근처에도 언제나 꽃이 피어 있지요. 노란 꽃, 파란 꽃, 빨간 꽃들이 말입니다. 수레국화도 예쁜 꽃이지요. 그런데 하나도 보이지 않는군요.」

나는 약간 이상한 기분이 들어서 슬쩍 둘러서 물어 보았네.

「그런데 꽃은 무엇에 쓰려는 거요?」

그의 얼굴에 야릇한 미소가 잔물결을 이루더니,

「이건 아무에게도 이야기하면 안 되는데…….」

하고 그는 손가락을 입에 갖다 대고는 말을 이었네.

「애인한테 꽃다발을 선물하기로 약속했거든요.」

「그거 근사하군요.」

나는 말했지.

「아! 제 애인은 없는 게 없어요! 부자거든요.」

「그래도 당신의 꽃다발만한 게 어디 있겠소.」

「그녀는 보석도 갖고 있어요. 또한 왕관도 갖고 있지요.」

「대관절 그분의 이름은 뭡니까?」

「네덜란드 정부가 나에게 월급을 주었더라면 저도 이렇게 되진 않았을 겁니다. 그래요, 옛날엔 좋았지요. 저는 행복했습니다! 그러나 이젠 글렀어요. 지금은 저도…….」

하고는 그는 엉뚱한 말을 했네.

하늘을 우러러보며 눈물을 짓는 그의 눈이 모든 것을 말해 주고 있었네.

「그러면 그 전에는 퍽 행복했었군요?」

나는 물었지.

「아! 다시 그런 날이 오면 좋겠어요. 그땐 참 좋았지요. 물 속을 헤엄쳐 다니는 물고기처럼 즐겁고 기뻤어요.」

마침 그때 「하인리히!」 하고 부르는 소리가 들리더니, 한 노파가 우리 쪽으로 다가왔네.

「하인리히, 그새 어디 갔었니? 사방으로 찾아다녔다. 자, 가자, 밥 먹어야지.」

「할머니의 아드님인가요?」

나는 노파에게 다가서며 물었네.

「네, 제 불쌍한 자식이랍니다. 하느님께서 저희에게 무거운 십자가를 지우셨어요.」

하고 할머니는 대답했네.

「이렇게 된 지가 얼마나 됐습니까?」

내가 물었지.

「이렇게 얌전해진 지는 반 년쯤 되었어요. 그전에는 꼬박 1년 동안 어찌나 날뛰고 행패를 부렸는지, 정신병원에서 사슬에 묶여 있었지요. 지금은 행패를 부리지 않습니다. 다만 말끝마다 임금님이 어떠니 황제가 어떠니 하는 소리만 한답니다. 원래는 온순하고 얌전한 아이였죠. 집안 살림도 도와 주고 글씨도 잘 썼는데……. 그런데 갑자기 우울증이 생기더니 지독한 열병 끝에 그만 미쳐 버리더군요. 그랬다가 지금은 보시는 것처럼 이 모양이랍니다. 그 이야기를 하자면…….」

나는 그녀의 말을 가로막고 물었네.

「한때 매우 행복하고 즐거웠던 모양인데, 그건 어느 때 이야기인가요?」

「바보 같은 소릴 또 했군요! 완전히 정신이 돌았던 때 이야기를 하고 있는 거랍니다. 언제나 그걸 자랑삼아 이야기한답니다. 정신병원에 들어가서 자기가 어떤 몰골을 하고 있었는지 알지도 못하면서 말이에요.」

노파는 연민의 미소를 머금고 말했네.

그 말은 벼락처럼 내 가슴을 때렸네. 나는 노파 손에 지폐를 한 장 쥐어 주고 얼른 그곳을 떠났네.

「네가 행복했던 때!」

나는 시내를 향해 황망히 걸음을 재촉하면서 외쳤네.

「네가 물 속을 헤엄쳐 다니는 물고기처럼 행복했던 때!」

하늘에 계신 주여! 당신은 이성을 지니기 이전과, 이성을 잃어버린 이후를 제외하고는 행복해질 수 없도록, 인간의 운명을 이렇게 정해 놓으셨나이까?

가엾은 사나이여! 그래도 나는 그대의 슬픔과, 그대를 초췌하게 하는 정신착란이 부럽구나! 그대는 희망에 부풀어 행차한다. 그대의 여왕을 위하여 한겨울에 꽃을 따려 하다가 하나도 보이지 않는다면서 한탄을 하되, 어째서 꽃이 보이지 않는지는 모르고 있다. 그런데 나는 희망도 목적도 없이 나갔다가, 집을 나섰을 때와 똑같은 기분으로 돌아온다. 그대는 네덜란드 정부에서 월급만 주었더라면 훌륭한 사람이 될 수 있었다고 망상하고 있다.

행복한 사나이여! 행복해질 수 없는 까닭을 이 세상의 현실적인 장애 탓으로 돌릴 수 있다니. 그대는 느끼지 못하고 있네! 그대가 비참하게 된 원인이 산산이 파괴된 그대의 마음속에 있으며, 그대를 미치게 한 머릿속에 있음을, 그리고 지상의 어떤 권력으로도 그대를 거기서 구해 낼 수 없음을.

신병을 고치기 위하여 약효가 있다는 먼 온천장으로 여행을 갔다가, 그 때문에 도리어 병이 악화되어 고통을 받게 되었다고 해서 이를 비웃을 수 있는 인간, 혹은 마음의 상처를 입고, 양심의 가책을 면하고 영원의 고뇌를 없애기 위해 고난을 겪으며 그리스도의 무덤을 찾아 순례의 길을 떠나는 사람을 멸시할 수 있는 그런 인간은 비참하게 죽어 마땅하다. 길도 없는 길을 걸어가느라고 발바닥은 상처를 입을지라도, 그 한 발짝 한 발짝이 괴로워하는 영혼에 있어서는 한 방울의 진통제가 되는 거라네. 고달픈 여행의 하루하루를 참고 견디어 낼 때마다 가슴속의 무거운 짐은 가벼워지고, 마음은 그만큼 평온해지는 거라네.

푹신한 소파에 앉아서 입만 나불거리는 자들이여! 그대들은 이것을 어찌 감히 망상이라고 단정하느뇨? 망상! 오, 하느님! 저의 눈물을 보소서! 인간을 이토록 가난하게 창조하신 당신께서는 어찌하여 이 얼마 되지 않는 가난한 소유분까지도 빼앗아 가 버리는 형제들까지 덤으로 주셨나이까? 그 형제들은 당신께로 향한 얼마 되지 않는 믿음까지도 빼앗아 가 버립니다.

만물을 사랑하시는 주여! 약초를 믿으며, 뚝뚝 떨어져 내리는 포도즙을 믿는 그 마음은, 당신께로 향한 믿음이 아니고 무엇이겠습니까? 우리를 에워싼 삼라만상 속에 우리가 언제나 필요로 하는 힘, 병을 낫게 하는 힘을 당신이 간직해 놓으신 것으로 믿는 것이 아니고 무엇이겠습니까? 정체를 알 수 없는 하느님 아버지시여! 전에는 당신께서 제 영혼을 구석구석까지 충만케 해 주셨으나, 지금은 저를 외면하시는 아버지시여! 부디 저를 당신 곁으로 불러 주십시오. 이 이상 더 침묵하지 마소서! 당신의 침묵은 목마른 이 영혼에겐 견딜 수 없는 것입니다. 뜻밖에 자기 아들이 돌아와서 매달렸을 때 화를 낼 수 있는 아버지가 있을까요? 그 아들은 외칩니다.

「아버지, 제가 돌아왔습니다. 여행을 도중에 그만두었다고 노여워하지 말아 주십시오. 아버지의 뜻에 따라 좀더 오래 참고 견디며 계속해야만 할 편력을, 저는 중도에서 그만두고 돌아왔습니다. 세상은 어디를 가나 마찬가지입니다. 고생을 하고 노동을 하면 보수와 기쁨을 얻을 수 있습니다. 그러나 그것이 저에게는 무슨 의미가 있겠습니까? 저는 아버지가 계시는 것이 가장 좋습니다. 아버지가 보시는 곳에서 괴로움도 즐거움도 맛보고 싶습니다.」

아버지여, 하늘에서 굽어 살피시는 아버지여, 당신께서는 진정 이 아들을 쫓아 내려고 하시나이까?

12월 1일

빌헬름이여! 자네에게 요전 편지에 써 보낸 그 사나이, 그 행복하고도 불행한 사나이는 로테 아버지 밑에서 일하던 서기였다네. 남몰래 로테를 사모하여 그것을 가슴속에 간직하고 있다가, 마침내 그것을 고백한 끝에 해고당하고 드디어 미치고 말았다는 거야. 그 이야기를 듣고 내가 얼마나 심한 충격을 받았겠는가를, 다만 이 싱거운 글에서나마 내 심정을 짐작해 주기 바라네. 알베르트는 태연스레 이 이야기를 나에게 해 주었네. 아마 자네도 태연스레 이 글을 읽어 나갈 테지.

158

12월 4일

어떡하면 좋지. 부디 이 심정을 헤아려 주게. 나는 이제 틀렸어. 이 이상 더 견딜 수가 없네! 오늘 나는 그녀 곁에 앉아 있었네. 그녀는 피아노를 치고 있었지. 다채로운 멜로디엔 온갖 정열이 넘쳐 흘렀네! 온갖 감정이 다 말일세! 자네는 어떻게 생각하는가? 그녀의 어린 여동생이 내 무릎 위에 앉아서 인형에게 옷을 입히고 있었네. 나는 눈물이 날 것만 같았네. 고개를 숙였더니 로테의 결혼 반지가 눈에 띄더군. 눈물이 왈칵 솟았네. 그때 그녀가 꿈결 같은 감미로운 옛 곡조를 치기 시작하였네. 그것은 실로 돌발적이었어. 내 영혼은 구석구석까지 위로를 받았네. 그와 동시에 지나간 날들의 추억이 내 마음속으로 소용돌이쳤네. 전에 이 곡을 들었던 무렵의 일, 로테 곁을 떠나 있었던 날들, 그 밖에 우울과 분노와 물거품으로 돌아간 희망에 대한 추억에 사로잡혀 나는 방 안을 이리저리 걸어다녔네. 복받쳐오르는 서러움에 숨이 막힐 것만 같았네.

「제발 부탁합니다. 제발 그만두십시오!」

나는 격렬한 감정을 이기지 못해 로테 곁으로 내달으며 말했지.

로테는 손을 멈추고 나를 빤히 쳐다보았네.

「베르테르 씨!」

그녀는 미소지으면서 말했네. 그 미소는 내 마음속에 고스란히 스며들었네.

「베르테르 씨, 몸이 편찮으신 모양이군요, 평소 그렇게 좋아하시던 곡이 마음에 안 드시다니. 그만 댁으로 돌아가시도록 하세요. 그리고 제발 마음을 진정시키세요.」

나는 훌쩍 그녀 곁을 떠났네. 하느님! 당신께서는 제 비참한 모습을 보고 계시겠죠. 어서 이 불행이 끝나게 해 주십시오.

12월 6일

어디를 가나 그녀의 모습이 나를 따라다니네! 자나깨나 그 모습이 온통 내 마음을 차지하고 있네! 눈을 감으면 여기 마음의 눈길이 쏠리는 머릿속에 그녀의 검은 눈동자가 나타나네. 바로 여기에! 딱 들어맞는 표현을 할 수가 없군. 어쨌든 눈을 감으면 그녀의 모습이 나타나는 걸세. 그녀의 눈은 흡사 바다와도 같이, 심연과도 같이, 그것은 내 앞에, 아니, 내 속에 조용히 자리잡고 내 생각을 충만케 해 준다네.

반신(半神)이라 찬양되는 인간의 꼴을 보게나! 가장 힘을 필요로 하는 바로 그때에 힘이 빠져 버리니 말일세. 기뻐서 하늘에 날아오를 듯싶을 때나, 슬픔의 구렁텅이에 빠져들 때도, 한결같이 절대자의 품 속에 용해되기를 바라는 순간에 언제나 덜미를 잡혀 무겁고 냉철한 의식 속으로 되끌려오지 않는가?

편자로부터 독자에게

　우리의 친구 베르테르가 세상을 떠나기 전 며칠 동안에 겪은 특기할 만한 일에 대하여, 그의 자필에 의한 기록이 될수록 많이 있기를 편자는 간절히 바랐습니다. 그리고 편자의 서술을 삽입함으로써, 그 자신의 편지 진행을 중단하는 일은 가급적 피하고 싶었던 겁니다.

　편자는 베르테르의 신상을 잘 알고 있다고 생각되는 사람들의 입을 통하여 정확한 자료를 수집하는 데 모든 정성을 다 쏟았습니다. 신상에 관한 것이라야 실상 간단하여 사람마다 하는 이야기가 극히 사소한 점을 제외하고는 모두 일치하고 있었으니까요. 다만 관계되고 있는 사람들의 감정 문제가 되면, 의견은 달랐고 판단도 구구하였습니다.

　결국 남은 길은 그 사이 애써 알아낸 일들을 그대로 충실히 이야기하고, 그 중간에 고인이 남긴 편지를 삽입하며, 발견된 쪽지는 아무리 하찮은 것일지라도 소홀히 다루지 않는 길밖에는 없었습니다. 하물며 범상치 않은 인간일 경우는, 지극히 사소한 행위라 할지라도 그 진정한 동기를 찾아 내기 어려운 일이므로, 더구나 그런 방법을 취하지 않을 수 없습니다.

베르테르의 마음속에는 쌓이고 쌓인 욕구불만과 그에 따르는 불쾌감이 점점 깊이 뿌리를 내리고 서로 굳게 얽혀서, 마침내는 그의 존재 전체를 사로잡고 말았습니다. 그의 정신상태는 균형을 유지하지 못하고 파괴되고, 마음속의 흥분과 격정은 타고난 그의 천성에 갖추어진 모든 힘을 모조리 무너뜨리고 더할 바 없는 불길한 결과를 일으켰습니다. 그는 그런 상태에서 빠져 나오기 위하여, 일찍이 어떤 불행과 싸울 때보다 더 한층 애처로운 노력을 했습니다. 그러나 그의 불안은 그의 정신이 지닌 그 밖의 힘, 곧 활기와 총명까지도 좀먹어 버려서, 그는 사람들 앞에서도 우울한 표정을 짓게 되고, 따라서 더욱더 불행해져 갔습니다. 불행해짐에 따라 그는 점점 편벽한 사람이 되어 갔다고 알베르트의 친구들은 한결같이 말합니다.

그들의 주장에 의하면, 알베르트는 고결하고 온건한 인물로, 오랫동안 소망해 오던 행복을 마침내 손에 넣고 그 행복을 계속 유지해 나가려 했었는데, 그런데 한편으로 베르테르는 말하자면 하루하루 자기의 재산을 탕진해 버리고, 저녁때가 되면 굶주리고 괴로워하는 그런 인간이란 것입니다.

그들은 또 덧붙이기를, 알베르트의 인품이 그토록 짧은 기간에 달라졌을 리는 없다는 것입니다. 알베르트는 언제나 같은 인간, 즉 베르테르가 처음 만났을 때 경의를 표했던 바로 그대로의 인간이었다는 것이지요. 그는 누구보다도 로테를 사랑하고 자랑스러워하였으며, 그녀가 훌륭한 여성이라는 것을 누구나가 인정해 주기를 바랐답니다. 그런 사실로 미루어 볼 때, 의혹의 꼬투리가 될 만한 것은 어떤 일이든지 멀리하려 했으며, 그런 우려가 있을 때, 또 그 경우에 단순한 수법이긴 하지만, 이 귀중한 소유물을 그 누구와도 공유하기를 꺼렸다고 해서, 그것을 조금도 탓할 수는 없지 않습니까? 그들은 베르테르가 로테에게 오면 알베르트가 곧잘 아내의 방에서 나갔다는 사실을 인정하고 있습니다. 그러나 그것도, 친구에 대한 증오심이나 반감을 품고 있어서가 아니라, 어디까지나 자기가 있으면 친구가 거북해할까 봐 그랬다는 것입니다.

로테의 아버지가 갑자기 병이 나서 자리에 누웠습니다. 그는 로테를 만나 보기 위해 마차를 보냈고, 로테는 그것을 타고 아버지 집으로 갔습니다. 첫눈이 내려 사방이 은빛 세계가 된 맑개 갠 겨울날이었지요.

그 이튿날 아침에 베르테르는 그녀를 뒤쫓아갔습니다. 알베르트가 로테를 데리러 오지 않는다면, 자기가 그녀를 데리고 돌아올 작정이었던 것이지요.

해맑은 대기도 베르테르의 어두운 마음을 밝게 해 줄 수는 없었습니다. 그의 영혼은 무겁게 짓눌려 있었으며, 갖가지 슬픈 환상이 머릿속에서 떠나지 않았고, 그의 가슴은 꼬리를 무는 괴로운 상념을 위해 고동칠 뿐이었습니다.

언제나 자기 자신에 대하여 불만을 품은 채 나날을 보내고 있었기 때문에, 베르테르의 눈에는 다른 사람들도 혼란되고 위태로운 상태에 놓여 있는 것으로 비쳐졌던 것입니다. 그는 알베르트와 그 아내와의 아름다운 관계를 자기가 파괴해 버린 것으로 생각하고, 그 때문에 자기 자신을 탓하고 있었습니다. 한편 그런 자책 속에는 그녀의 남편에 대한 부지불식간의 반감도 내포되어 있었습니다.

이 날도 길을 가면서 그의 생각은 그 문제에 귀착되었습니다. '그렇지, 확실히' 하고 그는 속으로 이를 갈며 혼자말을 중얼거렸습니다.

'그게 허물없고, 다정하고, 자상하고, 만사에 애정이 깃들인 사이란 말인가. 조용하고 오래 지속되는 성실한 관계란 말인가! 틀림없이 싫증이 난 거야. 그래서 무관심해진 거야. 아무리 하찮은 일이라도, 그 소중한 아내 이상으로 그는 일에 더욱 신경을 쓰고 있지 않은가. 그는 도대체 자신의 행복을 알고 있기나 한가? 로테에게 그 가치에 합당한 존경을 바치고 있을까? 그는 그녀를 소유하고 있다. 그래, 그것은 잘 알고 있어. 벌써 알고도 남는 사실이다. 그것을 생각하는 일에도 익숙해졌다. 그럼에도 불구하고 그게 나를 미치게 한다. 죽을 것만 같다. 도대체 알베르트의 나에 대한 우정은 그대로 유지되고 있을까? 로테에 대한 나의 애착을 자기의 권리에 대한 침해라고 생각하고 있지나 않은지? 로테에 대한 나의 배려를 자기에 대한 완곡한 비난으로 받아들이고 있지나 않은지? 나는 잘 알고 있다. 또 그것은 분명히 느낄 수 있어. 알베르트는 나를 만나고 싶어하지 않는다. 나를 멀리하고 싶은 거야. 나라는 존재가 눈에 거슬리는 거야.'

베르테르는 몇 번이고 빨라지는 걸음을 멈추고 오던 길을 되돌아가려고도 했습니다. 그러나 역시 발길은 앞으로 내디뎌졌고, 생각에 잠겼다 혼자말을 했다 하면서, 말하자면 본의 아니게 마침내 로테의 아버지 집인 수렵관에 당도하고 말았습니다.

그는 현관에 들어서면서 노인과 로테의 안부를 물었는데, 웬일인지 집 안이 좀 어수선한 것 같은 느낌이 들었습니다. 맨 위의 사내아이가, 발하임에서 농부가 한 사람 살해되는 끔찍한 사건이 일어났다고 말해 주었습니다. 그것은 베르테르에게 별로 충격을 주지는 않았습니다. 방 안에 들어서니까, 로테가 열심히 노인을 만류하고 있었습니다. 노인은 병중임에도 불구하고 사건을 조사하기 위해 현장으로 가야 한다고 우겼기 때문입니다. 범인은 아직 밝혀지지 않았는데, 어느 과부집 머슴으로, 신분이 드러난 피해자는 이른 아침 현관문 앞에서 발견되었다는 겁니다.

그 집에서 전에 있다 쫓겨난 머슴이 불만을 품고 있다는 소문이 자자하다는 이야기를 듣자 베르테르는 펄쩍 뛰었습니다.

「그게 정말인가요? 가 봐야겠습니다! 한시도 지체할 수 없는 일입니다.」
하고 외쳤습니다.

그는 발하임으로 걸음을 재촉했습니다. 옛 추억이 하나하나 마음속에 되살아났습니다. 범죄를 저지른 것은 그 청년, 몇 번인가 만나서 이야기를 했고, 친근감을 느끼고 있던 그 청년이라고 그는 단정하였던 것입니다.

시체가 놓여 있는 그 주막으로 가기 위해서는 예의 보리수 사이를 지나야만 했는데, 전에는 그토록 친밀감을 느끼고 있었던 그 장소에 공포감을 느꼈습니다. 이웃 어린이들이 곧잘 모여 놀던 낯익은 그 문간이 피투성이가 되어 있었던 것입니다. 가장 아름다운 그 인간의 감정인 사랑과 성실이 폭력과 살인으로 변해 버린 것입니다. 커다란 보리수는 잎이 완전히 다 떨어지고, 서리에 덮여 있었습니다. 교회의 나직한 담을 뒤덮고 있던 아름다운 나뭇잎들도 하나도 남김없이 다 떨어져 버렸고, 앙상한 가지들 사이로 눈에 덮인 묘석들이 줄지어 있는 것이 보였습니다.

주막 앞에는 마을 사람들이 모여 있었는데, 베르테르가 다가가자 갑자기 거기서 고함소리가 났습니다. 저쪽에 무장한 한 떼의 사나이들이 나타났던 것입니다. 「범인을 잡아 온다」 하고 사람들은 입을 모아 소리쳤습니다. 베르테르는 그 쪽으로 눈을 돌렸습니다. 이제 의심할 여지도 없었습니다. 그 머슴이었던 것입니다! 그 과부를 외곬로 사랑했던 청년, 얼마 전엔 분노와 절망을 가슴에 품고 배회하고 있었으며, 그때 베르테르가 만났던 바로 그 사나이였습니다.

베르테르는 잡혀 온 그 청년에게로 다가가서,

「왜 그런 끔찍한 짓을 저질렀나, 이 불쌍한 사람아!」

하고 소리쳤습니다.

그 청년은 조용히 베르테르를 쳐다보며 말이 없더니, 마침내 입을 열어 차분히 말했습니다.

「아무도 그녀를 차지할 수 없습니다. 아무도 그녀의 남편이 될 수 없어요.」

청년은 주막 안으로 끌려 들어갔습니다. 베르테르는 얼른 그곳을 떠났습니다.

이런 무섭고 야릇한 감동으로 인하여 베르테르의 내부에 간직된 것이 온통 뒤흔들리고 혼란에 빠졌습니다. 이제까지의 슬픔과 불만, 그리고 자포자기적인 무관심한 상태로부터 그는 잠시 해방되었습니다. 억누를 길 없는 동정심에 사로잡혀서, 그 청년을 구해 줘야겠다는 생각이 머릿속에 꽉 찼습니다. 그 청년은 정말 불행한 사람이라는 동정심과 범죄자이기는 하지만 그에게 죄는 없다는 생각이 들었습니다. 자기 자신이 그 청년의 입장이 되어 깊은 동정심을 가지고 사건을 생각했으므로, 다른 사람들도 설득할 수 있을 것으로 믿었던 것입니다. 그는 그 청년을 변호할 수 있게 되기를 바랐습니다. 열렬한 변론이 목구멍까지 올라왔습니다. 법무관의 집을 향해 발걸음을 재촉하면서, 그 도중에 법무관을 만나서 자기가 할 말들을 어느새 소리내어 중얼거리고 있을 정도였습니다.

방 안에 들어서자 알베르트가 와 있었습니다. 한순간 베르테르가 기가 꺾였습니다. 그러나 곧 마음을 가다듬고, 법무관에게 범인을 옹호하는 열변을 토했습니다. 법무관은 두세 번 머리를 가로저었습니다. 인간이 인간을 변호하는 데 필요한 말을 총동원해 열의와 활력과 진실을 다하여 말해도 그는 전혀 마음이 움직이는 기색이 없었습니다. 그것은 우리로서도 쉽게 헤아릴 수 있는 일입니다. 그의 마음이 움직이기는커녕 베르테르가 하는 말을 도중에서 가로막고, 살인자를 비호하는 그를 나무랐습니다. 그의 말인즉, 그런 변호가 통하는 날엔 일체의 법률은 무효가 되고, 국가의 안정은 근본부터 흔들리게 된다, 더욱이 이러한 사건에 있어서 법무관인 자신은 책임자라는 사실을 상기하고 모든 일을 규정대로, 수속 절차에 따라서 처리해야만 한다는 것이었습니다.

베르테르는 그래도 굽히지 않고, 만일 그 청년의 도주를 방조하는 사람이 있으면 너그럽게 보아 달라고 간청했습니다. 그러나 법무관은 이것마저 거절하였습니다. 나중에는 알베르트도 끼어들어 노인의 말에 동조하였습니다. 베르테르는 결국 지고 말았습니다. 법무관이,

「안 돼, 그런 사나이는 살려 둘 수 없어!」

하고 한 마디로 잘라 말하자, 그는 무서운 고뇌의 표정을 지으며 그곳을 떠났습니다.

법무관의 이 말이 그에게 얼마나 큰 충격을 주었는지는, 그의 서류들 속에 끼여 있던 한 장의 쪽지로 미루어 알 수 있었습니다. 그것은 틀림없이 그날 쓴 것으로 보입니다.

'너는 끝내 구원받을 수 없다, 불행한 사나이여! 나는 잘 알고 있다. 우리는 똑같이 구원받지 못한다는 것을.'

붙잡힌 청년에 대하여 알베르트가 마지막에 참견을 하여 법무관 앞에서 한 말은 베르테르를 몹시 상심케 했습니다. 그 말 속에는 자기에 대한 은근한 적의조차 숨어 있는 듯이 느껴졌습니다. 조금만 깊이 생각하면 두 사람의 말이 정당하다는 것을 총명한 그가 모를 리 없었으나, 만일 그것을 인정한다면 자기 자신의 인격 자체를 송두리째 부정해야만 할 것같이 생각되었던 것입니다.

이 일에 관련된 것으로 보이는 쪽지가, 역시 그의 서류들 속에서 발

견되었습니다. 그것은 어쩌면 알베르트에 대한 그의 심정을 유감없이 나타낸 것이라고 할 수 있습니다.

'그는 훌륭한 사람이다, 선량한 사람이다. 이렇게 나 자신에게 되풀이하여 본들 무슨 소용 있으랴! 내장을 쥐어뜯기는 듯한 느낌이 들 따름이다. 나는 결코 공정한 입장에 설 수 없는 입장이다.'

그날 저녁은 포근하여 눈이 녹을 듯한 날씨였으므로 로테는 알베르트와 같이 걸어서 집으로 왔습니다. 도중에 로테는 몇 번이나 사방을 두리번거렸습니다. 베르테르가 동행하고 있지 않은 것이 못내 서운했던 모양이었습니다. 알베르트는 베르테르에 대한 이야기를 꺼내었는데, 공평한 태도를 유지하긴 했으나 그를 비난했습니다. 그 불행한 정열을 언급하고 그를 멀리했으면 좋겠다는 뜻을 비추었습니다.

「우리 두 사람을 위해서도 그러는 게 바람직한 일로 생각되오. 부탁이오, 당신에 대한 그의 관심을 다른 데로 돌리도록 해 주구려. 남들의 눈도 있지 않소? 벌써 여기저기 소문이 나돌기 시작했소.」

그는 말했습니다.

로테는 잠자코 있었습니다. 아내의 침묵이 알베르트의 가슴에 꽤 사무쳤던 모양입니다. 그때 이후로 그는 다시는 로테에게 베르테르에 관한 이야기를 하지 않게 되었으며, 로테가 베르테르에 대한 이야기를 꺼내면 이야기를 중단해 버리거나 화제를 딴 데로 돌려 버렸습니다.

불행한 청년을 구출하기 위하여 베르테르가 기울인 헛된 노력은, 꺼져 가는 등불의 마지막 불꽃이었다고나 할까. 그는 더욱더 깊은 고뇌와 절망 속으로 빠져 들어갔습니다. 게다가 범인 자신이 현재 범행을 완강히 부인하고 있으므로, 경우에 따라서는 그 청년의 반대 중인으로서 자신이 소환될지도 모른다는 소리를 들었을 때에는 거의 미칠 지경이었습니다.

일찍이 베르테르가 근무 생활중에 그가 겪은 모든 불쾌한 일들, 공사와의 불화, 자기가 저지른 실수, 비위 상하던 모욕 등이 그의 마음속에 잇따라 떠올랐다가 가라앉았습니다. 그러다 보니, 자기가 무위도식하게 된 것도 당연한 일이라는 생각이 들게 되었습니다. 장래에 대한 희망은 일체 단절되어 버렸으며, 실사회에서 활동하려 해도 그럴 계기를 잡을 수가 없었습니다.

이리하여 그는 마침내 기묘한 감각과 사고방식, 그리고 끝없는 정열에 완전히 몸을 내맡긴 채, 사랑하는 여인과의 슬픈 교제를 언제까지나 끊지 못하고 드디어 그녀의 안정된 생활마저도 교란하였고, 목적도 희망도 없는 일에 무리하게 정력을 소모함으로써 한 걸음 한 걸음 비참한 파국으로 줄달음치고 있었던 것입니다.

그의 정신적 혼란과 정열, 지칠 줄 모르는 몸부림과 끈덕진 노력, 삶에 대한 권태, 이 모든 것에 대하여는 그가 남긴 몇 통의 편지가 가장 유익한 증거가 될 터이므로 여기 삽입하려고 합니다.

12월 12일

사랑하는 빌헬름이여, 나는 지금, 마귀에게 쫓기고 있는 것으로 생각하는 불행한 사람과 똑같은 위기에 놓여 있네. 때때로 뭔가가 나를 사로잡고 놓지 않는 것이 있다네. 그것은 불안도 아니고, 욕망도 아니고 불가해한 내적 발광이라네. 그리하여 그놈이 내 가슴을 갈기갈기 찢어 놓고 내 목을 조르는 거야! 그 괴로움! 그 쓰라림! 그럴 때면 나는 견딜 수가 없어져서, 인간에게 적의를 품고 있는 이 계절의 황량한 밤경치 속으로 나가 정처없이 헤맨다네.

어젯밤에도 나는 밖으로 나가지 않고는 배길 수가 없었네. 갑자기 눈 녹은 물이 불어나서 강물이 범람했다는 소리를 들었거든. 강마다 물이 넘치고, 발하임의 아래쪽 그 그리운 골짜기가 물에 잠겼다는 거야! 밤 열한시가 지나서 나는 집을 뛰쳐나왔네. 눈앞에는 무시무시한 광경이 펼쳐져 있었네. 바위 위에 서서 내려다보니까, 달빛 속에서 탁류가 소용돌이쳤네. 밭도 목장도 산울타리도 온통 물에 뒤덮여 그 넓은 골짜기는 온통 바람이 휘몰아치는 거친 바다로 변해 있었네! 이윽고 검은 구름 속에 숨었던 달이 다시 얼굴을 내밀자, 눈앞에 가로놓인 그 물바다는 섬뜩하리만큼 아름답게 빛을 반사하면서 저 먼 곳을 향해 요란하게 소용돌이치며 울부짖는 것이었네. 나는 그만 온몸에 소름이 오싹 끼치면서 억제할 길이 없는 그리움에 사로잡혔네.

아, 나는 두 팔을 벌리고 심연을 향하여 선 채 깊이깊이 숨을 들이쉬었네. 그리하여 내 고뇌와 슬픔을 물 속에 물결과 함께 흘려 보내고 씻어 버리는 환희에 싸여 나는 넋을 잃었네. 오! 그러나 나는 땅에서 발을 뗌으로써 모든 고통을 끊어 버릴 수는 없었네. 내 운명의 모래시계는 아직도 모래가 다 흘러내리지 않았던 걸세. 나는 그것을 절실히 느꼈네.

아, 빌헬름이여! 저 질풍으로 구름장을 갈가리 찢어 대홍수를 일으킬 수 있다면, 나는 나의 인간적 존재를 기꺼이 내던질 텐데! 그리고 아! 그런 큰 환희는 얽매인 몸에는 주어지지 않는 것일까? 다시 나는 슬픈 마음으로 언젠가 어느 무더운 날 로테와 함께 산책을 나갔다가 쉬었던 그 그리운 버드나무 아래를 내려다보니 역시 그곳도 물에 잠겨 버드나무도 거의 알아볼 수가 없었네.

빌헬름이여, 나는 로테네 목장, 로테네 집 주위는 어떻게 되었을까, 우리의 정자는 격류에 볼품없이 허물어져 버렸겠지, 하는 생각들을 하고 있는 사이에, 죄수의 마음속에 숨어 들어오는 자기 집의 가축 떼와 목장, 영광스러운 직위에 대한 꿈들처럼, 지나간 날들의 햇살이 온몸에서 반사되었다네. 나는 그대로 한동안 서 있었네! 나는 이제 나 자신을 책망하지 않네, 죽을 용기는 있으니까──그럴 마음만 먹는다면. 그런데도 지금 나는 여기에 노파처럼 앉아 있네. 죽음을 향하여 다가가고 있는, 기쁨도 없는 생명을 한순간이라도 길고 편하게 하려고 남의 집 울타리에서 땔나무를 주우며, 이 집 저 집의 문간에서 빵을 구걸하는 노파처럼 말일세.

12월 14일

친구여, 이게 도대체 어떻게 된 일일까? 나는 나 자신에 대하여 놀랄

뿐이네. 로테에 대한 나의 사랑은 더없이 성스럽고 순결하여 남매 사이와 같은 사랑이 아니었던가? 일찍이 단 한 번이라도 내 가슴에 죄가 될 만한 욕망을 품은 적이 있었던가? 맹세하지도 않기로 했네. 그건 그렇다치고라도 꿈이란 것은! 아, 이토록 상반되는 갖가지 작용을 어떤 불가사의한 힘의 조화로 돌려 버린 옛사람들의 감각은 그야말로 올바른 것일세!

지난 밤에 일어난 일이네. 그 이야기를 하려고 해도 몸이 떨리네. 나는 그녀를 가슴에 꽉 껴안고, 사랑을 속삭이는 그녀의 입술에 끝없는 키스를 퍼부었다네. 나의 눈은 그녀의 황홀해진 눈빛을 정신없이 보고 있었네. 하느님이여! 지금도 이 벅찬 환희를 설레는 마음으로 되살리면서, 형언할 수 없는 행복을 느끼고 있으니 저는 벌을 받아야 할까요? 로테! 로테! 나는 이제 끝장이 나려나 보네! 감각이 혼란에 빠지고 벌써 1주일 전부터 사고력을 상실하고 있네. 눈에는 언제나 눈물이 그득하네. 어디를 가나 기분이 언짢기만 하네. 그런가 하면 어디를 가도 즐겁네. 아무런 소망도 희망도 없어. 이제 나는 떠나는 편이 나을 것 같네.

이런 상황 속에서 이 세상을 하직하려는 결심은 베르테르의 가슴속에 점점 더 굳어져 갔습니다. 로테의 곁으로 돌아온 이후로 그 결심은 언제나 그의 최후의 기대였으며 희망이었습니다. 그러나 그는 스스로를 타이르고 있었습니다. 그 행위가 조급하고 경솔한 짓이 되어서는 안 된다, 최선의 확신으로써 가능한 한 침착한 결의와 더불어 결행해야만 한다고 말입니다. 그의 회의 및 마음의 갈등은 빌헬름 앞으로 쓴 편지의 서두인 듯한데, 날짜는 없고, 역시 다른 글들과 함께 발견된 한 장의 종이쪽지에서 찾아볼 수 있습니다.

'그녀가 살아 있다는 사실, 그녀의 운명, 내 운명에 대한 그녀의 동정, 그러한 것들이 재가 되어 버린 내 머릿속에서 아직도 최후의 눈물을 짜내고 있네. 장막을 쳐들고 그 안에 발을 들여놓으면 일은 끝나는 거요! 그런데 이 망설임은 어떻게 된 것일까? 그 안이 어떤 곳인지 모르기 때문일까? 한번 들어가면 다시는 돌아오는 자가 없기 때문일까? 어쨌든 정체를 알 수 없는 곳에는 혼란과 암흑만이 있다고 생각하는 것이 우리의 정신 작용의 특징이 아닌가 싶네.'

그는 끝내 비애와 점점 정이 들고 친숙해졌던 것입니다. 그리하여 그의 결심은 드디어 확고부동하여 돌이킬 수 없게 되었습니다. 그에 대하여는 빌헬름 앞으로 보낸, 애매한 내용의 편지가 이러한 소식을 입증하고 있습니다.

12월 20일

고맙네, 빌헬름. 그 말을 그렇게 해석해 준 자네의 우정에 감사하네. 확실히 자네 말은 옳았네. 나는 이제 떠나는 편이 나을 걸세. 그러나 자네들 곁으로 돌아오라는 제안에는 따를 수가 없네. 나는 조금 더 빙 둘러서 가고 싶고, 더욱이 추위가 계속되고 길이 좋아질 것같이 생각되기 때문이라네. 자네가 나를 데리러 와 주겠다는 말, 정말 반갑네. 다만 앞으로 2주일 정도 더 미루어 주게나. 나중에 편지로 자세한 것을 알려 줄 테니까, 그때까지만 기다려 주게. 무엇이나 무르익기 전에는 따지지 않는 것이 좋은 법이거든. 2주일 동안 더 있고 덜 있는 것의 차이는 대단한 것일세. 우리 어머니에게는 아들을 위해 기도하시도록 말씀드려 주게. 그리고 내가 어머니에게 여러 가지 걱정을 끼쳐 드려 죄송하게 생각한다는 말도 전해 주게. 기쁘게 해 주어야 할 사람들을 슬프게 하는 것이 나의 운명이었네.

그럼 잘 있게나, 가장 친애하는 나의 친구여! 하늘의 모든 축복이 자네에게 내리기를. 잘 있게나!

이 무렵 로테의 심정에 어떤 변화가 일어났는지, 남편에 대한 배려와 그녀의 가엾은 친구에 대한 상념은 어떠했는지, 우리는 그것을 말로 표현하기가 어렵습니다. 다만 그녀의 성격으로 미루어 보아 짐작이 가지 않는 것도 아닙니다. 상냥한 마음씨를 지닌 여성이라면 로테의 심정이 되어 생각하고, 로테와 더불어 느낄 수 있을 것으로 생각합니다.

어쨌든 이것만은 분명한 사실입니다. 즉, 로테는 베르테르를 멀리할 수 있는, 가능한 모든 조처를 취해야겠다고 혼자서 결심했으리라는 것입니다. 로테가 그 실행을 망설였다면, 그것은 진정으로 베르테르를 아끼는 마음에서였을 것입니다. 그러한 결심이 베르테르에게 있어서 얼마나 쓰라린 희생인지, 아니 거의 불가능한 일이라는 것을 그녀는 너무도 잘 알고 있었던 것입니다. 이러한 관계에 대하여 남편은 완전한 침묵을 지키고 있었습니다. 그녀 역시 마찬가지였는데, 그런 만큼 더 한 층 자기의 지조가 남편의 그것에 비해 떨어지지 않는다는 것을 행동으로 보이는 일이 중요하다고 생각되었던 것입니다.

여기 마지막으로 실린 편지를 베르테르가 친구 앞으로 쓴 것은 크리스마스를 앞둔 일요일이었는데, 그날 저녁에 그는 로테를 찾아갔습니다. 로테는 혼자 있었습니다. 그녀는 마침 어린 동생들을 위해 크리스마스 선물용 장난감을 정리하고 있는 중이었습니다. 베르테르는 그녀에게 아이들이 퍽 기뻐할 것이라고 말하고, 이어서 어린 시절의 이야기를 하였습니다. 갑자기 문이 열리며 촛불과 과자와 사과 등으로 장식된 크리스마스 트리가 나타나면 천국에라도 간 듯이 황홀해지던 시절 말입니다.

그녀는 「당신에게도」 하면서 당황한 듯한 표정을 아름다운 미소로 지워 버리는 것이었습니다. 그리고 다음과 같이 말을 이었습니다.

「당신에게도 선물이 있을 거예요. 얌전하게 계시면요, 아주 길다란 양초라든가 그 밖에 다른 것도.」

「얌전하게 있다는 건 무슨 뜻인가요? 어떻게 하면 되는 겁니까, 로테?」

베르테르는 커다란 소리로 반문하였습니다.

「목요일 저녁이 크리스마스 이브예요. 아이들도 오고 아버지도 오십니다. 모두들 각각 선물을 받게 되지요. 그때 당신도 오세요. 그렇지만 그 전에는 오시지 마세요.」

176

이 말에 베르테르는 가슴이 철렁했습니다.

「부탁이에요.」

로테는 말을 이었습니다.

「그렇게 하기로 일단 결정했어요. 저를 진정시키는 일이라고 생각하시고 제발 그렇게 해 주세요. 이대로 가다간 아무래도 안 되겠어요.」

베르테르는 그녀에게서 눈길을 돌리고, 한동안 방 안을 이리저리 돌아다니며 입속으로 중얼거렸습니다. '이대로 가다간 안 된다!' 로테는 그 말 한 마디가 베르테르를 얼마나 무서운 외곬로 몰아넣었는지를 곧 알아차리고, 여러 가지 화제를 던져 그의 관심을 딴 데로 돌리려고 하였습니다. 그러나 소용이 없었습니다.

「알았어요, 로테! 이제 두번 다시 당신을 만나지 않겠습니다.」

베르테르는 외쳤습니다.

「어머, 어째서 그런 말씀을 하세요? 베르테르 씨, 당신은 저희 집에 오셔도 좋고, 또 오셔야만 해요. 다만 지나치지만 않게 해 주세요. 아, 어째서 당신은 이토록 격렬한 성격과 무엇이든 뿌리를 뽑고야 말려는 정열을 갖고 태어났을까요? 진정하세요. 네? 제발 부탁이에요.」

로테는 베르테르의 손을 잡고 말을 이었습니다.

「분수를 지켜 주세요! 당신만한 인격, 당신만한 학문, 당신만한 재능이면 달리 얼마든지 재미있는 일을 즐기실 수가 있어요. 대장부다워지도록 애쓰세요! 저 같은 여자에게 이런 슬픈 애착을 갖지 마세요. 당신을 측은하게 생각하는 일 이외에는 아무것도 해 드릴 수가 없는 여자인걸요.」

베르테르는 이를 악물고 처참한 표정으로 로테를 보았습니다. 로테는 그의 손을 잡은 채로 말했습니다.

「잠깐만 차분히 생각해 봐 주세요, 베르테르 씨! 당신은 당신 자신을 속이고 있는 거예요. 일부러 자신을 파멸시키려고 하는 거예요. 그렇게 생각되지 않으세요? 하필이면 저를? 저는 남의 아내인데 어째서 이런 사람을……. 저는 이런 생각이 들어요. 저를 당신 것으로 할 수가 없다, 그럴 수 없다는 그 사실이 당신의 마음을 끌고 있는 것 아닐까요? 그렇지 않나요?」

베르테르는 로테에게 잡혀 있던 손을 빼내고 정신이 나간 듯 매우 못마땅한 눈초리로 상대방을 지켜 보았습니다.

「훌륭하시군요! 정말 훌륭하십니다. 알베르트가 일러 준 꾀인 모양이지요? 굉장히 약은 방법이군요!」

베르테르는 외쳤습니다.

「아니오. 누구라도 그렇게 말할 거예요. 이 넓은 세상에 당신의 소망을 채워 줄 만한 아가씨가 한 사람도 없을까요? 한번 마음잡고 찾아보세요. 틀림없이 그런 사람이 눈에 띌 거예요. 이런 말씀을 드리는 건 벌써 오래 전부터, 당신을 위해서나 저희들을 위해서나 걱정스러워 견딜 수가 없었기 때문이에요. 요즈음 당신은 일부러 자신을 좁은 세계로 몰아넣고 있는 것 같아요. 용단을 내리세요! 여행이라도 하시면 아마, 아니 틀림없이 기분도 풀릴 거예요! 부디 당신에게 어울리는 좋은 분을 찾아오세요. 그리하여 진정한 우정을 누릴 수 있었으면 좋겠어요.」

로테가 응수했습니다.

베르테르는 차갑게 웃었습니다.

「그 말을 인쇄해서 온 세상의 가정교사에게 배부해 주고 권장을 해주는 것이 어떨까요? 조금만 더 나를 이대로 내버려 주십시오. 그러면 만사가 잘될 테니까요!」

「그럼 베르테르 씨, 크리스마스 이브 전에는 오지 마세요, 네?」

베르테르가 대답을 하려는데 마침 알베르트가 방 안으로 들어왔습니다. 두 사람은 계면쩍은 인사를 나누고, 둘 다 거북한 듯 방 안을 서성거렸습니다. 베르테르는 내용도 없는 잡담을 꺼냈으나, 그것도 곧 바닥이 나고 말았습니다. 알베르트도 마찬가지였습니다. 그러다가 알베르트는 아내에게, 전에 자기가 부탁했던 일은 어떻게 됐느냐고 묻더니, 아직 하지 못했다는 대답을 듣고는 두세 마디 잔소리 비슷한 말을 했습니다. 베르테르에게는 그것이 매우 차갑고 매정하게 들렸습니다.

그럭저럭 여덟시까지 망설이며 머물러 있었습니다. 불만과 불쾌감은 점점 더 심하여 결국 저녁 식사 준비를 하는 기미가 보이자 베르테르는 모자와 단장을 집어들었습니다. 알베르트가 좀더 있다가 천천히 가라고 권했으나, 인사치레로만 보여 고맙다고 쌀쌀하게 한 마디 던지고는 밖으로 나왔습니다.

그는 바로 집으로 돌아왔습니다. 젊은 하인이 등불을 들고 나오자 그것을 받아들고 혼자 자기 방으로 들어가 끝내 울음을 터뜨리고 말았습니다. 그는 흥분한 나머지 뭐라고 혼잣말을 중얼거리며 방 안을 왔다 갔다하더니 옷을 입은 채 자리에 쓰러졌습니다. 열한시경에 하인이 조심스레 들어가 보니까, 그는 그대로 누워 있었습니다. 「장화를 벗길까요」하고 하인이 묻자 그는 순순히 그렇게 하라고 하고는, 내일 아침에 부를 때까지 방에 들어오지 말라고 일렀습니다.

12월 21일, 월요일 아침에 베르테르는 로테 앞으로 다음과 같은 편지를 썼습니다. 이 편지는 그가 죽은 뒤에 그의 책상 위에서 봉해진 채 발견되었고, 그대로 로테에게 전해졌습니다. 여러 가지 사정으로 이 편지를 단번에 내려쓰지 않고 단편적으로 썼다는 것이 분명하므로, 그 순서에 따라 일부분씩 끊어서 삽입하기로 합니다.

드디어 결심했습니다, 로테. 나는 죽으려고 합니다. 나는 이 편지를 되도록 감상적인 과장 없이, 냉정한 심정으로 당신을 마지막으로 만나게 될 날 아침에 쓰고 있습니다.

나의 가장 사랑하는 사람이여, 당신이 이 글을 읽을 무렵에는 이미 차가운 무덤이 불행한 사나이의 경직된 몸을 덮고 있을 것입니다. 생애의 마지막 순간까지 당신과 더불어 이야기하는 것보다 더 큰 행복을 알지 못한 사나이였습니다. 어젯밤은 무척 무서웠습니다. 아, 그것은 감사해야만 할 밤이기도 했습니다. 죽는다는 결심을 확실히 굳혀 준 밤이었으니까요.

어제 몹시 흥분하여 뿌리치듯이 당신과 헤어져 돌아왔을 때 조금 전에 있었던 모든 일이 한꺼번에 내 마음속에 밀려들었고, 희망도 없고 기쁨도 없는 존재인 내가 당신 곁에 붙어 다니고 있다는 것을 생각하니 차가운 전율이 엄습합니다. 간신히 내 방으로 돌아와서 정신없이 꿇어 앉았습니다. 그리고 오, 하느님이여, 당신은 나에게 더없이 쓴 눈물을 최후의 위안으로 내려 주셨습니다. 무수한 계획과 무한한 기대에 나는 미친 듯하였습니다. 마침내 죽어 버리자고 하는 한 가지 계획이 확고하게 세워졌습니다. 죽어 버리자! 그대로 자리에 누웠습니다. 아침에 눈을 떴을 때, 진정된 가운데서도 죽어 버리고 싶은 생각은 확고하게, 조금도 동요됨이 없이 마음에 뿌리를 내리고 있었습니다. 이것은 결코 절망이 아닙니다. 내가 끝까지 참고 견디다가 당신을 위하여 희생되는 것을 뜻할 뿐입니다.

로테! 나는 끝내 잠자코 있어야 할까요? 우리 세 사람 가운데 누군가 한 사람은 없어져야 합니다. 내가 그 한 사람이 되려는 것입니다. 오, 사랑하는 이여! 갈가리 찢어진 내 가슴속에서는 몇 번이나 어떤 생각——당신의 남편을 죽일까? 당신을…… 아니, 나를!——이 미친 듯이 맴돌았습니다. 그러나 그것도 이미 지난 일입니다.

당신이 어느 아름다운 여름날 저녁에 언덕 위에 올라가시거든 부디 나를 생각해 주십시오. 그 골짜기 길을 내가 자주 올라갔던 일을 되새기며 건너편에 있는 내 무덤께로 눈길을 보내 주십시오. 넘어가는 저녁 햇살 속에 무성하게 자란 풀이 바람에 흔들리고 있을 것입니다.

이 편지를 쓰기 시작했을 때는 냉정했었는데, 지금 나는 어린아이처럼 울고 있습니다. 이 모든 일들이 머릿속에 생생하게 떠오르기 때문입니다.

열시경에 베르테르는 하인을 불렀습니다. 그리고 옷을 입으면서 2, 3일 안으로 여행을 떠날 테니, 옷가지를 손질하고 짐을 꾸릴 준비를 해 두라고 일렀습니다. 또 지불할 것이 있는 곳에는 빠짐없이 계산서를 받아 오고, 빌려 준 몇 권의 책도 찾아오도록 했습니다. 그리고 매주 얼마씩 원조해 온 몇 명의 가난한 사람들에게 2개월분의 돈을 선불해 주도록 일렀습니다.

그는 음식을 방으로 가져오게 하여 식사를 마친 다음, 말을 타고 로테의 아버지인 법무관의 집으로 갔습니다. 법무관은 부재중이었습니다. 그는 깊은 상념에 잠긴 채 정원을 이리저리 거닐었습니다. 죽기 전에 모든 추억들을 자기 가슴 깊이 차곡차곡 쌓아 두려고 하는 것처럼 보였습니다.

아이들은 언제까지나 그를 조용히 내버려 둘 리 없었습니다. 그를 뒤쫓아와서 마구 달라붙으며 내일, 그 다음 내일, 그리고 또 하루가 더 지나면, 로테 언니 집에 가서 크리스마스 선물을 받을 거라면서, 얼마나 좋은 선물일까 하고 그 조그만 상상력을 마음껏 펼치며 재잘거리는 것이었습니다.

「내일, 그리고 또 내일하고 한 밤만 더 자면!」

하고 외친 다음, 베르테르는 아이들에게 다정하게 키스를 하고 떠나려 했습니다.

그때 막내둥이가 그의 귀에다 대고 속삭였습니다. 언니들이 예쁜 연하장을 썼다는 것이었습니다.

「아주 커다란 거예요! 한 장은 아빠에게, 알베르트하고 로테 누나에게도 한 장, 그리고 베르테르 아저씨에게도 한 장, 그걸 설날 아침에 드린댔어요.」

그는 이 말에 가슴이 찡해졌습니다. 아이들에게 각각 돈을 얼마씩 쥐어 주고 아버지께 안부 전해 달라고 부탁한 다음, 그는 눈에 눈물이 글썽한 채 말을 타고 그곳을 떠났습니다.

　다섯시경에 집에 도착하여, 그는 하녀에게 난롯불을 잘 살펴서 밤늦게까지 꺼지지 않도록 하라고 일렀습니다. 하인에게는, 아래층에 있는 책을 트렁크에 넣고, 옷가지들은 여행가방 속에다 챙겨 두라고 일렀습니다. 그리고 나서 얼마 뒤에 로테에게 보내는 마지막 편지 가운데 다음 부분을 쓴 것 같습니다.

　당신은 내가 찾아가리라고는 미처 생각지 못했을 것입니다. 당신 말대로 크리스마스 이브 전에는 가지 않을 것으로 생각하고 있었겠지요. 오, 로테! 그러나 오늘이 아니면 영원히 만날 기회가 없습니다. 크리스마스 이브에 당신은 이 편지를 손에 들고 부들부들 떨면서, 당신의 눈물로 이것을 적실 것입니다. 나는 죽습니다. 죽어야만 합니다. 아, 결심을 굳히고 나니 어쩌면 이토록 마음이 편한지 모르겠습니다.

　한편 로테는 이상한 기분에 사로잡히게 되었습니다. 베르테르와 그 마지막 대화를 나눈 뒤에 그녀는 그와 헤어지는 것이 자기로서 얼마나 어려운 일이며, 동시에 베르테르도 자기와 헤어지는 것이 얼마나 아픈 일인가를 절실히 느끼고 있었습니다.

　베르테르가 크리스마스 이브 전에는 찾아오지 않으리라는 것을, 알베르트에게 넌지시 이야기해 두었습니다. 그런데 알베르트는 이웃 마을의 어느 관리 집에 볼일이 있어서, 그날 밤은 거기서 묵기로 되어 있었습니다.

그래서 로테는 혼자 앉아 있었습니다. 동생들도 와 있지 않았습니다. 그녀는 조용히 자신의 입장을 생각해 보았습니다. 그녀는 현재 자기가 남편과 영원히 맺어져 있음을 새삼스럽게 느꼈습니다. 그녀는 남편을 사랑하고 있었습니다. 남편의 그 침착함과 믿음직스러운 성품은 그녀가 착한 아내로서 평생의 행복을 그 바탕 위에 이룩할 수 있도록 하늘에서 정해 준 것이라고 생각하였습니다. 남편이 자기에게 있어서, 또 아이들에게 있어서 언제까지나 더없이 소중한 존재라는 것을 절실히 느꼈던 것입니다.

그러나 한편으로는 베르테르도 대단히 소중한 존재가 아닐 수 없었습니다. 처음 사귀게 되었을 때부터 두 사람의 말과 생각은 서로 통했습니다. 오랫동안 교제해 오는 동안에 일어난 모든 일들이 그녀의 마음속에 지울 수 없는 인상을 남겼습니다. 그녀가 느끼거나 생각하거나 흥미있는 일들은 모두 그와 공감한 것이었으므로, 지금 헤어져야 한다면 그녀의 마음속에 다시는 메울 수 없는 공백이 생길 것 같았습니다.

이럴 때 베르테르가 자기 오빠라도 되었으면 그녀는 얼마나 행복했을까? 아니, 그와 자기 친구를 결합시킬 수만 있어도 그와 알베르트의 사이를 종전대로 회복시킬 수 있으련만.

로테는 자기의 여자 친구들을 한 사람씩 차례차례 생각해 보았습니다. 그러나 어느 친구든 모두 어딘가 난점이 있어 베르테르와 어울릴 만한 친구는 하나도 찾을 수 없었습니다.

이렇게 여러 모로 생각해 보는 동안 그녀는 비로소 베르테르를 자기 소유로 하고 싶은 것이 자가가 은밀히 바라고 있는 진정한 소원임을 깨달았습니다. 그와 동시에 자기는 그를 차지할 수 없으며 또 차지해서도 안 된다고 자기 자신에게 타일렀습니다. 그토록 청순하고 아름다운 마음씨를 지니고 언제나 쾌활하게 처신하던 그녀도 이제는 행복에 대한 기대를 잃고 일종의 우울증에 걸리고 말았습니다. 행복에 이르는 길은 가로막혔으며, 가슴은 옥죄이고, 검은 구름이 눈앞을 가렸습니다.

이리하여 어느덧 여섯시 반이 되었을 때, 베르테르가 계단을 올라오는 소리가 들렸습니다. 그 발소리, 자기를 찾고 있는 그의 목소리를 그녀는 곧 알 수 있었습니다. 로테의 가슴은 세차게 고동쳤습니다. 베르테르가 왔을 때 이렇게 가슴이 두근거린 적은 처음이었습니다. 그녀는 그와 만나지 않는 것이 좋을 것 같았습니다. 그가 방에 들어서자 그녀는 당황한 말투로 외쳤습니다.

「약속을 어기셨군요!」

「나는 아무 약속도 하지 않았어요.」

그는 말했습니다.

「약속은 안 했어도 제 부탁을 좀 들어 주시면 어때요? 우리 서로간의 평화를 위해 부탁드렸던 건데.」

그녀는 자기가 무슨 소리를 하고 있는지, 또 무슨 짓을 하고 있는지 제대로 의식하지도 못한 채, 베르테르와 단둘이 있게 되는 상황을 피하기 위해 두어 사람의 여자 친구를 불러 오도록 하녀를 보냈습니다. 베르테르는 가지고 온 두어 권의 책을 내려놓고서, 달리 또 책은 없느냐고 물었습니다. 로테는 친구들이 어서 와 주었으면 싶기도 했고, 아예 오지 말아 주었으면 싶기도 했습니다. 하녀가 들어와서, 두 친구가 모두 사정이 있어서 못 오겠다더라는 전갈을 했습니다.

로테는 하녀에게 옆방에서 일을 하고 있도록 이르려고 하다가, 곧 생각이 달라졌습니다. 베르테르는 방 안을 왔다갔다하고 있었습니다. 로테는 피아노 앞으로 걸어가서 미뉴엣을 치기 시작했습니다. 그러나 어쩐지 제대로 쳐지지 않았습니다. 그래서 그녀는 마음을 고쳐먹고 베르테르 곁에 가서 앉았습니다. 베르테르는 여느 때처럼 소파에 앉아 있었습니다.

「뭐 적당한 읽을거리가 없을까요?」

베르테르가 물었습니다. 베르테르는 아무것도 갖고 있지 않았습니다.

「그 서랍 속에 당신이 번역하신 오시안의 시가 몇 편 들어 있어요. 저는 아직 읽지 못했어요. 기회를 봐서 당신에게 읽어 달라고 부탁해야지, 하고 벼르고 있었는데, 지금까지 그럴 기회가 없었고, 또 일부러 기회를 만들 수도 없었어요.」

하고 그녀는 말했습니다.

베르테르는 빙그레 미소를 지으며, 자신이 번역한 그 원고를 꺼내어 손에 들었을 때 온몸이 짜르르하였습니다. 그리고 읽으려니까 눈물이 먼저 주르르 흘러내렸습니다. 이윽고 그는 자리에 앉아 읽기 시작하였습니다.

「어스름 밤하늘의 별이여, 그대 아름답게 서쪽 하늘에 반짝이며 빛

나는 이마를 구름 밖으로 치켜들고, 의젓이 언덕을 넘어가는구나. 너는 무엇을 찾기에 거친 벌판을 눈여겨보느뇨? 폭풍우는 그치고, 멀리 골짜기 개울의 중얼거림이 들린다. 술렁이는 물결은 바위를 희롱하고, 저녁 파리 떼의 날갯짓 소리 들에 찼도다. 너 눈부신 빛이여, 무엇을 찾는가? 그러나 너는 미소지으며 즐거운 듯 머리카락을 나부끼고 있도다. 잘 있거라, 조용한 별빛이여. 자, 나타나라! 그대 오시안의 혼이 깃들인 별빛이여! 너는 힘차게 나타나누나. 세상을 떠난 벗들이 눈에 선하여라. 지난날처럼 로라 들판에 다시 모였도다.

안개기둥처럼 나타난 것은 핑갈의 모습이로다. 용사들이 그를 에워싸고, 그리고 보라! 노래하는 시인들을……. 오, 백발의 울린! 당당한 리노! 목소리 아름다운 알핀! 그리고 고요히 탄식하는 미노나도 있구나! 그대들 나의 친구들이여. 젤마 산의 축제일에 봄바람이 번갈아 가며 언덕의 풀을 휘어 눕히듯이, 노래를 겨루던 내 친구들이여! 모습도 아름답게 미노나는 눈물 젖은 눈을 내리뜨고 나타났네. 언덕을 불어내리는 바람에 치렁치렁한 머리를 흩날리며 애처로운 그 노랫소리, 용사들의 마음을 슬프게 하였구나. 몇 차례인가 잘가르의 무덤을 보았으며, 몇 차례인가 불 켜지지 않은 콜마의 집을 보았기 때문이로다.

콜마는 홀로 언덕 위에서, 돌아오마 기약한 잘가르를 기다리건만, 찾아오는 건 밤뿐이로다. 사람들이여, 들으라, 언덕 위에서 홀로 탄식하는 콜마의 목소리를.

콜마

밤이로다! 나는 홀로 비바람이 몰아치는 이 언덕에 버림을 받았노라. 바람은 산 속에서 울고, 냇물은 울부짖으며 바위 위를 흘러내린다. 이 언덕에 버림을 받은 나에게는 비를 피할 움막도 없구나.

오, 달이여, 구름 사이로 나와 주려무나! 밤하늘의 별들이여, 반짝여 다오! 너의 빛으로 나를 인도하라. 사랑하는 이가 있는 곳으로. 이제 그는 줄을 푼 활을 옆에 두고, 사냥개들이 콩콩거리는 곁에서, 사냥에 지쳐 쉬고 있으리라. 그러나 나는 여기 개울가 바위 위에 홀로 앉아 있노라. 물결 소리, 비바람 소리만이 소란을 피울 따름, 사랑하는 그대의 목소리는 들리지 않는구나.

뭘 하고 있어요. 나의 잘가르? 약속을 잊으셨나요? 이게 바위요, 이게 나무랍니다. 강물도 분명히 여기 흐르고 있어요. 밤이 깊어 오면 이곳에서 만나자고 약속한 당신, 아아, 어디서 길을 잃으셨나요, 나의 잘가르? 당신과 함께 달아날 작정을 했어요. 아버지도 오빠도 뿌리치고서. 우리들 집안은 서로 오랜 원수였지만, 그대와 나는 이토록 정답도다. 오, 잘가르! 잠시 조용해 다오, 바람이여! 잠깐만이라도 조용해 다오, 물소리여. 잠시 동안만! 그러면 내 목소리가 골짜기에 울리어 찾고 있는 그이 귀에 들리게 되리니. 잘가르, 나예요! 내가 부르고 있어요! 나무와 바위가 있는 이곳이에요! 잘가르, 사랑하는 이여! 나 여기 있어요! 어찌하여 당신은 망설이고 있나요? 보라! 달이 나왔다. 냇물은 골짜기에 반짝이고, 잿빛 바위들이 언덕 위에 솟아 있건만 그러나 그이 모습 보이지 않는구나. 앞장서 올 개들도 달려오지 않는구나. 어쩔 수 없지. 좀더 여기에 앉아 있어야지.

저기 저것은 누구인가? 황야에 누워 있는 저 사람은? 혹시 사랑하는 그이인가? 오빠인가? 말해 다오, 정다운 이들이여! 대답이 없구나. 어찌 이리 가슴이 설레는가! 아, 그대들은 이미 죽었도다! 두 사람의 칼은 피에 붉게 물들었도다! 아, 오빠, 어찌하여 나의 잘가르를 죽였나요? 아, 잘가르, 어찌하여 우리 오빠를 죽였나요? 그대들 둘 다 내게 소중한 분이건만! 오빠는 이 언덕 위 수많은 기사들 가운데서도 특히 잘난 사람이었고, 잘가르는 싸움터에서 남들이 두려워하는 용사였지. 대답해 주세요! 내 목소리를 들어 주세요. 사랑하는 이들이여! 아, 그러나 대답이 없구나! 영원히 대답이 없으리라! 그들의 가슴은 흙같이 차갑도다! 우뚝 솟은 바위 위에서, 바람 휘몰아치는 산꼭대기에서 죽은 자의 영혼들이여, 말을 하라! 말하여 다오. 어찌 내가 두려워하리. 어디로 쉬러 가 버렸나요? 바람 속에선 가냘픈 목소리조차 들리지 않고 언덕의 폭풍 위에 아무런 대답도 실려 오지 않는구나.

비탄에 잠겨 나는 주저앉고, 눈물을 흘리며 아침을 기다린다. 무덤을 파는 죽은 자의 친구들이여, 그러나 내가 갈 때까지 기다려 다오. 나의 목숨도 꿈결처럼 사라지리니, 살아서 보람없는 목숨인 것을. 나는 죽은 두 사람과 함께 여기 살리라. 바위에 부딪혀 울부짖으며 흐르는 냇가에서, 그리하여 언덕에 밤이 와서 바람이 황야를 가로지를 때, 내 영혼을 그 바람에 실어 두 사람의 죽음을 슬퍼하리라.

사냥꾼은 움막에서 내 목소리를 듣고, 두려워하면서도 귀가 솔깃하리라. 사랑하는 이들을 애도하는 내 목소리, 정답게 울릴 터이니! 오, 미노나여, 이것이 그대의 노래였었지. 정답게 볼 붉히는 토르만의 아가씨여. 우리는 콜마를 위해 눈물을 흘렸고, 우리의 마음은 어둠 속을 헤매었네.

울린은 류트를 손에 들고, 알핀은 우리에게 노래를 불러 주었다. 알핀의 목소리는 다정하였고, 리노의 영혼은 불꽃같이 빛났다. 그러나 그들은 이미 좁은 무덤 속에 잠들고, 그 목소리는 젤마성에 울리는 일 없으리라. 일찍이 이 용사들 살아 있을 때, 어느 날 울린은 사냥에서 돌아와, 그들이 겨루는 노랫소리 들었네. 그 노래는 다정하고 그리고 구슬프게, 제일가는 용사 모라르의 죽음을 애도하고 있었다. 모라르의 영혼은 핑갈의 영혼, 그의 칼은 오스카의 칼에 못지 않았다. 그러나 그는 싸움터에서 쓰러졌도다. 아버지는 비탄에 잠기고 용감한 모라르의 누이동생 미노나의 눈에서 눈물이 비 오듯 하였노라. 울린의 노래가 들려오기 시작하자, 그녀는 살그머니 자리를 떴다. 비바람을 예측하고 아름다운 얼굴을 구름 속에 감추는 서녘 하늘의 달과도 같이…… 나는 그 구슬픈 노랫소리에 울린과 함께 류트를 탔노라.

리노의 노래

바람은 자고 비는 그쳤다. 하늘은 맑게 개고 구름은 흩어졌도다. 멈

출 줄 모르는 태양은 피해 가면서 언덕 위를 비추어 주고, 혼탁한 산 여울은 빨갛게 물들고 골짜기를 치닫는구나. 그러나 내 귀에 들려 오는 저 목소리는 더욱 아름답구나.

오, 그것은 알핀의 목소리, 죽은 자를 슬퍼하여 그가 노래하고 있도다. 그 머리는 숙여지고, 눈물짓는 그 눈은 붉게 충혈됐구나. 알핀! 세상에 둘도 없는 뛰어난 가인이여! 어찌하여 침묵의 언덕 위에 혼자 섰느뇨. 숲 속을 스쳐 가는 바람결처럼, 저 멀리 거친 해반의 물결처럼, 어찌하여 그대는 탄식하고 있는가?

알핀

리노여, 내 눈물은 죽은 자를 위한 것, 내 노래는 무덤 속에 잠든 자들을 위한 것. 그대, 지금 모습도 아름답게 이 언덕에 서서, 거친 벌판에서 아이들을 에워싼 그대 얼굴은 아름답기 짝이 없구나. 그러나 그대 또한 모라르처럼 쓰러지리라. 그리하여 그대 무덤 옆에는 애도하는 벗들이 모여앉게 되리라. 언덕은 그대를 잊고, 그대 활은 시위도 매우지 않은 채 황야에 뉘어지리라.

오, 모라르여, 그대 영양처럼 날쌔고 밤하늘의 불같이 사나웠도다. 그대의 노여움은 폭풍우와 같았고, 싸우는 칼은 황야를 가로지르는 번갯불이요, 그대 목소리는 비온 뒤 산 여울이었고 그리고 먼 산의 우레소리였다. 수많은 전사가 그대 손에 쓰러지고, 그대 분노의 불길은 적을 삼켰도다. 그러나 싸움터에서 돌아왔을 때, 그토록 평온하던 그대 얼굴! 폭풍우 걷힌 뒤의 태양과도 같았고, 고요한 밤하늘의 달과도 같았다. 그대 가슴속, 바람 잔 호수처럼 고요했도다.

이제 그대의 집은 비좁기 그지없고, 그대의 잠자리는 어둡기 한이 없다. 무덤의 폭은 불과 세 발짝, 일찍이 그대 그토록 거인이었건만! 이끼 낀 네 개의 묘석, 그것만이 그대의 유일한 기념물, 잎 떨어진 나무 한 그루, 바람에 나부끼는 무성한 풀들이 사냥꾼에게 용사 모라르의 무덤을 가리키고 있네. 그대를 위해 울어 줄 어머니도 없고, 사랑의 눈물을 흘려 줄 애인도 없구나. 그대를 낳은 분은 돌아가셨고, 모르그란의 딸도 이미 숨졌도다.

거기 지팡이에 의지하여 서 있는 자는 누구인가? 그 머리는 늙어 백발이요, 눈물로 하여 눈자위가 붉게 물들었다. 오, 모라르여! 그는 바로 그대 아버지로다! 싸움터에서의 그대 명성을 아버지는 들어서 알고 있었다. 그대 앞에서 원수들이 흩어져 달아나는 이야기도 전해 들었다. 모라르의 공훈도 들었다. 아, 그러나 그대 몸에 입은 상처에 대해서는 미처 못 들었구나! 울지어다, 모라르의 아버지여, 울지어다! 그러나 아들은 그 통곡소리 듣지 못하리라. 죽은 자의 잠은 깊고 베고 누운 흙베개는 얕으니, 외쳐도 들리지 않고 불러도 잠을 깨지 않으리. 아, 그 어느 날 무덤에도 밝은 아침이 찾아와 잠든 나에게 외칠 것인가? 「어서 잠을 깨라」고.

안녕, 모라르여! 세상에서 가장 고귀한 싸움터의 정복자여! 그러나 싸움에서 이제 다시는 그대를 보지 못할 것이요, 그대 칼의 번득임에 어두운 숲 속이 밝아지는 일도 이젠 없으리라. 그대는 대를 이을 자식 하나 남기지 않았으나, 노래로써 그대 이름이 전해지고, 후세 사람들은 그대를, 싸움터에서 쓰러진 모라르의 이야기를 전해 내려가리라.

용사들은 소리내어 슬퍼하였노라. 그 가운데서도 아르민의 터질 듯 한 한숨소리가 가장 컸노라. 이는 아들의 죽음을 생각해서였으니, 아르민은 젊은 나이에 싸움터에서 쓰러진 아들의 죽음을 다시 생각하였노라. 갈말의 이름 높은 영주 카르모르도 용사 아르민 곁에 앉아 있었다.

'아르민이여, 어찌하여 그토록 탄식하며 흐느껴 우는고? 울어야 할 까닭이 무엇인가? 즐거운 노랫소리가 마음을 달래 주고 있지 않은가? 그 노래는 호수에서 피어올라 산골짜기에 퍼지는 안개와 같고 그 물기는 능히 꽃봉오리를 피어나게 하리. 그러나 태양이 다시 힘차게 솟아오르면 안개는 자취 없이 걷히어 간다. 아르민이여, 어찌하여 그대는 비탄에 잠겨 있는가? 바다에 둘러싸인 콜마의 지배자여!'

그는 물었다.

비탄에 잠겨 있다고 말하는가? 옳은 말씀, 나는 탄식하고 있다. 이 비탄의 까닭은 하찮은 것이 아닐세.

카르모르여, 그대는 아들도 잃은 적이 없고 피어나는 딸도 잃은 적이 없도다. 그대 아들 콜가드, 용감한 젊은이는 살아 있고, 그대 딸 아닐라, 꽃다운 아가씨도 살아 있지 않은가. 그대 집안의 나무에는 잎이 무성하도다. 아, 카르모르여, 그러나 이 아르민은 집안의 마지막 사람이라네.

아, 내 딸 다우라! 네 잠자리는 어둡고, 무덤 속에 영원히 잠들었구

나. 너는 언제 잠에서 깨어나 아름다운 노래를 부를 것인가? 불어 다오, 가을 바람! 어두운 황야를 휘몰아치라! 숲 속을 흐르는 거센 물결이여, 줄기차게 흘러라! 울부짖으라, 폭풍우, 떡갈나무 가지에! 아, 달이여, 갈라진 구름 사이를 헤치고 너의 파란 얼굴을 나타내라! 나타내라! 나로 하여금 상기케 하라, 나의 자식들이 죽어 간 그 무서운 밤을. 용감한 아린달이 쓰러지고, 사랑스러운 다우라가 숨을 거둔 그 밤을.

다우라, 내 딸아, 너는 푸라 언덕에 비치는 달처럼 아름답고 내려쌓인 눈처럼 희고, 봄날의 산들바람처럼 향기로웠다. 아린달, 내 아들아, 네 힘은 강했고, 네 창은 날쌔었고, 네 눈은 파도 위의 서릿발과 같았으며, 네 방패는 폭풍 속의 불기둥이었노라.

싸움터에서 이름을 떨친 아르마르가 찾아와 다우라에게 사랑을 구하였고, 다우라는 오래 거절하지 않았지. 이들의 미래를 염려해 주는 벗들의 소망은 아름다웠도다.

오르갈의 아들 에라트는 아르마르에게 원한을 품고 있었지. 아르마르가 그의 동생을 죽였기 때문에, 에라트는 뱃사람으로 변장하고 찾아왔다. 파도를 헤쳐 가는 그의 배는 아름답기 그지없고 그의 고수머리는 이미 희었고, 엄숙한 얼굴은 조용하였다.

'아름답고 아름다운 아가씨여! 아르민의 사랑스런 따님이여, 저기 있는 저 바위, 그다지 멀지 않은 저 바다 가운데, 나무열매 붉게 익어 손짓하고 있는 곳, 거기서 아르마르는 기다리고 있어요. 다우라가 오기를. 소용돌이치는 바다를 건너 아르마르의 애인을 모셔가려고 배가 왔어요.'

하고 그는 말했다.

다우라는 에라트를 따라가서, 아르마르를 소리쳐 불렀다. 대답하는 것은 바위에 부딪히는 파도 소리뿐.

'아르마르! 나의 임이여! 어찌하여 나를 이토록 괴롭히느뇨? 대답해 주세요! 당신을 부르고 있는 것은 다우라예요!'

배신자 에라트는 고소를 머금고 육지로 달아났네. 다우라는 목청껏 아버지를 부르고 오빠를 불렀다.

'아린달! 아르민! 다우라를 살려 줄 사람은 아무도 없나요?'

그 목소리는 바다를 건너 들려 오고, 내 아들 아린달은 사냥을 하다 말고 언덕을 내려왔다. 손에 활을 들고, 허리춤에서 화살이 철썩거리고, 사나운 다섯 마리 검정개가 앞서거니 뒤서거니 그를 따랐다. 뻔뻔스런 에라트를 기슭에서 발견하자, 아린달은 그를 잡아 떡갈나무에 옴짝달싹 못하게 칭칭 동여매었다. 묶인 에라트의 신음소리는 멀리멀리 바람 타고 울려 퍼졌다.

다우라를 데려오려고 아린달은 거룻배를 타고 거친 파도를 헤쳐나갔다. 분노한 아르마르, 바닷가로 달려와서 회색빛 깃털 화살을 힘차게 쏘았나니, 바람을 가르고 화살은 날아 네 가슴에 꽂혔구나.

오오, 아린달, 내 아들아! 배신자 에라트 대신 네가 쓰려졌구나. 거룻배는 바위에 다다랐으나, 아린달은 거기서 쓰러져 죽었도다. 네 발 아래 네 오라비의 피가 흘렀도다. 어디에다 비기랴. 원통한 너의 탄식, 아아, 내 딸 다우라! 조각배가 파도에 산산이 부서지자 아르마르는 바다에 뛰어들었도다. 죽든 살든 다우라를 살리기 위해, 갑자기 언덕에서 돌풍이 불고 파도는 높아졌다. 아르마르는 영원히 물결 속에 가라앉은 채 다시는 떠오르지 않았도다.

파도에 씻기는 바위 위에서 내 딸이 혼자서 탄식하는 목소리, 나는 듣고 있었다. 그 외침소리는 높이 울려 이를 데 없이 슬프게 들려 왔으나, 아버지는 그 딸을 구해 낼 기력이 없었다. 나는 밤새껏 바닷가에 서서 어슴푸레한 달빛 속에서 딸의 모습을 보았다. 나는 밤새껏 그 부르짖음을 들었다. 바람은 울부짖고 비는 바위에 휘몰아쳤다. 아침이 되기 전에 목소리는 잦아들고, 바위틈의 수풀을 스치고 지나가는 바람처럼, 그녀의 숨결도 사라져 갔다. 슬픔에 잠긴 채 다우라는 죽어 가고, 아르민 혼자만 남게 되었다. 싸움터에서 내 패기는 꺾이고 처녀들이 부러워하던 내 사랑은 사라졌다! 산에서 폭풍우가 휘몰아칠 때, 북풍에 바닷물이 용솟음칠 때 울부짖는 바다 기슭에 하염없이 앉아서 무서운 그 바위를 바라본다. 기우는 달 그림자 속에 나는 때때로 아이들의 영혼을 본다. 희미한 달빛 속을 그들은 짝을 지어 헤매어다닌다.」

로테의 눈에서 눈물이 폭포처럼 흘러 내려 그녀의 답답한 가슴을 씻어 주는 눈물과 함께 베르테르의 낭송은 그만 중단되었습니다. 베르테르는 원고를 내던지고, 로테의 손을 꽉 쥐고 흐느껴 울었습니다. 로테는 다른 한 손으로 손수건을 꺼내어 눈을 가렸습니다. 두 사람은 엄청난 감동에 젖어 있었습니다. 숭고한 사람들의 운명 속에서 자신들의 불행을 느끼고, 서로 공감하였던 것입니다. 두 사람의 눈물은 하나로 녹아 내렸습니다. 베르테르의 눈과 입술은 로테의 팔에 닿아 뜨겁게 달아올랐습니다. 로테는 전율을 느끼며 피하려 했으나, 순간 고통과 동정이 납덩이처럼 무겁게 몸을 짓눌러서 그럴 수가 없었습니다. 그러나 그녀는 심호흡을 하고 마음을 가다듬은 다음, 그 뒤를 더 읽어 달라고 흐느끼면서 부탁했습니다. 그녀의 목소리는 마치 하늘에서 들려 오는 듯하였습니다. 베르테르는 몸이 덜덜 떨리면서 가슴이 터질 듯했습니다. 그는 원고를 다시 주워들고, 더듬거리며 읽었습니다.

「봄바람이이여! 어찌하여 너는 나를 깨우는가? 그대 정답게 소곤거리는구나. 하늘의 물방울로 만물을 적셔 주려 하노라고. 그러나 내 조락의 때는 가까웠다. 내 잎을 불어 날릴 폭풍우는 가까이 불어오도다. 일찍이 내 젊고 아름다운 모습을 보았던 그 나그네는 들판 구석구석에 눈길을 돌리며 나를 찾아 헤매리라. 그러나 그는 나를 찾아 내지 못하리.」

이 시가 지닌 거센 힘이 불행한 베르테르를 짓눌렀습니다. 그는 완전히 절망의 구렁텅이에 빠진 채 로테 앞에 몸을 내던졌습니다. 그리고 그녀의 두 손을 자기의 눈과 이마에 갖다대었습니다. 그러자 무서운 예감이 로테의 가슴속을 스치고 지나갔습니다. 로테의 감각은 혼란 상태에 빠져 베르테르의 두 손을 꽉 잡아 자기 가슴에 갖다 대고서 슬픔을 못 이기는 듯이 그에게로 몸을 구부렸습니다. 두 사람의 뜨거운 볼이 맞닿았습니다. 그들에게는 이 세계가 송두리째 멀리 사라져 갔습니다. 베르테르는 두 팔로 그녀를 끌어 잡아 가슴에 꽉 껴안고, 떨고 있는 그녀의 입술에 미친 듯이 키스를 퍼부었습니다.

「베르테르 씨!」

로테는 얼굴을 돌리며 숨가쁜 소리로 외쳤습니다.

「베르테르 씨!」

그녀는 힘없는 손으로 그의 가슴을 자기 가슴에서 밀어 내었습니다.

「베르테르 씨!」

그녀는 그지없이 숭고한 감정 어린 침착한 목소리로 외쳤습니다.

그는 거역하지 않았습니다. 그녀를 팔에서 풀어 놓으며 힘없이 그 앞에 쓰러져 엎드렸습니다. 그녀는 뿌리치듯 일어나 사랑인지 분노인지 모를 감정에 몸을 떨며 말했습니다.

「이제 마지막이에요, 베르테르 씨. 다시는 만나지 않겠어요!」

그리고서 그녀는 이 불쌍한 친구에게 애정 어린 눈길을 보내며, 얼른 옆방으로 뛰어들어가서 문을 잠갔습니다.

베르테르는 그녀의 등 뒤에서 두 팔을 내밀었으나, 그녀를 붙잡으려 하지는 않았습니다. 그는 소파에 머리를 기댄 채 마룻바닥에 누워 실신한 사람처럼 반 시간 이상이나 그 자세로 그냥 있었는데, 인기척이 나는 바람에 제정신을 차렸습니다. 하녀가 식사 준비를 하려고 들어왔던 것이었습니다.

베르테르는 방 안을 이리저리 서성이다가, 이윽고 다시 혼자만 있게 되자 옆방 문 앞으로 다가가서 나직한 소리로 불렀습니다.

「로테! 로테! 딱 한 마디만 작별 인사를 하게 해 줘요.」

로테는 잠자코 있었습니다. 베르테르는 한동안 기다렸습니다. 거듭 청을 하고는 또 기다렸습니다. 마침내 그는 문에서 떨어져서 외쳤습니다.

「잘 있어요, 로테! 영원히 잘 있어요!」

베르테르는 거리의 성문까지 걸어왔습니다. 문지기들은 전부터 그와 안면이 있는 터라, 아무 말없이 통과시켜 주었습니다. 진눈깨비가 내리고 있었습니다. 열한시경에야 그는 집으로 돌아와서 문을 두드렸습니다. 하인은 베르테르가 모자를 쓰지 않은 채 돌아온 것을 알아챘으나 거기에 대해서는 아무 말도 하지 않고 옷을 벗겨 주었습니다. 옷은 함빡 젖어 있었습니다. 모자는 며칠 뒤 골짜기가 내려다보이는 언덕 허리의 바위 위에서 발견되었습니다. 진눈깨비가 내리는 어두운 밤에 어떻게 굴러떨어지지도 않고 거기까지 올라갔었는지 알 수 없는 노릇이라고들 말하고 있습니다. 베르테르는 침대에 드러누워 오랫동안 잤습니다.

이튿날 아침, 베르테르의 부름에 따라 하인이 커피를 가지고 방에 들어갔을 때, 그는 글을 쓰고 있었습니다. 그것은 로테 앞으로 보내는 다음과 같은 편지였습니다.

내가 눈을 뜨는 마지막, 드디어 마지막 눈을 나는 떴습니다. 이 눈은 아, 이제 다시는 태양을 보는 일이 없을 것입니다. 오늘은 흐릿하게 안개가 끼어서 태양이 가려져 있습니다. 자연이여, 슬퍼하라! 네 아들, 네 친구, 네 사랑하는 애인이 마지막 순간에 이르고 있도다.

로테! 이것이 마지막 아침이다, 하고 자신에게 타이르는 것은 정말 기묘한 기분입니다. 어렴풋한 꿈결 같다고나 할까요? '마지막 아침!'

로테! 나는 이 마지막이란 말의 의미를 알 수 없습니다. 기운이 넘치고 있지 않습니까? '최후!' 지금 나는 이렇게 조금도 힘을 상실하지 않고 꿋꿋이 서 있지 않습니까. 그런데도 내일이면 수족을 축 늘어뜨리고 마룻바닥에 드러누워 있을 것입니다. 죽음! 그것은 도대체 어떤 것일까요? 이 죽음에 대하여 어떤 설명을 한다고 해도 그것은 한낱 잠꼬대에 불과할 것입니다. 나는 사람이 죽는 것을 여러 번 보았습니다. 인간의 능력이란 극히 제한되어 있어, 삶의 처음과 끝에 대해서는 전혀 알 도리가 없는 것입니다.

지금은 아직 나는 내 것이요, 또한 당신의 것입니다. 아, 사랑하는 이여! 그러던 것이 한순간이 지나면 헤어지고 떨어져 나가서——아마도 영원히?——아니, 로테, 아닙니다. 어떻게 내가 죽어 없어져 버린단 말입니까? 그렇습니다. 우리는 존재해 있는 것입니다! 죽어 없어져 버린다……. 그것은 대체 무엇을 의미하는 것일까요? 그것은 내 가슴속에 아무런 실감도 주지 못하며, 공허하게 울리는 말에 불과합니다. 로테, 죽어서 차가운 땅 속에 묻히다니, 답답하고 어두운 곳에! 고독한 어린 시절, 나에게는 무엇보다 소중한 여자 친구 하나가 있었습니다. 그녀가 죽었을 때 나는 그 유해를 따라 묘지로 가서 관이 무덤 속에 내려지는 것을 보고 있었습니다. 사람들이 관 밑에서 밧줄을 빼냈습니다. 이윽고 첫 번째 삽이 흙을 떠 얹으니까, 관 뚜껑이 불안한 듯이 둔한 소리를 내었습니다. 그 소리는 차츰 작아져 가더니, 마침내 관은 완전히 흙에 묻혀 버리고 말았습니다. 나는 그만 그 무덤 곁에 쓰러졌습니다. 마음 속 깊이 충격을 받고 갈기갈기 찢어진 심정으로.

그러나 나는 그때 내 자신이 어떻게 되었는지, 또 앞으로 어떻게 될 것인지를 전혀 알지 못했습니다. 죽음! 무덤! 이 말들의 뜻을 나는 이해할 수가 없습니다! 아, 어제의 일을 용서해 주십시오. 거듭 용서해 주십시오! 그때가 내 목숨의 마지막 순간이었더라면 좋았으련만, 아, 나의 천사여! 처음으로, 생전 처음으로 아무런 의심의 그림자도 없이 내 마음속을 꿰뚫어 당신은 나를 사랑하였습니다. 로테는 나를 사랑하고 있다! 지금도 내 입술 위에 당신의 입술에서 번져 나온 거룩한 불꽃이 타고 있습니다. 용서해 주십시오! 아, 용서해 주십시오! 아, 당신이 나를 사랑하고 있다는 것을 나는 알고 있었습니다. 그 진심 어린 첫 눈길에서, 최초의 악수에서 나는 그것을 알았습니다. 그러나 당신과 떨어져 있을 때, 알베르트가 당신 곁에 있는 것을 보면, 또다시 열병과도 같은 의심이 일어나서 의기소침해지곤 했습니다.

언젠가의 그 거북한 회합에서 당신은 나에게 말을 걸지도 못하고 손을 내밀지도 못하고 꽃을 보내 주었던 그 일을 기억하고 있습니까? 아, 그 꽃을 앞에 두고 나는 한밤중까지 꿇어앉아 있었습니다. 당신의 사랑을 나에게 입증하는 꽃이었으니까요. 그러나 아! 마음속에 새겨진 그 확신도 흐려져 갔습니다. 마치 믿음이 두터운 신자에게 증거로 보여 준 신의 은총에 대한 감격이 신자의 마음에서 점점 희미해지듯이……. 그런 것들은 모두 무상한 것입니다. 그러나 어제 당신의 입술에서 맛보고 지금 내 가슴으로 느끼고 있는 이 불타는 생명은 영겁토록 소멸되는 일이 없을 것입니다! 로테는 나를 사랑하고 있다, 나는 이 팔로 로테를 껴안고, 이 입술이 당신의 입술에 부딪혀 바르르 떨렸던 것입니다. 로테는 내 것이다! 그렇습니다. 로테 당신은 내 것입니다. 영원히.

알베르트는 당신의 남편, 그게 무슨 상관입니까? 남편은 이승에서만의 일이잖습니까? 내가 당신을 사랑하고 남편의 품에서 당신을 빼앗아 내 품에 안으려 하는 것은 이승에서는 죄가 되겠지요. 죄? 좋습니다. 그러므로 나는 나 자신에게 벌을 내리려 합니다. 나는 이 죄의 성스럽기까지 한 기쁨을 마음껏 맛보았습니다. 생명의 향기와 힘을 들이마셨습니다. 그 순간부터 당신은 내 것이 되었습니다!

아, 로테! 나는 먼저 갑니다. 나의 아버지요, 당신의 아버지인 그분에게 가서 하소연하겠습니다. 그러면 그분은 당신이 올 때까지 나를 위로해 주시겠지요. 당신이 오면 나는 기쁘게 맞이하여, 영겁의 아버지가 계시는 앞에서 당신을 끌어안고, 영원한 포옹을 계속하며 함께 있을 것입니다.

꿈을 꾸고 있는 것이 아닙니다. 환상을 그리고 있는 것도 아닙니다. 마지막 무덤길에 와서 내 마음은 더욱 맑아졌습니다. 언젠가는 저세상에 가게 마련입니다. 저세상에 가서 다시 만나게 될 것입니다. 당신 어머니도 만나게 될 것입니다. 나는 당신 어머니를 찾아뵙겠습니다. 나는 알아볼 수 있을 것입니다. 아, 그리고 나는 당신 어머니께 내 마음속을 모조리 다 털어놓을 것입니다. 당신을 꼭 닮으신 어머님께……

밤 열한시경에 베르테르는 하인에게,

「이젠 알베르트가 돌아왔을까?」

하고 물었습니다.

「네, 그분의 말이 지나가는 것을 보았습니다.」

하고 하인은 대답했습니다. 그러자 베르테르는 다음과 같은 내용의 쪽지를 하인에게 주었습니다.

'여행을 떠날까 생각하는데, 권총을 좀 빌려 주시지 않겠습니까? 부디 안녕히 계시기를……'

로테는 그 전날 밤 거의 뜬눈으로 보냈습니다. 두려워했던 일이 일어나고 말았기 때문입니다. 더욱이 그것은 뜻밖에, 예견할 수도 짐작할 수도 없는 그런 형태로 일어났던 것입니다. 평소에는 맑게 흐르던 순결한 피가 열병에라도 걸린 것처럼 끓어오르고 갖가지 생각이 아름다운 마음을 어지럽혔습니다. 그녀가 가슴 깊이 느끼고 있는 것은 베르테르와의 포옹에서 일어난 불길이었을까요? 그의 뻔뻔스런 태도에 대한 노여움이었을까? 이것도 저것도 아니라면 그녀가 놓여 있는 현재의 위치와, 아무 거리낌없는 순진함과 자기 자신에의 신뢰감에 의존하여 살아 오던 지난날을 비교해 보고 느끼는 불만이었을까요?

남편이 돌아오면 어떻게 맞이해야 할까? 어제 그 일을 어떤 식으로 고백해야 할까? 그대로 고백해도 꺼림칙할 것은 없지만, 그러면서도 어쩐지 고백하기가 망설여지는 그 순간의 일을 어떻게 고백하는 것이 좋을까? 벌써 오랫동안 두 사람은 베르테르에 대한 이야기를 피해 오고 있지 않는가. 이런 공교로울 때 이쪽에서 먼저 침묵을 깨고, 그런 어처구니없는 이야기를 남편에게 고백해야만 옳을까? 베르테르가 왔었다는 말만 들어도 남편은 언짢아할 텐데, 어떻게 그런 뜻밖의 상황을 입밖에 낼 수 있단 말인가! 또 남편이 공평한 눈으로 아무런 편견 없이 자기 마음을 있는 그대로 이해해 줄는지도 의문이었습니다. 그러나 그녀는 지금까지 남편에게 수정과 같이, 혹은 투명한 유리처럼 언제나 솔직히 아무 거리낌없는 태도를 취해 왔고, 마음속에 생각한 것은 무엇 하나 남편에게 숨긴 일도 없었고 숨기지도 못했지 않는가? 그런 생각들이 꼬리를 물고 그녀를 괴롭히고 곤혹에 빠뜨렸습니다.

그녀는 이제 완전히 놓쳐 버린 베르테르에 대하여 생각해 보았습니다. 그를 잃는다는 건 가슴아픈 일이었지만 별도리가 없었습니다. 그러나 이제 나를 잃어버린 베르테르에게는 아무것도 남는 것이 없지 않을까? 뚜렷이 자각하고 있었던 것은 아니지만, 부부 사이에 뿌리를 내린 갈등은 지금 로테의 마음을 무척이나 무겁게 짓누르고 있었습니다. 그토록 분별 있고 선량한 두 사람이 남모르는 마음의 엇갈림이 원인이 되어 서로 침묵하기 시작하고, 서로서로 자기가 옳고 상대방이 부당하다고 생각함으로써 사태는 악화되어, 마침내는 모든 것을 좌우하는 중대한 순간에 그 매듭을 푸는 일이 불가능해진 것입니다. 그렇게까지 되기 전에 두 사람이 원래 너그럽게 이해하는 마음으로 사랑과 관용을 북돋우고 속마음을 서로 열어 보였더라면, 우리의 벗은 어쩌면 구원의 여지가 있었을지도 모릅니다.

거기에 또 한 가지 특별한 사연이 곁들여지게 되었습니다. 그의 편지를 보아도 알 수 있듯이, 베르테르는 이세상을 버리고 싶다는 생각을 조금도 숨기지 않았습니다. 알베르트는 몇 번이나 그의 이런 견해를 공박해 왔습니다. 그에 반론을 제기하였고, 로테와의 사이에서도 때때로 그것이 화제에 올랐습니다. 알베르트는 자살이라는 행위에 대하여 큰 반감을 지니고 있었으며, 평소의 그에게서는 볼 수 없는 신경질적인 태도로 자살 계획을 곧이곧대로 믿을 수 없다고 여러 차례 이야기를 했습니다. 그런 남편의 말은, 한편으로는 로테를 안심시키고, 그녀가 마음속으로 끔찍한 광경을 상상할 때에는 위안이 되기도 했으나, 다른 한편으로는 그런 태도 때문에 현실적으로 자기를 괴롭히고 있는 걱정을 남편에게 털어놓기가 더욱 어려웠던 것입니다.

알베르트가 돌아왔습니다. 로테는 황망하게 그를 맞이했습니다. 남편은 기분이 좋지 않았습니다. 일이 완전히 처리되지 않았던 것입니다. 이웃 마을의 관리라는 사람은 완고하고 소심한 사람이었습니다. 게다가 길이 나빴던 것도 그를 불쾌하게 했습니다.

별일 없었느냐고 묻는 남편의 말에 로테는 얼른 얼떨결에 간밤에 베르테르가 왔다고 대답했습니다. 알베르트는 우편물이 온 건 없느냐고 물었습니다. 편지 한 통과 소포가 몇 개 와서 방에 두었다는 말을 듣고 알베르트는 자기 방으로 들어가고, 로테 혼자 남았습니다. 사랑하고 존경하는 남편이 돌아왔다는 사실이 그녀의 마음에 새로운 감동을 주었습니다. 남편의 관대함과 사랑, 그리고 그 친절을 생각하니 마음이 한결 가라앉았습니다. 그녀는 어쩐지 남편을 뒤따라가 보고 싶은 생각이 들어 평소에 곧잘 그랬듯이 일거리를 들고 방으로 들어갔습니다. 남편은 바삐 소포를 끄르기도 하고, 편지를 읽기도 하고 있었습니다. 그다지 유쾌하지 못한 사연도 섞여 있는 모양이었습니다. 로테가 두세 마디 물어 보니까, 남편은 간단하게 대답을 하고 책상에서 뭔가를 쓰기 시작했습니다.

두 사람은 이렇게 한 시간 정도 함께 있었는데, 로테의 마음은 점점 무거워져 갔습니다. 자신의 꺼림칙한 마음을 남편의 기분이 아주 좋을 때라 하더라도 고백하기는 지극히 어려운 일이라는 느낌이 들었습니다. 그녀는 슬픔에 잠겼습니다. 그것을 숨기고 눈물을 삼키려고 애쓰면 애쓸수록 더 한층 괴로워지는 것이었습니다.

그때 베르테르가 심부름을 보낸 하인이 왔습니다. 로테의 당혹은 극도에 달했습니다. 하인은 알베르트에게 쪽지를 전했습니다. 알베르트는 태연스럽게 아내를 보고 말했습니다.

「이 사람에게 권총을 내주구려.」

그러고는 하인을 향해 말했습니다.

「여행 잘 다녀오시기를 바란다고 전하게.」

로테는 번갯불에라도 얻어맞은 듯한 충격을 받고 휘청거리며 자리에서 일어섰습니다. 자신이 지금 뭘 하고 있는지조차 모를 지경이었습니다. 천천히 벽 쪽으로 가서 떨리는 손으로 권총을 내려 먼지를 털고, 그리고는 망설였습니다. 만일 알베르트가 의아스런 눈초리로 그녀를 재촉하지 않았더라면 더 오랫동안 머뭇거렸을 것입니다. 로테는 말 한 마디 하지 못한 채 그 불길한 무기를 하인에게 내주었습니다. 하인이 돌아가자 로테는 일거리를 챙겨 가지고 형언할 수 없는 불안한 마음으로 자기 방으로 돌아왔습니다. 무서운 일이 일어날 것만 같은 예감이 들었습니다. 그녀는 남편의 발 아래 엎드려 어젯밤에 일어났던 일과 자기가 잘못했다는 것과 지금 자신이 예감하고 있는 것을 남편에게 다

고백해 버릴까 생각했습니다. 그러나 그렇게 해 봤자 별로 소용이 있을 성싶지 않았습니다. 더구나 남편을 설득하여, 그로 하여금 베르테르를 찾아가도록 한다는 것은 도저히 가망이 없는 일이었습니다.

식사 준비가 되었습니다. 그때 마침 로테의 마음씨 좋은 친구가 물어볼 것이 있다면서 찾아왔습니다. 그녀는 곧 돌아가려 했으나 그대로 머물러 같이 식탁에 어울리게 되었습니다. 그 친구 덕분에 분위기가 한결 부드러워졌습니다. 식사를 하는 동안에 로테는 애써 이리저리 화제를 돌리면서 마음의 불안을 잊으려고 했습니다.

하인이 권총을 가지고 돌아와 로테가 내주더라는 말을 하자, 베르테르는 무척이나 기뻐하며 그 권총을 받았습니다. 그리고는 하인에게 빵과 포도주를 가져다가 식사를 하라고 이른 다음 자기는 책상 앞에 앉아서 편지를 쓰기 시작했습니다.

이 권총은 당신의 손을 거쳐서 내게로 왔습니다. 당신은 권총의 먼지를 털어 주셨다구요? 나는 1천 번도 더 권총에 키스를 했습니다. 당신의 손이 닿았던 것이니까요. 하늘의 정령이시여! 그대는 이렇게 나의 결심을 격려해 줍니다. 당신의 손에서 죽음을 받고 싶었는데, 아! 지금 그것을 받은 것입니다.

그렇습니다, 나는 심부름 보낸 하인에게 꼬치꼬치 물었답니다. 권총을 내주면서 당신은 떨고 있었다구요. 작별 인사는 하지 않으셨다는데, 너무하십니다! 나에게 마음의 문을 닫아 버리셨습니까? 나를 영원히 당신과 결합시킨 그 순간 때문에 그러셨나요? 로테, 설령 천 년의 세월이 흘러도 그 순간의 감동은 지워지지 않을 겁니다. 그리고 나는 알고 있습니다. 당신으로 인하여 이토록 마음을 불태우고 있는 사람을 당신이 미워할 리 없다는 것을.

식사를 마친 뒤 베르테르는 하인을 불러서 짐을 전부 꾸리라고 이르고, 많은 서류를 찢어 버렸습니다. 그 다음에는 밖으로 나가서 아직도 남아 있는 자질구레한 외상값들을 완전히 청산했습니다. 그리고 일단 집으로 돌아왔습니다. 비가 내리고 있는 데도 불구하고 다시 밖으로 나갔습니다. M백작 정원과 그 부근을 서성거리다가, 어둑어둑해질 무렵에야 돌아와 다시 다음과 같은 편지를 썼습니다.

빌헬름이여, 마지막으로 들과 숲과 하늘을 보고 왔네. 그럼 자네도 잘 있게나! 어머니, 용서해 주십시오. 빌헬름, 어머니를 위로해 드리게. 당신들에게 하느님의 축복이 있기를! 내 짐은 전부 정리해 놓았네. 그럼 잘 있게나! 우리는 더욱 기쁜 얼굴로 다시 만나게 될걸세.

알베르트 씨, 당신에게는 그 동안 여러 가지로 미안한 짓을 했지만 나를 용서해 주시기 바랍니다. 나는 당신 가정의 평화를 깨뜨리고, 당신들 두 분 사이에 불신의 씨를 뿌렸습니다. 안녕히 계십시오! 이제 끝장을 내려고 합니다. 나는 죽음으로써 당신들 두 분의 행복을 빌겠습니다. 알베르트 씨, 천사와 같은 그분을 행복하게 해 주십시오. 하느님의 축복이 당신에게 내리기를!

베르테르는 그날 밤 많은 서류를 난로에 집어넣고, 남은 몇 개의 서류 보따리는 빌헬름 앞으로 봉인을 하여 부치기로 하였습니다. 그것은 짤막한 수필과 단편적인 감상문이었습니다. 그 가운데 몇 편은 나중에 편자도 읽었습니다.

밤 열시쯤에 그는 난로에 땔감을 더 넣게 하고, 포도주를 한 병 가져오게 한 다음, 하인더러 그만 자라고 일렀습니다. 하인의 방은 문지기의 방과 마찬가지로 훨씬 안쪽에 있었습니다. 하인은 다음날 새벽 일찍 일어나기 위해 옷을 입은 채로 잠자리에 들었습니다. 여섯시 전에 마차가 집 앞에 올 것이라는 말을 베르테르에게 들었던 것입니다.

열한시를 지나서

주위는 적막 속에 잠겨 있습니다. 그리고 내 마음도 평온합니다. 하느님이 최후의 순간에 이런 열정과 힘을 저에게 주신 것을 감사드립니다.

그리운 이여, 나는 창가에 서서 바깥을 내다봅니다. 바람에 몰려가는 구름 사이로, 아직도 영원한 하늘에 반짝이는 별이 몇 개 보입니다! 그렇지, 그대들은 결코 멸망하는 일이 없으리라. 영원한 존재자가 그대들을 가슴에 안고 있으니까. 그리고 나 역시 그러하리라. 별들 가운데서도 내가 가장 좋아한 큰곰자리, 그 성좌의 자루 부분의 별들이 보입니다. 밤에 당신과 헤어져서 당신의 집을 나서면, 이 성좌가 언제나 맞은

편 하늘에 걸려 있었습니다. 나는 그 별을 쳐다보면서 얼마나 매혹되었는지 모릅니다. 두 손을 뻗어 별을 가리키며, 그때그때의 내가 누리고 있는 행복의 상징으로 삼곤 했습니다. 그리고 지금도——오, 로테, 어느 것 하나 당신을 생각하게 하지 않는 것이 없습니다! 당신은 언제나 나를 둘러싸고 있습니다. 나는 마치 어린아이처럼, 성스러운 당신의 손이 닿았던 것이면 아무리 하찮은 것일지라도 닥치는 대로 수집해 놓았으니까요! 그리운 당신의 실루엣! 이것을 유물로서 당신에게 드립니다. 로테, 부디 소중히 간직해 주십시오. 밖에 나갈 때와 집으로 돌아왔을 때에 몇천 번이나 나는 거기에 키스를 했습니다. 몇천 번이나 나는 거기에 인사를 했습니다.

나는 당신 아버지께, 나의 유해를 거두어 주십사고 편지로 부탁을 드렸습니다. 묘지의 안쪽, 밭 맞은편 구석에 보리수가 두 그루 있습니다. 나는 그곳에 묻히고 싶습니다. 당신 아버지께서는 나의 이런 부탁을 들어 주실 줄 믿습니다. 아무쪼록 당신도 그렇게 부탁해 주십시오.

그렇지만 믿음이 두터운 그리스도 교인들은 이 불행한 사나이와 한 장소에 묻히기를 싫어할 것이고, 나도 억지로 그렇게 해 달라고 요구할 생각은 없습니다. 그렇습니다. 길 옆이나 호젓한 골짜기의 어느 구석에 묻어 주셔도 좋습니다. 그리하여 목사나 레위 사람들이 명복을 빌며 그 무덤 앞을 지나가고, 사마리아 사람이 한 방울의 눈물을 흘릴 수 있도록 말입니다.

자, 로테, 나는 두려움 없이 차갑고 으스스한 술잔을 손에 들고 죽음을 들이켜렵니다. 당신이 내게 준 술잔입니다. 두려워하지 않습니다.

이것으로 내 생애의 모든 소망이 다 이루어지는 것입니다. 이토록 냉정하게, 이토록 두려움 없이 죽음의 철문을 두드릴 수가 있다니! 로테! 나는 될 수만 있다면 당신을 위해 목숨을 버리고, 당신을 위해 이 몸을 바치는 행복을 누리고 싶었습니다. 당신의 생활에 평화와 환희를 되찾게 할 수만 있다면, 나는 씩씩하게, 기꺼이 죽어가리라 생각했습니다. 그러나 아, 친애하는 사람들을 위해 피를 흘리고, 그 죽음으로써 친구들의 마음속에 새로운 백 배의 생명의 불길을 타오르게 한다는 것은 극소수의 사람들만이 할 수 있는 일이었습니다.

나는 이 옷을 입은 채 묻히고 싶습니다. 로테, 당신의 손이 닿아서 성스러워진 옷이니까요. 이것도 당신 아버지께 부탁을 드렸습니다. 나의 영혼은 벌써 관 위를 떠다니고 있습니다.

아무도 내 호주머니를 뒤지지 않게 해 주십시오. 이 분홍색 리본은 우리가 처음 만났을 때 당신이 가슴에 달고 있었던 것입니다. 그때 당신은 아이들에게 둘러싸여 있었지요. 아, 아이들에게 키스를 많이많이 해 주십시오. 그리고 이 불행한 친구의 운명을 이야기해 주십시오. 귀여운 아이들! 내 둘레에 모여들어 놀던 아이들! 처음 만난 그 순간부터 나는 당신에게서 떨어질 수 없었습니다. 이 리본도 함께 묻어 주십시오. 내 생일에 당신이 선물로 준 것입니다. 그런 물건들을 나는 얼마나 탐냈는지 모릅니다! 아, 그 길이 나를 여기까지 인도해 주리라고는 생각조차 하지 않았습니다. 마음을 가라앉히십시오! 부탁입니다! 탄환은 재어 놓았습니다. 시계가 열두시를 칩니다! 그럼, 로테, 안녕! 잘 있어요! 이웃사람 하나가 화약의 섬광을 보고 총소리를 들었습니다. 그러나 그뿐, 곧 조용해졌으므로 그 이상 관심 갖지 않았습니다.

　이튿날 아침 여섯시에 하인이 등불을 들고 방 안에 들어섰을 때, 주인은 피투성이가 되어 쓰러져 있었습니다. 그 옆에는 권총이 뒹굴고 있었습니다. 하인은 주인을 안아 일으키며 소리쳤으나, 대답은 없고 목에서 카랑카랑하는 소리가 들릴 뿐이었습니다. 하인은 급히 의사에게 뛰어갔습니다. 그리고 알베르트에게로 달려갔습니다. 로테는 초인종 소리에 온몸이 떨렸습니다. 남편을 불러 깨우고, 두 사람 다 일어나 함께 밖으로 나왔습니다. 하인은 소리내어 울면서 떠듬거리는 목소리로 사건의 내용을 전했습니다. 로테는 실신하여 알베르트 앞에 쓰러졌습니다.

　의사가 왔으나 이미 손 쓸 도리가 없는 상태였습니다. 맥박은 간신히 뛰고 있었지만 사지는 완전히 마비되어 있었습니다. 탄환이 오른쪽 눈을 간신히 뚫고 머리를 관통했던 것입니다. 뇌수가 터져 나와 있었습니다. 소용없는 일인 줄 알면서도 팔의 정맥을 베어 보자 피가 솟아 나왔습니다. 여전히 숨을 쉬고 있었습니다.

　의자의 등받이에도 피가 묻어 있는 것으로 미루어, 베르테르는 책상 앞에 앉은 채 방아쇠를 당긴 것 같습니다.

　그런 다음 마룻바닥으로 굴러떨어져, 의자 주위에서 몸부림쳤던 모양입니다. 발견되었을 때에는, 힘이 다하여 창문 쪽으로 머리를 두고 반듯이 누워 있었습니다. 장화를 신고 있었으며, 푸른 연미복에 노란 조끼를 입은 단정한 옷차림이었습니다.

집안 사람들은 물론 이웃, 그리고 나아가서는 온 시내가 떠들썩해졌습니다. 알베르트가 들어섰습니다. 베르테르는 침대에 뉘어져 있었는데, 머리에 붕대를 감고 있었습니다. 얼굴은 벌써 죽은 사람이나 다름없었고 팔다리는 전혀 움직이지 않았습니다. 오직 폐만이 아직도 들먹이며 약하게 또는 강하게 숨을 내쉬고 있을 뿐이었습니다. 임종이 가까웠습니다.

포도주는 한 잔 정도밖에 마시지 않은 모양으로 병째 놓여 있었습니다. 책상 위에는 레싱의 대표적 비극 『에밀리아 갈로티』가 펼쳐진 채 놓여 있었습니다.

알베르트의 경악과 로테의 비탄에 대해서는 언급하지 않기로 하겠습니다.

늙은 법무관이 소식을 듣고, 말을 몰아 달려왔습니다. 그는 뜨거운 눈물을 흘리며 죽어 가는 베르테르에게 입을 맞추었습니다. 법무관의 아이들도 아버지의 뒤를 쫓아 뛰어왔습니다. 그들은 비통한 표정을 하고 침대 주위에 꿇어앉아 베르테르의 손과 입에 키스를 했습니다. 사랑을 가장 많이 받았던 큰아이는 베르테르가 숨을 거둔 뒤, 사람들이 억지로 떼어 낼 때까지 그의 입술에서 떨어지지 않았습니다.

낮 열두시에 베르테르는 숨을 거두었습니다. 법무관이 그곳에 있으면서 여러 가지로 조치를 취했으므로 별로 큰 소동은 일어나지 않았습니다.

밤 열한시경, 베르테르는 법무관의 배려로 그가 미리 정해 둔 장소에 묻혔습니다. 법무관과 그의 아이들은 영구 뒤를 따라갔습니다. 알베르트는 장지로 갈 수가 없었습니다. 로테의 생명이 염려스러웠기 때문입니다. 유해는 일꾼들에 의해 운반되었고, 목사들은 한 사람도 동행하지 않았습니다.

작가와 작품 해설

괴테의 생애와 작품 세계

독일의 문단에 한 획을 그은 요한 볼프강 폰 괴테는 1749년 8월 28일 독일 중부 마인 강변의 프랑크푸르트 자유시에서 명문 집안의 장남으로 태어났다. 당시는 귀족 중심에서 시민계층의 사회로 옮겨가는 과도기적 상황이었다. 또한 영국과 프랑스에서 유래한 경험주의와 계몽사상이 독일에까지 퍼지고 있었던 시기였다.

이런 시기에 괴테의 아버지는 자신의 재력을 바탕으로 정치에 참여하려 했으나 출생이 시민계층인 까닭에 뜻을 이루지 못하였다. 그리하여 그는 일생을 불만에 가득 찬 채 보내야만 했다. 이렇게 출신에 의한 좌절을 맛본 그는 자신의 자식에게는 출신에 의한 불합리한 대우를 받지 않도록 하기 위해서 당시 프랑크푸르트의 명문 집안의 딸을 아내로

맞아들여 괴테를 낳게 된다. 당시 프랑크푸르트 시의 시장 딸이었던 괴테의 어머니는 풍부하고 예민한 감수성을 소유한 사람이었다. 그녀의 이러한 감수성은 괴테가 작가로서 문학 작품을 남기는 데 많은 영향을 끼치게 되었다.

괴테가 16세가 되던 1765년 그는 아버지의 뜻에 따라 고향을 떠나 라이프치히로 가서 법률학을 공부하였다. 이 기간에 그가 시도한 시(詩)는 계몽주의 사상의 테두리를 벗어나지 못하였으나 1786년, 그곳에서 만난 술집 주인 딸과의 경험을 바탕으로 쓴 희곡인『애인의 변덕』은 그에게 있어서 최초의 희곡이었다. 이 해에 그는 그 작품 이외도『공범자』를 완성하게 되는데, 이 작품은 로코코풍의 서정적인 작품이다. 이러한 작품 활동에도 불구하고 이 시기의 생활은 그에게 만족스러운 것은 아니었다. 괴테 자신에게 알맞은 세계를 찾지 못한 방황의 시기였던 것이다.

계몽주의의 영향 아래에서 크게 벗어나지 못했던 괴테의 작품 세계는 1770년 법률 학위를 위해 스트라스부르로 간 이후에 달라지게 된다. 이때 봉건주의는 퇴락의 길을 걷게 되고, 시민계급이 전면적으로 부상하기에 이르렀다. 이러한 때를 같이하여 문학에서는 시민계급 출신자들이 작가로서 활동하기 시작하였다. 그리하여 독일의 문단은 합리주의에서 비합리주의로, 질서에서 카오스로, 프랑스적 고전 비극에서 셰익스피어의 비극적 성격의 방향으로 전환하기 시작하였던 것이다. 이러한 문학 운동은 헤르더를 중심으로 그 정점에 이르게 되고 드디어 민중문학 운동이 싹트게 된다.

1770년에 헤르더는 파리 여행을 마치고 안질 수술을 받기 위해 스트라스부르에 머물게 되었는데, 당시 그곳에서 공부하고 있었던 괴테는 그와 교우 관계를 맺으면서 많은 영향을 받았다. 이러한 헤르더의 영향 아래에서 괴테는 좀더 성숙한 작가로 변모해 가는데, 이 시기에 괴테는 새로운 문학의 전형인 호메로스, 셰익스피어 등의 작가의 세계에 관심을 갖게 되었다. 헤르더와의 교우, 스트라스부르의 목가적인 생활, 그곳의 시골 목사 딸과의 연애 등은 괴테가 본격적으로 시와 희곡을 쓰게 되는 동기가 되었다.

그는 이 시기에 쓴 시와 1773년에 쓴 희곡『괴츠 폰 베를리힝겐』은 당시 문학 운동의 기폭제 역할을 하였다. 독일 중세의 기사인 괴츠 폰 베를리힝겐의 전기를 소재로 한 이 작품은, 사회적·예술적 전통에 대한 반항, 문학의 형식과 법칙을 벗어나는 태도로 쓰여진 작품이다.

괴테의 작가로서의 명성은 1774년에 발표한『젊은 베르테르의 슬픔』으로 절정을 이루게 된다. 25세에 씌어진 이 작품은 독일에서 뿐만 아니라 세계에까지 그의 명성을 떨치는 계기가 되었다.

『젊은 베르테르의 슬픔』은 1772년에 그가 실습을 위해 제국 고등법원이 있는 베츨러로 가게 되었을 때 샬로테 부흐와의 불행한 사랑을 경험한 후 쓴 것이다. 이 작품은 괴테의 단순한 성공작이라기보다는 당시 젊은이들의 가슴에 커다란 충격을 안겨준 문제작이었다.

1775년 괴테는 작센 바이마르 공국의 영주 칼 아우구스트 공의 초청에 응해 바이마르로 가서, 그곳의 재상이 되었다. 이곳에서의 생활은 그의 일생에서 매우 중요하게 작용하여, 후에 독일 문화의 절정이 그곳에서 이룩된다. 그곳 바이마르에서 머무는 동안 괴테에게 영향을 가장 크게 미친 사람은 슈타인 부인이었다. 이미 세 아들의 어머니였던 이 부인에게 괴테는 열정을 쏟았다. 슈타인 부인은 괴테의 열정을 무조건 받아들이기보다는 괴테의 문학적 감수성을 자극하여 그의 문학성을 높이는 데 많은 역할을 하였다. 그리하여 슈타인 부인은 괴테에게 있어서 괴테 자신을 이해한 최초의 여성이 된 것이다. 그녀의 모습을 괴테는 『타소』와 『이피게니에』에서 형상화시켰다. 이렇게 그녀와의 교감 속에서 그는 장년으로 성장하였고, 고전주의의 작품 세계로 접어들게 되었다.

괴테는 이탈리아에서 다시 태어나게 된다. 그의 이탈리아 여행은 그가 '감성의 인간'에서 '이성의 인간'으로 이행하는 동인이 되기 때문이다. 그의 고전주의 문학의 대표작은 1786년에 완성된 비극 『이피게니에』로, 이 작품은 형식과 제재가 그리스 것이긴 하지만 그 내용에는 괴테만의 세계관이 숨쉬고 있다. 이것이 바로 독일 고전주의의 특색이 되는 것이다.

1789년에 프랑스 혁명이 일어나지만 혁명이라는 수단에 괴테는 찬성하지 않았다. 그러나 이러한 시대적 고뇌는 대혁명과 연관을 지닌 현실을 다루면서 고전주의의 대표적 서사시인 「헤르만과 도로테아」를 1797년에 완성하기에 이르렀다. 이 작품은 『젊은 베르테르의 슬픔』과 함께 독일인에게 사랑받고 있다. 이렇게 고전주의 작품세계는 1796년에 완성된 소설 『빌헬름 마이스터의 수업 시대』에서도 그대로 드러나게 되고, 오랫동안 중단했던 『파우스트』에 다시 눈을 돌리게 하였다.

괴테의 고전주의 작품관에 많은 영향을 끼쳤던, 10년 아래인 실러가 세상을 떠나자 괴테는 정신적 충격을 받게 되지만 그 가운데 그는 삶의 의미를 계속해서 탐구하였다. 노년기로 접어든 이 시기에 그는 진실된 연애를 체험하였고, 다시 창작에 전념하여 1809년인 60세에 소설 『친화력』을 완성하였다. 이 소설은 인간이 아무리 부정해도 사라지지 않는 삶의 절대적 긍정에 대한 꿈을 담은 걸작이다.

1808년에 어머니를 잃은 괴테가 자신의 생을 회고하면서 집필하기 시작한 『시와 진실』에서는 자신을 대상으로 인간의 형성 과정을 추적하고 있다.

괴테의 노년기 업적 가운데 가장 높이 평가되는 것은 『서동시집』이다. 이 시집의 제목에서도 알 수 있듯이 이 작품 속에는 동양적인 정서가 담겨 있다. 또한 그 내용을 보면 사랑과 정열 외에도 괴테의 인생관과 이상을 잘 표현해 주고 있다.

1816년에 아내와 사별한 괴테는 새로운 사랑을 경험하였다. 19세 소녀인 울리케와의 사랑은 청년 괴테를 방불케 하는 열렬함으로 가득 찼는데, 그러한 사랑은 『마리엔바트의 애가』라는 작품으로 형상화되었다.

이렇게 말년까지도 사랑의 열정으로 가득했던 괴테는 1829년에 『빌헬름 마이스터의 편력 시대』를 완성하였고, 1831년에는 『파우스트』 제2부를 완성하였다. 이 두 작품은 청년시절에 구상하여 쓰기 시작하였으나 여러 번 중단되었다가 이 해에 비로소 완성된 것이다. 특히 완성하기까지 60여 년이 걸린 『파우스트』는 그의 전 생애가 망라되어 있다.

그의 전 생애가 담긴 이 작품은 오늘날에도 많은 사람들의 사랑을 받고 있다.

1832년 3월 22일에 그는 가벼운 감기로 자리에 누워 83세의 나이로 생을 마감하였다. 그의 기나긴 일생만큼이나 그는 다양한 문학관을 보여주었으며, 자기 실현을 위한 그의 문학적 도정은 인생 자체를 예술로 승화시킨 그의 삶을 그대로 보여준다.

작품 줄거리 및 해설

서간체 소설의 형식을 취하고 있는 『젊은 베르테르의 슬픔』은 개인적인 고백을 서술하고 있는 소설로서, 괴테 자신이 젊은 시절에 체험한 절망적인 사랑과 불행한 연애를 소재로 한 작품이다. 그 불행한 연애가 파멸에까지 이어지므로 이 작품은 서정적이며 극적인 요소가 내재되어 있다. 따라서 그 감동은 단순한 상상과 허구적 공간에서 이루어지는 소설들과는 달리 매우 절절하며 실재적으로 느껴질 수밖에 없는 것이다.

1772년 봄, 괴테는 법률 실습을 위해 제국 고등법원이 있는 베츨러로 가게 되는데, 그곳에서 샬로테 부흐라는 15세의 처녀를 알게 된다. 그는 로테에게 격정적인 사랑의 감정을 느끼지만, 그녀는 이미 유능하고 선량한 법무 서기관인 케스크너와 약혼한 사이였다. 세 사람 모두는 그의 사랑으로 충격을 받게 되고, 괴테는 자신의 고향으로 돌아온다.

그 무렵 괴테는 다섯 아이의 홀아비와 결혼한 여인과 사랑하게 되는데, 그때 베츨러에서 알게 된 예루살렘이라는 청년이 어떤 유부녀에 대한 실연으로 자살했다는 소식을 듣고 충격을 받게 된다. 괴테는 이 청년의 사건과 두 여인과의 체험을 바탕으로 감정의 대서사시인 『젊은 베르테르의 슬픔』을 완성하게 되는 것이다. 두 부분으로 나누어져 있는 이 작품은 제1부에서는 베츨러에서 있었던 샬로테와의 사랑과 그로 인한 절망을, 제2부에서는 예루살렘의 자살을 바탕으로 한 이야기로 이루어져 있다.

『젊은 베르테르의 슬픔』은 괴테가 25세 때 쓴 것으로, 그가 젊었던 만큼 이 작품에는 젊은이로서 지닐 수 있는 열정이 고스란히 담겨 있으며, 특히 창작의 절정에 달했던 시기에 쓰여진 것이어서 그의 세계관이 그대로 담겨 있다. 따라서 주인공 베르테르의 사랑과 절망, 고뇌와 죽음을 그린 단순한 연애 수준을 넘어서서, 관습과 규범으로 억압하는 사회의 장벽을 무너뜨리기 위한 괴테의 자유와 감정에 대한 의지가 반영된 작품이다.

정열과 세계와의 대립, 감각과 사랑의 도취 속에서 파멸하는 베르테르의 모습은 바로 괴테 자신의 모습이었으며, 당대 젊은이들의 모습이었다.

따라서 베르테르의 고뇌와 죽음은 단지 개인의 운명을 가늠해 주는 비극이 아니라 합리주의의 사슬에 묶인 그 시대의 비극이었던 것이다. 이러한 비극으로 인해 이 작품이 발표되자마자 당시의 젊은이들에게 커다란 충격을 준 것은 단순한 우연이 아니다. 그리고 유럽에 번역본이 출간되어 세계적인 작가로 발돋움하게 된 것도 역시 필연인 것이다.

이처럼 세계인의 마음을 뒤흔들어 놓은 이 작품은 그 내용 이외에도 인간 심리의 완벽한 해부, 아름다운 자연의 묘사 등 빼어난 문학적 가치로 인해 아직까지도 수많은 젊은이들을 매료시키고 있다.

작가 연보

1749년   8월 28일, 프랑크푸르트 마인에서 출생. 아버지는 법학사로
             서 부유한 집안 출신이고 어머니는 명문인 텍스톨 집안 출신
             임. 요한 볼프강으로 명명함.

1759년(10세) 프랑스 군에 의해 프랑크푸르트가 점령됨. 프랑스 연극을 관
             람하고 희곡을 읽을 기회가 있었는데, 이 무렵 인형극에서
             『파우스트』를 처음 접함.

1763년(14세) 연상의 소녀 그레첸을 사랑함.

1765년(16세) 라이프치히로 가서 대학에 입학함. 법학과에 입학했으나 문
             학, 의학 등에 심취함. 『그리스도의 지옥행에 든 한 시상』을
             집필함.

1766년(17세) 술집에 출입하다가 술집 주인의 딸을 사랑함. 친구 베리슈가
             괴테의 처녀 시집 『아네테』를 보존함.

1768년(19세) 술집 주인 딸과의 사랑이 우정으로 끝남. 8월, 라이프치히를
             떠나 고향으로 돌아옴. 경건파인 클레텐베르크 부인과 교제
             하고, 그녀의 감화로 신비주의를 연구함.

1769년(20세) 『라이프치히 소곡집』을 처음으로 출판함.

1770년(21세) 3월, 스트라스부르에 가서 대학에 입학함. 9월, 법률학사 예
             비시험에 합격함. 이 도시에서 헤르더를 알게 되어 큰 감화

를 받음. 10월, 목사 브리온 집안을 방문하여 그의 딸을 사랑하게 됨. 서정시「환영과 작별」,「오월의 노래」등을 남김.

1771년(22세) 희곡『괴츠』와 『파우스트』를 구상함. 8월, 법률학사 자격 시험에 합격함. 목사의 딸과 관계를 끊고 귀향하여 변호사를 개업함.『괴츠』의 초고를 완성함.

1772년(23세) 5월, 베츨러 고등법원의 견습원이 됨. 샬로테 부흐와 사랑에 빠짐. 그녀의 약혼자도 알게 되어 베츨러를 떠남. 이후 프랑크푸르트로 돌아감. 예루살렘의 자살 소식을 듣고 충격받음.

1773년(24세) 3월, 희곡『괴츠 폰 베를리힝겐』을 기고함.「마호멧」,「프로메테우스」등의 시를 프랑크푸르트 학예보에 기고함.

1774년(25세) 『젊은 베르테르의 슬픔』을 집필함. 베를린에서 『괴츠』가 상연됨. 희곡『클라비고』와 『젊은 베르테르의 슬픔』을 간행함.

1775년(26세) 릴리 셰네만과 사랑에 빠져 4월에 약혼함. 그러나 가을에 약혼을 파기함. 10월, 아우구스트 공으로부터 초청을 받고, 『초고 파우스트』를 가지고 갔으며, 그곳에서 슈타인 부인을 알게 됨. 희곡『스텔라』를 집필함.

1776년(27세) 슈타인 부인과 애정이 싹틈. 슈타인 부인에게 주는 시와 희곡『자매』등을 집필함.

1777년(28세) 누이동생 코르넬리아 사망함.『빌헬름 마이스터의 연극적 사명』을 상연함.

1778년(29세) 『다감한 승리』를 상연함.

1779년(30세)	3월,『이피게니에(산문)』를 완성함. 4월에 상연함.
1780년(31세)	봄에『이피게니에』를 개고함. 아우구스트 공 앞에서『파우스트』를 낭독함.『여향과 밤의 노래』를 만듦. 희곡『타소』에 착수함.
1782년(33세)	2월,『에그몬트』를 집필함. 독일 황제에 의해 귀족이 됨. 5월 아버지가 사망함.『마왕』,『빌헬름 마이스터의 연극적 사명』를 계속 씀.『젊은 베르테르의 슬픔』을 개작함.
1783년(34세)	슈타인 부인의 아들을 맡아 교육함.「이르메나우」,「눈물과 함께 빵을」등의 시를 씀.
1785년(36세)	처음으로 보히미아의 칼스바트에 여행함. 모차르트가 괴테의「제비꽃」을 작곡함.「동경하는 자」등의 서정시를 발표함.『빌헬름 마이스터의 연극적 사명』을 탈고함.
1787년(38세)	나폴리 시칠리아로 여행함. 운문형으로 개작한『이피게니에』를 헤르더에게 보냄.『에그몬트』를 완성함.『파우스트』를 집필함.
1788년(39세)	로마를 떠남. 바이마르로 귀환함. 7월, 크리스티아네 불피우스와 동거함. 9월, 루돌시타르에서 실러를 처음으로 만남.『로마의 애가』등의 작품을 집필함.
1789년(40세)	8월,『타소』를 탈고함. 괴테의 아들 아우구스트 탄생함.
1790년(41세)	베네치아에 감. 이탈리아에 환멸을 느끼고 자연과학에 경도됨. 6월, 바이마르로 돌아옴. 실러와 가까워짐.「단편 파우스

트」를 발표함. 『색채론』을 집필함.

1791년(42세) 바이마르의 궁정극장의 감독을 맡음. 희극 『대 코프다』를 완
         성함.

1792년(43세) 칼 아우구스트 공작을 수행하여 프랑스로 종군함. 9월, 베를
         린 공방전에 종군함. 12월 귀착함. 이 종군기가 훗날 『프랑
         스에의 출정』에 씌어짐.

1793년(44세) 「라이네케 여우」, 「시민 장군」, 「독일 피난민의 담화」 등 혁
         명에서 취재한 작품을 집필함.

1794년(45세) 실러가 바이마르의 괴테 가에 머묾. 『빌헬름 마이스터의 편
         력 시대』를 개작함.

1795년(46세) 훔볼트 형제와 사귐. 실러와 풍자적 단시 「크세니엔」의 공저
         를 시작함. 이탈리아 여행을 떠남.

1796년(47세) 서사시 「헤르만과 도로테아」를 쓰기 시작함. 『빌헬름 마이
         스터의 수업 시대』를 간행함.

1797년(48세) 라이프치히를 여행함. 「헤르만과 도로테아」를 완성함. 『파
         우스트』의 테마를 씀.

1799년(50세) 『사생(私生)의 처녀』를 집필함.

1800년(51세) 자신이 번역한 볼테르의 『마호멧』을 상연함.

1803년(54세) 『첼리니전(傳)』의 주석과 번역을 완성함. 비극 『서출의 딸』
         을 탈고함.

1805년(56세) 간장염을 앓음. 실러의 죽음으로 크게 슬퍼함. 제4차 하르츠

여행을 떠남.

1807년(58세)	5월, 『빌헬름 마이스터의 편력 시대』를 구술하기 시작함. 『판도라』에 착수함. 11월, 프로만 가와 친하게 지냈는데, 그 집의 양녀인 민나 헤르츠리프를 짝사랑함. 『소네트』를 집필함.
1808년(59세)	어머니가 사망함. 나폴레옹과 회견함. 『파우스트』 제1부를 발표함.
1809년(60세)	『친화력』을 간행함.
1810년(61세)	『색채론』을 완성함.
1811년(62세)	『시와 진실』의 첫부분을 낭독함. 베토벤으로부터 「에그몬트 서곡」 헌정의 편지를 받음.
1812년(63세)	7월, 베토벤과 만남. 『시와 진실』 제2부가 간행됨.
1814년(65세)	평화 축전극(祝典劇) 『에피메니테스의 자각』을 만듦. 『시와 진실』 제3부를 간행함.
1816년(67세)	아내 크리스티아네가 사망함. 《예술과 고대》 제1호가 출간됨. 『이탈리아 기행』 제1부가 간행됨.
1817년(68세)	궁정극장의 감독을 그만둠. 『이탈리아 기행』 제2부가 간행됨.
1819년(70세)	『서동시집』이 간행됨.
1821년(72세)	『시와 진실』 제4권을 구술함. 『빌헬름 마이스터의 편력 시대』 제1부가 나옴.

1822년(73세)	만초니의 『나폴레옹 찬가』를 번역함. 『프랑스에의 출정』, 『마인츠 공방』이 간행됨.
1823년(74세)	울리케에게 구혼함. 울리케 일행을 쫓아 칼스바트에 감. 9월 칼스바트를 떠나 울리케를 그리워하면서 『마리엔바트 애가』를 집필함. 바이마르에 돌아옴. 11월, 중병으로 고생함.
1825년(76세)	『파우스트』 2권을 다시 집필하기 시작함. 바이마르 극장에 화재가 남. 11월, 괴테의 바이마르 내도 50주년 축하연이 벌어짐.
1827년(78세)	『타소』를 영역함. 『파우스트』의 불역을 허락함. 『온순한 크세니엔』을 속간함. 코다 판 전집 40권이 나옴.
1828년(79세)	『파우스트』를 파리에서 상연함. 『실러와의 편지』가 출간됨.
1829년(80세)	『제2차 로마 체재』를 집필함. 『빌헬름 마이스터의 편력 시대』를 완성함.
1830년(81세)	11월, 각혈함. 『연대기』를 간행함. 『시와 진실』 4부가 간행됨. 전집이 완간됨.
1831년(82세)	유언을 작성함. 8월에 완성된 『파우스트』 제2부를 죽은 뒤에 발표할 것을 유언함.
1832년(83세)	3월 22일, 생을 마감함.